럭키걸

바로 지금 행운을 만날 수 있는 모든 사람에게
그리고 애슐리와 노엘과 리지에게
늘 곁에 있어 줘서 고마워.
너희 같은 친구들이 곁에 있다니,
나는 정말 행운아야.

럭키 걸

제이미 팩턴 지음 ✽ 정회성 옮김

1

　자신이 복권에 당첨되었다는 사실을 알게 된 순간, 사람들은 어떤 반응을 보일까?

　신나서 마구 소리칠까? 미친 듯 펄쩍펄쩍 뛸까? 직장을 그만둘까? 엄마나 가장 친한 친구에게 전화를 걸어 이 엄청난 사실을 알릴까?

　그중에 가장 웃기는 것이 내 반응일 것이다. 나는 수학 시간에 가만히 앉아서 아랫입술을 잘근잘근 씹으며 기절하지 않으려 애쓰고 있다.

　안녕? 나는 포르튜나 제인 벨웨더, 열일곱 살이다. 엄청난 당첨금이 걸린 로또 복권의 유일한 당첨자가 바로 나라는 사실을 방금 전에 알았다. 당첨금이 얼마냐고? 자그마치 5,800만 달러나 된다.

조금도 과장하지 않고 나는 지금 제정신이 아니다.

겉으로는 아무렇지 않은 척한다. 나는 안다, 이 세상에서 복권 당첨자를 안쓰럽게 여기는 사람은 하나도 없다는 사실을. 엄청난 액수의 돈 덕분에 모든 문제를 한 번에 사라지게 할 수 있는데, 그런 행운아를 어느 누가 동정하겠는가.

하지만 내가 방금 알아차렸듯 잠재적 당첨자→실제 당첨자→당첨자의 호화로운 라이프 스타일로의 전환길에는 태평양만큼이나 넓디넓은 의심과 걱정, 두려움의 공간이 있다. 또 지금 수학 시간에 내가 겪는 것 같은 공황 발작이라는 공간도 있다.

교실 창문 밖으로는 10월의 상쾌한 바람이 불었다. 헐벗은 떡갈나무 가지들이 유리창에 부딪쳐 찰싹찰싹 소리를 냈다. 나는 평소처럼 편안히 숨을 쉬어 보고자 애썼다. 양손이 나뭇가지보다 더 심하게 부들부들 떨리는 걸 어떻게 하면 멈출 수 있을지 고민하면서.

나는 무너지고 있다.

곧 낄낄거리며 정신 나간 듯 웃을 것 같다. 입 밖으로 터져 나가지 못한 웃음이 채 소화되지 못한 샌드위치 덩어리처럼 빗장뼈 사이에 끼어 있는 느낌이다. 수학 시간에 하이에나처럼 웃다니, 생각만 해도 끔찍하다. 하지만 나는 머리가 터져 버리기 전 이 터무니없는 5,800만 달러의 압박을 조금이라도 줄일 수 있다면 무엇이든 할 것이다.

숨을 깊이 들이마셨다. 그대로 멈추고 참았다가 '후유.' 하고 숨을 내쉬었다.

숨을 세어 보며 숫자에 대해 생각했다. 숫자는 구체적이고 앞뒤가 맞으니까. 그런데 숫자에 무슨 힘 같은 게 있을까?

여기 몇 개의 숫자가 있다.

지난 5년 동안 엄마는 열심히 로또 복권을 샀다. 매주 정확히 43달러를 로또 복권을 사는 데 썼다. 43달러는 엄마가 새미스 스토리지 솔루션스(무인 물품 보관소)에서 일하고 받는 주급의 3분의 1에 해당하는 금액이다. 우리는 복권을 사고 남은 돈으로 살아간다. 그래도 그럭저럭 살 만하다. 엄마가 자라 온, 대출금까지 다 갚은 집에서 사는 데다 아빠의 생명 보험금에서 남은 돈이 얼마큼 있다.

다시 숫자로 돌아가자. 43달러를 52주로 곱한 뒤 다시 5년을 곱하면, 11,180달러나 된다. 우리가 레이크스보로로 이사 온 후로 엄마가 로또 복권을 사는 데 쓴 돈이다.

그 돈은 우리에게는 거금일 수 있지만 수학 시간 내 앞자리에 앉은 녀석이 지난주 헤어 젤에 쓴 돈보다 약간 많을 뿐이다.

하!

다시금 낄낄낄 하고 정신 나간 것 같은 웃음이 터져 나오려고 했다. 자, 숨을 쉬자. 천천히 쉬어 보자. 또 숫자로 돌아가 보자. 내 주머니에 있는 복권의 당첨 금액은 11,180달러의 5,245배쯤 된다.

이제 아까의 숫자로 돌아가자. 5,800만 달러, 아니 정확히 말하면 58,642,129달러다. 내 주머니에 든 돈이다. 지금은 수학 수업 중이고, 보통 때와 다름없이 시작된 목요일이다.

아아, 모든 것이 정말이지 상상도 못 할 정도로 어처구니없다. 뭐가 뭔지 잘 모르겠다.

당첨 사실은 수업 시작 3분 전 화장실에 가서 스마트폰으로 로또 당첨 번호를 확인하고 알았다. 화장실 변기 위에서 하마터면 기절할 뻔했다.

아직 아무에게도 말하지 않았다. 그래서 더 그런 걸까? 나는 지금 한계로 치닫고 있다.

얼떨떨한 것은 당연하다. 남극으로 여행하려면 스웨터를 가져가야 하는 것처럼. 하하하하하. 이 상황에 무슨 생각을 하고 있담!

깊이 숨을 내쉬었다. 5,800만 달러를 주머니에 넣은 채 평소처럼 아무렇지 않은 표정을 짓고 교실에 앉아 있다면? 그거야말로 비정상이리라. 하지만 그럴 수 있다면 좋겠다.

어젯밤 나는 충동적으로 남은 돈을 털어 복권을 샀다. 그런데 그 복권이 당첨된 것이다!

나는 속으로 이 말을 계속 반복했다. 나 복권 당첨됐어. 나 복권 당첨됐어. 나 복권 당첨됐어. 나 복권 당첨됐어.

"포르튜나 제인 벨웨더!"

수학 선생님인 월리스 부인이 출석부를 들여다보며 내 이름을 불렀다.

"수업에 집중하고 있니?"

내 앞의 헤어젤 녀석이 히죽히죽 웃으며 빈정거렸다.

"어이, 튜나, 집중하고 있니?"

나는 지우개 달린 연필로 녀석의 허리를 콕 찔렀다. 녀석은 다시 혼자가 된 내게 추파를 던지는 것이다. 나는 학기 초에 녀석에게 내 이름을 알리지 않으려고 애써 왔다. 녀석이 내 이름을 알면 자신이 여태껏 들어 본 이름 중 가장 웃긴다고 생각할 것이기 때문이다. 엄마는 내 이름을 포르튜나*로 짓고는 이 이름이 내게 행운을 가져다줄 거라고 생각했다. 지금 내가 복권에 당첨된 사실을 고려하면 엄마

---

* fortuna, 라틴어로 '행운'이라는 뜻

생각이 옳았는지 모른다. 하지만 대체 어떤 아이가 튜나[*]라는 단어가 들어간 이름을 좋아하겠는가? 이는 엄마의 결정이 얼마나 웃기는지 분명하게 보여 주는 것이기도 하다. 진심이다.

"저는 제인이에요."

나는 월리스 선생님에게 큰 소리로 말했다. 선생님은 학생들 이름을 부를 때 성까지 부르기를 좋아한다. 그래야 직성이 풀리는 모양이다.

"그리고 저는 수업에 집중하고 있어요. 지금 의료보조과학을 공부하고 있잖아요. 그러니까 에볼라 바이러스…… 아니, 에볼라가 아니라 파라볼라, 즉 포물선을 말하고 있죠."

반 아이들이 킥킥거렸다.

"좀 더 자세히 말해 보겠니?"

월리스 선생님이 눈살을 찌푸리며 말했다.

"14도야."

가장 친한 친구인 브랜든 킴이 뒷자리에서 조그맣게 속삭였다.

"포물선 각도는 14도입니다."

나는 브랜이 알려 준 대로 말했다. 월리스 선생님은 별

---

[*] tuna, 영어로 '참치'라는 뜻

반응 없이 곧바로 단조로운 수업으로 돌아갔다. 나는 브랜에게 나지막이 고맙다고 말했다. 그러고는 다시금 찰리 버킷*이 된 듯한 기분에 젖었다. 내 주머니 안에 있는 옅은 주황색 슈퍼 복권이 불타고 있는 것 같다.

로또에 당첨된 사실이 아직도 믿기지 않는다. 이 복권의 당첨 확률은 얼마나 될까? 사실 나는 당첨 확률을 알고 있다. 수업이 시작된 후 남몰래 인터넷으로 검색해 봤다. 어젯밤, 내가 복권에 단독으로 당첨될 확률은 3억분의 1이었다.

그렇다. 3억분의 1이다! 구글에 나와 있기를, 그 확률은 내가 슈퍼 모델과 데이트할 확률보다 낮다. 그뿐 아니라 내가 소행성에 맞아 죽거나 성자가 되거나 상어에 잡아먹힐 확률보다도 더 낮다.

그러니까 이것은 내 머리로 이해할 수준을 넘어서는 이야기다. 나는 그 확률에 대해 한참 생각한 뒤 새로 생길 돈의 액수를 어림해 보고는 거대한 트램펄린에서 뛰노는 아이처럼 흥분해 속으로 팔짝팔짝 뛰고 있다. 어쩌면 나는 트램펄린에서 떨어져 얼굴을 바닥에 부딪치는 아이 같을지도 모른다. 계속 미끄러지고 다른 아이들에게 얻어맞는 아이일 수도 있지 싶다. 그 비슷한 아이이거나.

---

* 로알드 달의 소설 《찰리와 초콜릿 공장》의 주인공

어제 내 은행 계좌에는 24달러가 있었다. 오늘 내 주머니에는 5,800만 달러가 있다. 나는 금방이라도 나를 덮칠 것 같은 공황 발작을 막기 위해 나와 데이트 상대인 슈퍼모델이, 우리를 향해 달려오는소행성을 바라보며 상어가 우글거리는 물에서 수영하는 장면을 상상했다. 슈퍼 모델, 상어, 별, 성자. 슈퍼 모델, 상어, 별, 성자. 이런 터무니없는 단어들이 주문처럼 내 머릿속을 휙휙 스쳐 지나갔다.

각각의 단어가 자아내는 이미지를 떠올리며 종이에 우스꽝스러운 그림을 그리는 내 손이 떨렸다. 나는 연필을 내려놓았다. 수학 수업이 시작된 후 내가 알게 된 몇 가지 사실이 또 있다.

첫 번째 사실: 복권은 소지한 사람 것이다. 그러므로 이 돈을 원한다면 복권에 서명해서 나 외의 어느 누구도 이것을 돈으로 바꿀 수 없도록 해야 한다.

두 번째 사실: 서명을 해도 나는 복권을 돈으로 비꿀 수 없다. 위스콘신주의 미성년자는 복권을 구매한 성인으로부터 선물로 받은 복권만을 돈으로 바꿀 수 있기 때문이다.

세 번째 사실: 나는 2주가 지나야 만 18세가 된다. 하지만 복권의 유효 기간이 180일이기 때문에 이것은 큰 문제가 아니……

"이런 제길!"

브랜이 불쑥 내뱉었다. 브랜의 스마트폰에서 문자 메시지 알림음이 요란하게 울렸다. 반 아이들 모두 고개를 돌려 브랜을 바라봤다. 월리스 선생님이 판서를 멈추고 돌아서서 우리를 노려봤다.

"브랜, 우리한테 알려 줄 소식이라도 왔니?"

"네! 방금 아빠한테서 문자가 왔어요. 완다스 퀵고 숍에서 어젯밤 당첨된 슈퍼 복권을 팔았는데, 딱 한 사람이 5,800만 달러를 받게 될 거래요. 그런데 더 놀라운 사실은 당첨자가 우리 마을 사람일 수 있대요!"

우리 마을은 주와 주 사이를 달리는 고속도로에서 한참을 벗어난 시골이다. 우리 마을에는 편의점이 딱 두 군데 있는데, 완다스는 그 가운데 하나다. 어쩌면 고속도로를 지나던 사람이 잠깐 들러서 복권을 샀고, 그것이 당첨되었을 수 있다고 생각할지도 모른다.

물론 당첨자는 그 사람이 아니다. 나는 의자에 깊숙이 앉아 복권이 청바지 주머니에 잘 있는지 다시 한번 확인했다. 복권을 안전하게 보관할 장소를 찾아야겠지만, 그렇다고 지금 당장 복권을 꺼내 백팩에 넣을 수는 없다.

반 아이들 모두 웅성거리기 시작했다. 막 열여덟 살이 된 헤어젤 녀석이 옆자리의 여자아이에게 자기가 어젯밤 완다스에서 슈퍼 복권 열 장을 샀다고 말했다. 당첨된 녀석이 당첨금을 어디에 쓸지 상상만 해도 온몸에 오싹 소름이 돋았다. 아마 녀석은 모발용 화장품과 남성용 바디스프레이를 평생 쓸 만큼 살 것이다.

내 주변의 아이들이 일제히 스마트폰을 꺼내 문자 메시지를 보내기 시작했다. 월리스 선생님은 스마트폰을 도로 넣으라고 말하다가 포기한 듯 두 손을 들어 올렸다.

"벌써 당첨금을 찾아갔다니?"

월리스 선생님이 브랜에게 물었다.

"아뇨, 아직이요. 아빠 말로는 오늘 밤 기자들이 몰려올 거래요. 마을 사람들과 인터뷰하려고요. 누가 당첨되었는지 알아보려고 온다나 봐요."

내 손이 주머니 안으로 미끄러져 들어가 다시금 복권을 가볍게 쓰다듬었다. 복권에는 숫자가 적혀 있다. 어젯밤 내 복권의 숫자가 하나하나 불렸다. 6, 28, 19, 30, 82.

지금 교실 안에 감도는 극도의 흥분 상태를 보니, 오늘이 내게 있어 운수 대통의 날인지 아닌지 혼란스러워졌다.

2

오늘은 운수 대통한 날이다. 아니, 아직은 잘 모르겠다.

내 마음 한쪽에서 이렇게 말했다. 제인, 이 얼간이야. 로또에 당첨되는 건 엄청난 일이라고. 너무 걱정하지 마. 곧 알게 될 거야. 이 일로 네 인생이 엄청나게 바뀔 거라는 사실을 말이야.

내 마음 다른 한쪽에서는 이렇게 말했다. 그래, 맞아. 분명 믿기지 않을 만큼 엄청난 일이야. 하지만 너무 큰 기대는 하지 마. 끔찍한 악몽처럼 될 수도 있으니까.

나는 아침 내내 나 자신과 싸우며 모든 일에 심한 혼란을 느꼈다. 오늘 밤 집에서 로또 당첨자들에 대한 조사를 더 해 봐야겠다. 복권에 당첨되면 그 어마어마한 돈으로 무엇을 할지 떠들어 대는 아이들로부터 벗어난 후에 말이다.

점심 무렵, 우리 마을에서 복권 당첨자가 나왔다는 소식이 학교 전체로 퍼졌다. 페이스북, 인스타그램, 트위터 등을 통해서. 그야말로 야단법석이다. 학교 아이들 절반이 당첨자가 아는 사람인지 찾으려고 스마트폰을 들여다보았다. 나머지 절반은 인스타그램에 "이 복권 당첨 소식을 알았을 때 당신은 어디에 있었나요?"라는 글과 함께 셀카 사진들을 올렸다.

브랜은 자신이 만들어 운영하는 웹 사이트 '브랜의 레이크스보로 데일리'에 복권에 관한 재미있는 이야기를 쓰고 있다. 녀석은 몇 년 전 학급 프로젝트의 하나로 이 웹 사이트를 시작했는데 이후 삭은 학교 신문에서 마을 전체의 소식을 다루는 신문으로 키웠다. 뛰어난 기자 감각을 지닌 브랜은 이 사이트가 이번 여름에 CNN 인턴사원으로 채용되는 데니 대학 입시에 도움이 될 것이라 기대하고 있다. 조금 전 녀석은 인스타그램에 '무엇이든 물어보세요'를 열어 놓고 학교 아이들의 질문에 일일이 답을 해 주었다.

나는 한동안 거기에 올라온 글을 읽다가 스마트폰을 끄고 학교 뒷마당에 있는 테이블 앞에 앉았다. 그러고는 케첩 샌드위치를 먹으며 되도록 복권에 대해 생각하지 않으려고 애썼다.

하지만 그건 일부러 숨을 쉬지 않는 것만큼이나 어려운 일이었다.

나는 한숨을 내쉬며 샌드위치를 한 입 베었다. 흰 빵의 케첩 얼룩이 핏자국처럼 보인다. 하지만 오늘 아침 냉장고에 다른 음식은 아무것도 없었다. 엄마가 또 장 보는 걸 깜빡 잊었기 때문이다.

나는 체념한 채 씹으며(토마토는 마치 스티로폼을 씹는 것 같다.) 날씨를 즐겨 보고자 애썼다. 머리 위로 떡갈나무 잎이 팔랑거리며 떨어졌다. 차디찬 바람이 부는 추운 겨울날이 머지않은 것 같다. 영하 7도의 기온에 아침마다 스쿨버스를 기다릴 걸 생각하면 차라리 폭발하는 화산 속으로 뛰어들고 싶다.

나는 에나멜 핀으로 뒤덮인 백팩(이 안에는 미국 연방 대법관을 지낸 루스 베이더 긴즈버그에 관한 책과 클린턴의 딸 첼시 클린턴이 쓴《짐념의 여성들》, 메리언 몰린의《못된 여자》와 몇 권의 책이 들어 있다.)에서 초라한 녹색 스웨트 셔츠를 꺼내 티셔츠 위에 걸쳤다. 그러고는 어깨 너머로 주위를 흘깃거리고는 청바지 주머니에서 로또 복권을 꺼내 내가 가장 좋아하는 책《변화하는 바다》의 책갈피에 끼워 넣었다.《변화하는 바다》는 전설적인 해양학자 실비아 얼이 쓴 책이다.

아무렇게나 책의 한 장을 펼치고, 실비아 얼의 글을 따라 눈을 움직였다. 하지만 머릿속으로는 한 글자도 들어오지 않았다. 평소 이 책을 읽을 때 나는 내가 실제로 가 본 적 없는, 세상에서 가장 좋아하는 곳으로 이동한다. 그곳은 바로 하와이 제도의 혹등고래 국립 해양 보호 구역이다. 하지만 오늘은 내 시선이 한 문장에 머물고 있을 뿐이다.

모든 것이 이 망할 복권 때문이다. 나는 복권을 책장과 책장 사이에 깊숙이 끼워 넣고 지그시 눈을 감았다. 책을 읽을 수 없다면 마음속으로 하와이 마우이섬으로 여행이나 가련다.

나는 섬의 앞바다를 떠가는 배에 타고 있다. 발밑의 갑판이 흔들거리고 소금기 머금은 바람에 내 머리칼이 휘날린다. 갈매기들이 끼루룩끼루룩 울고 파도가 뱃전을 때린다. 갑자기 갑판에서 무언가 날아오른다. 나는 그것을 홱 잡아챈다.

안 돼! 그것은 밝은 주황색의 로또 복권이다. 나는 잠시 복권을 잊으려 애썼다. 숨을 깊이 들이쉬고 다시 마우이섬의 환상에 빠져들었다.

마음을 다잡고 바다를 살피며 혹등고래의 거대한 잿빛 형체를 찾는다. 멀리 마우이섬에 초록색 언덕들이 솟아 있고, 사파이어 블루처럼 빛나는 태평양이 수평선까지 펼쳐져 있다. 갑자기 거대한 물줄기가…….

"이런!"

가까운 곳에서 브랜의 목소리가 들렸다.

"또 마우이섬에서 고래를 바라보는 꿈을 꾸는구나. 네 얼굴에 그렇게 쓰여 있어."

나는 눈을 뜨고 탁 소리 나게 책을 덮어 슈퍼 복권이 보이지 않도록 했다. 복권을 더 안전하게 보관할 곳을 찾아야 한다. 한시라도 빨리!

"네가 진정한 내 절친이라면 내가 마우이섬에서 고래를 바라보며 실비아 얼과 함께 일하는 걸 꿈꾼다는 사실을 알게 될 거야."

브랜은 눈을 희번덕거리고는 내 곁에 털썩 앉았다. 오늘 브랜은 록밴드 티셔츠에 찢어진 청바지와 스니커즈를 신고 있다. 록 밴드 티셔츠는 내가 중고품 할인점에서 찾아내 브랜에게 준 옷이다. 스웨트 셔츠에 청바지 차림의 나는 지저 분해 보이는 반면, 브랜은 위스콘신주 시골을 어슬렁거리는 K팝 스타처럼 보였다.

브랜은 아주 애처로운 내 케첩 샌드위치를 쏘아보고 나서 자기 점심으로 가져온 포도 한 봉지를 말없이 내게 슬쩍 내밀었다. 나는 포도를 받아 들고 《변화하는 바다》를 백팩에 밀어 넣었다.

브랜이 뭐라고 말하려는 찰나 브랜의 스마트폰이 울렸다.

"소피야."

브랜이 신이 나서 말했다. 소피는 멀리 떨어져 사는 브랜의 여자 친구다. 소피는 지난해 우리 학교에 교환 학생으로 왔다가 5월에 시드니로 돌아갔다. 소피와 브랜은 둘 사이에 가로놓인 대륙과 대양을 뛰어넘어 사귀고 있다.

"안녕, 소피!"

브랜과 영상 통화를 하는 소피를 향해 인사를 건넸다. 소피와 나는 이따금 채팅을 하지만 시차 때문에 통화를 하는 경우는 거의 없다.

소피가 내게 싱긋 웃어 보였다. 소피는 웰시 코기 여러 마리가 그려진 초록색 파자마를 입고 있고, 곱슬머리에 옅은 갈색 얼굴이다.

"제인, 정말 반가워!"

소피가 반갑게 소리쳤다. 나는 싱긋 웃어 보였다.

"거기 지금 몇 시야? 새벽 6시인가?"

"4시 다 됐어. 하지만 사랑에 몇 시가 무슨 상관이야?"

소피가 커다란 머그잔에 든 커피를 홀짝이고 웃었다. 나는 팔꿈치로 브랜의 옆구리를 쿡 찔렀다.

"소피가 새벽 4시에 너한테 전화한 건 그저 사이좋게 지내기 위해서일 뿐이길 바라."

브랜이 웃었다.

"우리 사이가 좀 웃기긴 해."

둘은 1분 동안 카메라를 통해 서로 바라봤다. 소피가 브랜에게 키스를 보냈다.

"너희 둘, 정말 역겨워."

"인정해."

소피가 웃으며 말했다.

"너도 사랑하는 사람이 생기면 그 사람과 이야기하러 날이 새기 전에 일어나고 싶을 거야."

나는 코웃음을 치고는 손사래를 쳤다.

"그럴 리 없어. 난 서른 살이 될 때까지 두 번 다시 연애하지 않을 거야."

이 결심은 홀든 존스가 두 달 전 갑자기 내게 이별을 선언한 후 했다. 홀든은 2학년 초부터 나랑 사귄 녀석이다. 지금 나는 사랑이든 연애든 까맣게 잊었다. 그런 것보다 혹등고래가 더 좋다.

"언젠가는 너도 괜찮은 사람을 찾을 거야."

로맨티시스트 브랜이 말했다. 화면 속 소피가 동의한다는 듯 고개를 끄덕였다. 브랜이 이어서 말했다.

"생각해 봐. 네가 꿈꾸는 소녀가 마우이섬의 배 위에서 기다릴 수도 있어."

"입 다물어라."

나는 콧방귀를 뀌며 말했다. 나는 메건 러피노*가 프랑스와의 월드컵 경기에서 승리하고 두 손을 치켜올렸다는 이야기를 브랜에게 해서 내가 양성애자일 거라는 의심을 심어 준 데 대해 후회하지 않는다. 내 애정 생활에 대한 브랜의 낙관주의는 너무 지나쳤다.

"제인, 어떻게 버티고 있어?"

소피가 물었다. 그러고는 잠시 쉬었다가 더 세게 치고 나왔다.

"홀든과 헤어졌다는 소식 브랜한테 들었어."

뭐야? 나는 조금 상처를 받았다. 브랜이 소피에게 말해서가 아니라 지난해 이맘때 우리가 더블데이트를 하듯 함께 이올 린 시 실이 떠올랐기 때문이다.

"이젠 좀 나아졌어."

"홀든한테 너무 화가 나."

소피가 갑자기 목소리를 높였다.

"대체 홀든은 무슨 배짱으로 그랬을까? 걔가 그렇게 나올 줄 알았어?"

"전혀 몰랐지."

목소리에서 묻어나는 쓰라림을 감추지 못한 채 말했다.

---

* 미국의 여자 축구 선수

말은 하지 않지만 이런 생각을 하지 않을 수 없다. 내 생각에 홀든과 나는 로맨틱 코미디의 커플 같았다. 홀든은 고등학교 1학년 때 내게 노래 가사를 써 주고, 내 사물함에 긴 편지를 남겨 내게 사귀자고 했다. 사귀기 시작한 뒤에도 한동안 홀든은 매주 내게 꽃을 가져다주었다. 우리는 걸핏하면 빗속에서 춤을 추었다. 나는 홀든의 가족 휴가에 따라갔다. 내가 그 애 집에서 밤을 보냈다면, 그 애 엄마는 내게 아침을 차려 주었을 것이다.

홀든은 모든 면에서 첫 번째였다. 첫 남자 친구였다. 첫사랑이었다. 첫 키스 상대였다. 또 함께 잠을 잔 첫 번째이자 유일한 남자였고, 내 가슴에 상처를 남긴 첫 남자였다.

소피가 동정 어린 한숨 소리를 냈다.

"맹세컨대 홀든은 작년 여름 맨해튼에서 열린 그 망할 놈의 미국 미래 투자 클럽 캠프에 갈 때까지는 괜찮았어. 집에 돌아온 날 그 애는 내게 헤어지자고 말했지."

"결별 이유는 말 안 했어?"

소피가 물었다. 반갑지 않은 눈물이 내 뺨을 타고 주르륵 흘러내렸다. 제기랄! 홀든 때문에 우는 게 이제는 너무나 지겹다.

"홀든은 더 넓은 세상을 경험하고 다른 사람들과 사귀고 싶다고 했어. 그리고 내가 자기의 진짜 모습을 보지 못한다고 했지. 내가 자기를 방해하고 있다고도 했어. 나는 홀든이 나를 사랑한다고 생각했지만⋯⋯."

말끝에 내 목소리가 갈라졌다. 내 사랑이 충분하지 않았다는 홀든의 말이 여전히 아프게 가슴을 찌른다. 사랑이 어떻게 한순간 존재하다 다음 순간 사라져 버릴까? 이미 헤어질 징후가 보였는데 내가 보지 못한 걸까? 잘 모르겠다. 두 달이 지났는데도 여전히 이런 질문에 사로잡혀 있는 내가 지겹고 싫다.

나는 강아지를 좋아하고 바보 같은 로맨틱 영화를 좋아하며 아이 돌보기와 새벽까지 책 읽기, 큰 소리로 웃는 걸 좋아하는 소녀다. 아니, 그런 소녀였다. 그런데 요즘의 나는 이미 끝난 관계에 미련을 버리지 못하는 멍텅구리 같다.

이제 슬픔은 가라앉았다. 하지만 홀든을 잊지 못하겠다. 후유! 나는 머리를 두 손으로 감싸고 나지막이 신음 소리를 냈다.

"아까도 말했듯 나는 서른 살이 될 때까지 연애하지 않을 거야."

"미안, 제인. 내가 그 자리에 있어서 너를 따뜻하게 안아 주고 홀든에게 달걀을 던질 수 있으면 좋을 텐데. 브랜, 나 대신 제인을 안아 줘."

소피가 나를 안으려는 듯 두 팔을 활짝 벌렸다.

"너는 내게 기쁨 자체야."

내가 소피에게 키스를 보내며 말했다.

브랜이 나를 안아 줬다. 나는 포옹을 받아들이며 브랜의 변함없는 우정과 나를 좋아해 주는 소피의 남친이 내 절친이라는 사실을 고맙게 여긴다. 브랜이 나를 안아도 우리 사이에 어색함이 없다는 사실 역시 고맙게 생각한다.

"이젠 괜찮을 거야."

브랜이 포옹을 풀며 말했다.

"점심시간이 거의 끝나 가는데, 최악의 인간 홀든은 그만 잊어버리고 돈에 대해 말해 보자."

"돈이라니?"

나는 평소와 다름없이 말하려고 애쓰며 물었다. 말하는 동안 목소리가 떨렸지만, 시체들이 매장된 곳을 드러내지 않으려는 도끼 살인범처럼 백팩 쪽을 흘깃거렸다.

당첨 복권을 친구들에게 보여 줄 수는 없다. 그들이 어떻게 반응할지 누가 알겠는가? 내게 5,800만 달러라는 엄청난 돈이 있다는 사실로 친구들을 이상하게 만드는 일은 절대 없어야 한다.

"로또 복권 말이야. 브랜이 몇 시간 전에 나한테 그 복권 소식을 문자로 알려 줬어. 믿을 수 있겠니? 그 자그마한 동네에 사는 누군가가 수백만 달러를 타다니 말이야!"

"그게 누굴까?"

브랜이 샌드위치를 한입 베어 물며 물었다. 소피가 어깨를 으쓱하며 말했다.

"누가 됐든 엄청난 행운아야. 나한테 그 많은 돈이 생긴다면 곧장 학교를 그만두고 유럽에 멋진 빌라를 살 거야."

"그만한 돈이 생기면 난 너희 둘을 정말 멋진 어딘가로 데려갈 거야. 라스베이거스 〈태양의 서커스〉 같은 특별한 곳에 말이야."

브랜의 말에 소피와 나는 동시에 배에 손을 얹고 웃었다.

"그 많은 돈이 생긴다면 너는 우리를 라스베이거스가 아니라 열대 지방으로 데려가겠지. 휴가지로 말이야."

소피기 말했다.

"맞는 말이야. 우리가 휴가를 가려면 맨 먼저 자가용 비행기인가 뭔가부터 사야 할 것 같은데."

브랜이 말했다.

"그 돈으로 자가용 비행기는 못 사."

내 뒤에서 잘난 체하는 목소리가 들렸다. 나는 휙 뒤를 돌아봤다. 내가 여전히 극복하려 애쓰고 있는 실연의 아픔, 갈망, 혐오감이 몰려오며 내 몸이 그 목소리에 반응했다.

홀든 존스가 두 손을 각각 양쪽 주머니에 찔러 넣은 채우리 테이블로 다가왔다. 요즘 한창 멋을 부리는 홀든은 아르마니 티셔츠, 나를 약간 서글프게 하는 스키니 진, 자동차보다 더 비쌀 것 같은 회색 양모 코트를 입고 있다. 홀든은 미국 미래 투자 클럽(나는 이것을 '울프 오브 월 스트리트' 즉 '월 스트리트의 늑대들'이라고 부르고 싶다.) 캠프에 다녀온 뒤 《GQ》*를 열심히 읽으며 값비싼 옷을 사려고 자기 아빠 철물점에서 일하고 있다.

역겹다는 생각이 들었다. 멋을 내는 건 괜찮다고 생각한다. 하지만 홀든은 주식 중개인이 되려는 새로운 열망이 너무 큰 나머지 지나치게 옷에 신경을 썼다. 우리가 사귀고 있을 때 홀든이 이런 옷차림을 좋아했다면……. 어쩌면 내가 먼저 찼을지도 모른다.

그런 생각을 하면서도 나는 홀든이 얼마나 많이 변했는지 인정한다. 홀든이 여전히 멋지다는 사실도 인정하지 않을 수 없다. 망할 놈의 로맨스 소설 속 주인공 같은 홀든의 모습, 어깨까지 내려오는 검은 머리, 짜증 나는 짙푸른 눈, 뺨에 살짝 난 전혀 사랑스럽지 않은 주근깨, 내겐 너무 익숙한 손…….

홀든은 재미있었다. 게다가 멋지고 친절했다. 홀든은 내가 만난 그 어떤 남자애와도 다른 느낌을 주었다.

---

* 미국의 남성 패션 잡지

그리고……. 휴!

이제 나는 홀든을 사랑한 것만큼이나 그를 싫어하는 것 같다. 2년 전 홀든이 생태학 클럽에 처음 가입했을 때, 나는 홀든을 좋아하지 않는 척하는 데 시간을 바쳐야 한다고 생각했다. 하지만 그때 홀든이 내게 다가왔고, 우리는 서로 좋아했다. 솔직히 우리가 하나였던 그때가 너무나 그립다. 홀든은 내 곁으로 서둘러 걸어왔다. 너무 바짝 다가오는 것 같다. 나는 홀든을 밀쳐 내려고 했다.

"우리는 이미 헤어졌어."

내가 홀든에게 상기시키듯 말했다.

"너와 이별한 덕에 내게 친구들이 생겼어."

홀든이 웃었다.

"나한테 친구로 지내자고 말한 건 너잖아. 그래서 친구로 여기 온 거야."

"안 돼!"

나는 홀든을 벤치에서 밀어 내며 말했다.

"굳이 앉겠다면 저쪽으로 가서 앉아."

나는 테이블 맞은편을 가리켰다. 홀든이 앉자 브랜은 독기 어린 시선으로 홀든을 노려봤다. 그런데 화면 속의 소피는 손을 흔들었다. 소피는 브랜과 나를 합친 것보다 훨씬 멋져 보였다.

홀든이 계속해서 말했다.

"아까 말했듯이 5,800만 달러로는 자가용 비행기를 살 수 없어. 당첨금을 일시불로 받는다면 세금 떼고 3,000만 달러쯤 돼. 자가용 비행기 가격은 1,000만 달러 정도부터 시작하고. 그래서 조종사와 승무원을 구하고 공항 이용료를 내고 몇 번 연료를 채워 매디슨에서 런던까지 비행하면 돈이 바닥나지."

"네가 그걸 어떻게 알지?"

내가 물었다. 잘난 척 가르치려 드는 태도 또한 홀든의 새로운 모습 중 하나다. 정말 웃긴다.

"알아봤어. 미국 미래 투자 클럽에서 만난 룸메이트네는 자가용 비행기가 있더라고. 그 애는 주말에 할아버지 할머니를 만나러 자가용 비행기로 뉴욕에서 찰스턴으로 날아갈 때 나를 태워 줬어. 그 뒤 나는 자가용 비행기 한 대를 마련하는 데 비용이 얼마나 드는지 알아봤지. 언젠가 내가 자가용 비행기를 살 때를 대비해서 말이야."

나는 눈을 휘둥그레 떴다. 브랜과 소피가 동시에 말을 시작했다. 둘은 자가용 비행기를 마련하는 데 드는 비용을 놓고 홀든과 다툰다. 정말 우습다. 우리 모두 대학 장학금을 바라는 부유하지 않은 집의 아이들이라서 더 그렇다.

"얘들아!"

소피가 소리쳤다.

"로또에 당첨되면 그 돈으로 뭘 할지 제인은 아직 말하지 않았어."

"맞아."

홀든이 맞장구쳤다.

"포르튜나 제인, 로또 당첨되면 그 돈으로 뭘 할 거야?"

홀든의 눈이 태평양처럼 반짝거렸다. 맹세컨대 나는 누구를 그토록 심하게 미워한 적이 없다. 홀든이 진지하게 내 이름 전체를 부른 바로 그 순간, 나는 슈퍼 영웅이라도 된 것 같은 기분이다. 나는 홀든의 시선을 피한 채 후드 티의 끈을 만지작거리며 말했다.

"글쎄, 홀든 헤이든 존스 너는……?"

브랜이 흥 하고 코웃음을 쳤다. 나는 브랜에게 고맙다는 표정을 지어 보였다.

"나한테 그 많은 돈이 생기면 어떻게 할 거냐고? 솔직히 잘 모르겠어. 복권 당첨은 당첨자에게 나쁜 일만 가져온다고 생각해."

"그건 맞아."

브랜이 동의했다.

"이런 말 있잖아. '복권 당첨자의 저주'라는 말."

모두 브랜을 멀뚱멀뚱 바라봤다. '복권 당첨자의 저주'라니, 당첨금을 수령한 후 정신 무장을 위한 지침 목록에 추가해야겠다고 생각했다.

"오늘 아침 그것에 대해 조사했어. 실제로 복권 당첨자 가운데 엄청나게 많은 사람이 사랑하는 사람들에게 무참히 죽임을 당했대."

"브랜, 우울한 이야기 그만해."

소피가 말했다. 홀든은 줄곧 나를 바라보았다.

"그런데 제인은 복권에 당첨되면 그 돈으로 뭘 할지 아직 말하지 않았어."

나는 책장 사이에 끼워 놓은 주황색 슈퍼 복권을 떠올렸다. 당첨금으로 무엇을 할까? 내가 복권을 돈으로 바꿀 수 있는, 그러니까 당첨금을 받을 수 있는 나이가 될 때까지 앞으로 2주 동안 복권을 숨겨 두어야 한다. 아무튼 그 돈을 받으면 무엇을 하지?

"전혀 모르겠어."

내가 말했다. 솔직하게 말하니 기분 좋다. 벨이 울리자 홀든은 작별 인사도 없이 일어나서 가 버렸다. 홀든이 떠나고, 소피가 내게 살짝 미소를 지어 보였다.

"이제 헤어질 시간이구나. 그런데 제인, 너는 네가 홀든보다 훨씬 잘할 수 있다는 걸 알아야 해. 뭐든 말이야. 그리고 할 이야기 있으면 언제든 내게 해."

"내가 더 잘할 수 있다는 거 알아. 그리고 고마워."

브랜과 소피가 작별 인사를 했다. (둘은 나중에 둘이서만 영상 통화를 하기로 약속한다. 흥!)

브랜은 전화를 끊었다. 브랜과 나는 교실을 향해 걸었다.

"괜찮아?"

브랜은 내가 홀든에게 차인 이후로 거의 매일 이렇게 물었다. 나는 어깨를 으쓱했다.

"완전 괜찮아. 로또 때문에 이상한 하루를 보내고 있을 뿐이야."

"온 마을 사람들이 네 고통을 함께 느끼는 것 같아. 오늘 밤 농장에서 만날래?"

나는 브랜네 호박 농장에서 일한다.

"오늘 밤은 쉴래. 내일 보자. 그러잖아도 내일은 덩치 큰 쓰레기를 버리는 날이니까 마을에서 나를 보게 될 거야."

덩치 큰 쓰레기 버리는 날은 한 달에 두 번 있다. 그날이면 마을 사람 모두 낡은 텔레비전, 커다란 의자, 부서진 식탁, 먼지 묻은 상자를 비롯한 온갖 것을 길가에 내놓는다. 그러면 많은 사람이 몰려와 쓸 만한 물건을 건져 간다. 남의 추억을 그러모으는 일을 평생의 사명으로 삼아 온 우리 엄마는 쓰레기 버리는 날을 위해 사는 사람이다.

오늘 밤 엄마는 길가에 널린 것들을 샅샅이 살피는 일에 나를 끌어들일 것이다. 웃기는 이 가족 유대감 형성을 위한 활동에 대해 말해 보겠다. 이 활동으로 나는 우리 고등학교에서 유명해졌다. 그러니까 엄마 덕분에 내가 작년에 '누군가의 쓰레기를 가장 잘 활용할 것 같은' 선배로 선정된 것이다. 이 별명은 졸업 앨범 편집자가 앨범에 넣기를 거부했지만 여전히 통하고 있다. 정말이지 자랑스럽다.

"오늘 밤 필요한 게 있으면 나한테 전화해. 어쩌면 우리가 너를 쓰레기 버리는 날에서 벗어나도록 해 줄 수 있을 거야."

브랜은 우리 엄마에 대해 강경한 태도를 보인다. 하지만 그런 태도를 학교에서는 절대로 보이지 않는다.

"고마워. 너는 역시 멋진 애야."

나는 브랜에게 미소를 지어 보이며 말했다. 그때 점심시간이 끝났음을 알리는 벨이 울렸다. 이제 정확히 2분 뒤면 수업이 시작된다.

"복권 당첨금이 이 마을의 많은 걸 바꿔 놓을 거야."

브랜이 자기 교실을 향해 달려가며 어깨 너머로 소리쳤다.

"나는 느낄 수 있어!"

브랜의 말이 전적으로 옳다. 나는 바뀔 준비가 되어 있다. 복권을 돈으로 바꾸고 엄마에게 도움을 좀 주고 휴가를 떠나고 마침내 홀든 존스를 기억에서 지울 것이다.

3

어떻게 하루를 보냈는지 잘 모르겠다. 모든 것이 흐릿하다. 그럭저럭 수업을 마쳤고, 방과 후 생태학 클럽 모임을 가까스로 떠올렸다. 복권 이야기로 수다 떠는 학생들이 가득한 복도를 나는 고개를 숙인 채 걸었다. 이렇게 소리치지 않은 것만은 확실하다.

'나 로또 복권에 당첨됐어! 너희가 이야기하는 사람은 바로 나라고! 이제 그만 좀 떠들어!'

내가 그렇게 소리치면 아이들이 어떻게 반응할까? 나를 향해 거짓말쟁이라며 욕할까? 내 백팩을 찢어서 열고 복권을 찾으려고 달려들까? 아이들은 뭐라고 말할까? 재난을 당한 듯 우리 모두는 사흘 만에 짐승이 될지도 모른다. 엄청난 액수의 돈 앞에서 사람들은 얼마나 쉽게, 그리고 빨리 타락할까?

"당첨된 걸 어떻게 비밀로 할 수 있을까?"

그린베이 패커스* 스웨트 셔츠를 입은 금발 소녀가 말했다. 우리 학교는 크지 않지만 나는 그 여자아이도, 그 여자아이의 친구들도 전혀 모른다.

"미안."

그 여자아이들을 밀치고 나가면서 중얼거렸다. 그들은 복도를 가로막은 채 분수처럼 생긴 식수대에 모여 있었다. 여자아이들 모두 나를 빤히 바라봤다. 한 여자아이가 속삭였다.

"그 애야. 홀든의 전 여친."

마치 내게 이름이 없는 것처럼 말했다. 학교에서 오랫동안 나는 '홀든의 여친'으로 알려졌다. 이제 나는 '홀든의 전 여친'이 되어 버렸다.

"홀든은 어째서 저 애와 그토록 오래 사귀었을까?"

처음 말을 꺼낸 여자아이의 믿지 못하겠다는 듯한 말투가 귀에 거슬렸다. 달려가서 한 대 후려갈기고 이렇게 말하고 싶다.

---

* 위스콘신주 그린베이를 연고지로 하는 미식축구팀

그건 내가 재미있고 귀엽고 똑똑하고 키스를 아주 잘하기 때문이야.

홀든은 내가 정말로 그렇다고 말했다. 그것도 몇 번이나. 솔직히 정말 그런지는 잘 모르겠다. 객관적으로 따져보면 그렇지 않을 수도 있다. 하지만 내 자존심은 스스로를 무가치하다고 생각할 만큼 낮지는 않다. 홀든을 떠올리면 그와 커플이라는 틀에 갇힌다. 나는 그 틀에서 벗어나 내가 누구인지 기억하려 애쓰고 있다.

"그때 저 애 헤어스타일 정말 역겨웠어."

또 한 여자아이가 말했다. 홀든에게 차인 날 밤 나는 머리를 박박 밀어 물릿 스타일*로 만들었다. 브랜은 내가 머리를 미는 걸 도와주었다. 두 달이 지났는데도 내 머리는 여전히 짧다. 짧아도 너무 짧다. 하지만 나는 마음에 든다.

"저 애는 머리를 왜 그렇게 했을까? 보는 사람 소름 돋게 말이야."

처음 말을 꺼낸 여자아이가 말했다. 홀든이 내 긴 머리를 좋아했기 때문에 나는 화가 나서 짧게 밀었다. 하지만 이제는 내가 무언가 통제해야 한다고 느낄 때, 주로 마구 소리치고 싶은 심정일 때 머리를 자른다. 나는 심호흡을 해

---

* 앞은 짧고 뒤는 긴 남자 헤어스타일

숨을 고르며 침울한 생각에서 벗어난 뒤 휙 돌아서서 여자아이에게 말했다.

"따분하게 굴지 마. 내 헤어스타일이 어때서? 귀엽잖아? 여자는 다른 여자를 그런 식으로 깎아내리면 안 돼. 그러지 않아도 여자에게는 인생이 너무 힘들어. 여자인 네가 여자의 몸에 대해 부정적으로 말하지 말란 얘기야. 멋진 하루 보내."

그리고 고개를 뻣뻣이 들고 걸었다. 여자아이의 입이 떡 벌어져 있다. 나는 학교에서 내가 가장 좋아하는 곳, 그러니까 데이비스 선생님의 생물학 교실로 향했다. 얼굴 가득 웃음이 번졌다.

데이비스 선생님 교실에는 화이트보드 마커, 땀에 젖은 학생들, 포름알데히드와 뒤섞여 썩어 가는 잎사귀의 생물학적인 공포 냄새가 풍겼다. 생태학 클럽은 10분 뒤 시작한다. 교실은 텅 비어 있다. 교실 뒤쪽과 연결된 교사실에서 데이비스 선생님이 움직이는 기척이 들렸다. 나는 가장 가까운 책상에 백팩을 내려놓고 숨을 깊이 들이쉬었다. 홀든과 어리석은 여자아이들 때문에 지친 마음을 진정시켜 보고자 어제 로또 복권을 샀던 순간을 떠올렸다.

완다스 퀵고 숍에 들어갔을 때 나는 복권을 살 생각이 없었다. 살 수 있다는 생각도 하지 않았다. 이전에 완다스에서 복권을 사려고 했지만, 완다나 그의 아내 메리 앤은 언제나 열여덟 살 아래로 보이는 손님의 신분증을 확인했다. 예외는 없었다. 질문도 받지 않았다. 그것이 규칙이었다. 우리 모두 그 규칙을 잘 알고 있었다.

어제는 예외였다. 돌아가신 아빠의 생신이었고 홀든에게 차인 지 두 달이 되는 날이었다. 그래서 그랬던 것은 아니다. 나는 단지 규칙을 생각하지 않았을 뿐이다. 완다와 메리 앤도 규칙을 생각하지 않았다. 나는 엄마와 아빠가 어떻게 사랑에 빠지게 되었는지를 생각하고 있었다. 그리고 엄마와 아빠와 내가 매년 아빠 생일에 아빠가 좋아하는 해산물 전문 요리점에 갔던 일을 생각했다. 5년 전 아빠가 돌아가신 뒤부터 내가 해산물을 먹지 않았다는 사실도 생각했다.

집 냉장고가 텅 비어 있을 거라고 생각했고, 축구 연습을 한 뒤 과자를 사러 완다스에 들렀다. 스웨트 셔츠에 우리 학교 마스코트인 배저스*가 새겨진 후드 집업을 입고 그 위에 옅은 분홍색 재킷을 걸친 데다가 백팩까지 짊어지고 있어서 영락없는 학생처럼 보였다. 계산대에는 새로운 직원

---

* 오소리의 일종

이 서 있었다. 중년 남자였다. 남자는 금전 등록기의 버튼을 계속해서 잘못 눌러 댔다. 그는 엉뚱한 계산이 나올 때마다 얼굴을 붉히고 나지막이 투덜거렸다.

"미안합니다. 미안합니다."

남자는 이번에도 가격 버튼을 잘못 누르고 이렇게 말했다.

"여기서 일하는 게 처음이라서요. 완다 부인은 볼일이 있어 나갔어요. 곧 돌아올 거예요."

계산대까지 길게 이어진 손님들 줄에 서서 느릿느릿 앞으로 나아갔다. 트럭 운전사 몇 명, 칭얼대는 어린아이들을 데려온 부모도 서넛 있었다. 하지만 우리 학교 아이들은 아무도 없었다. 나는 금전 등록기 위의 안내판을 흘깃 올려다보았다. '오늘의 복권 당첨금: 58,642,129달러'라는 글자가 눈에 들어왔다.

큰돈이라는 생각이 들었다. 분명히 그렇게 생각한 기억이 난다. 말도 안 되게 많은 돈이었다. 그 순간 로또 복권을 사야겠다는 생각이 아주 강하게 들었다. 딱 한 장만 사자. 그때 어쩌면 저세상에서 아빠가 팔꿈치로 내 옆구리를 쿡 찔렀는지도 모른다. 어쩌면 내가 규칙을 어기고 싶었는지도 모른다. 이유야 어떻든 물건값을 치를 차례가 되었을 때 나는 자신 있게 금전 등록기 쪽으로 다가갔다.

"이게 다예요?"

점원이 물었다. 그는 나를 바라보지 않고 카운터에 놓인 프레첼 봉지와 주스, 엄마와 점심으로 먹을 냉동 부리토 두 개를 손으로 가리켰다.

"이것들과 슈퍼 복권 한 장요."

나는 씩씩하게 말했다. 점원은 여전히 나를 쳐다보지 않은 채 로또 복권 판매기의 버튼을 눌렀다. 기계에서 주황색 복권이 튀어나왔다. 점원은 계산대를 가로질러 복권을 내 쪽으로 밀었다.

6, 28, 19, 30, 82.

나는 복권 숫자를 뚫어지게 바라보았다. 조금은 실망스러웠다. 아빠의 생년월일77/10/13이나 아빠가 돌아가신 날16/8/17이나 다른 상징적 의미를 띤 숫자를 고를 수 있었는데도 복권 숫자 선택을 랜덤으로 맡긴 게 후회되었다. 하지만 아무 말도 하지 않았다. 숫자가 마음에 들지 않는다는 식으로 불평이라도 하면 점원이 나를 뚫어져라 바라볼 것이기 때문이다. 그러면 내가 미성년자라는 사실이 들통 날 것이다. 아무튼 미성년자는 로또 복권을 살 수 없다.

"9달러 92센트입니다."

점원이 말했다.

"거스름돈은 됐어요."

나는 재빨리 10달러 지폐를 건네며 말했다. 그러고는 로또 복권을 손에 든 채 획 돌아섰다.

나는 응애응애 하고 우는 아기를 팔에 안은 아저씨가 물건값을 치를 수 있게 비켜 주었다. 그런 다음 산 물건을 몽땅 백팩에 쑤셔 넣었다. 그러고 나서 한 번 더 로또 복권을 흘깃 보고는 숨죽여 중얼거렸다.

"좋아, 드디어 로또 복권을 산 거야. 앞으로 어떻게 되는지 보자고."

여기까지 어제의 기억을 되짚었을 때였다. 데이비스 선생님이 교사실에서 생물학 교실로 들어오며 나를 불렀다.

"제인!"

데이비스 선생님은 활기 넘치는 60대 초반 여자다. 오늘 선생님은 늘 신는 양말에 버켄스탁을 신은 데다 늑대들이 그려진 티셔츠를 입고 있다. 거미 모양의 은색 귀고리가 달랑거리며 선생님 귀에 매달려 있다. 선생님은 완벽한 친환경 전사이다.

"안녕하세요, 데이비스 선생님?"

나는 살짝 미소 지으며 인사했다.

"수업 시간에 학생들이 주의를 기울이지 않아 애를 먹었단다. 모두 말도 안 되는 복권에 대해 이러쿵저러쿵 떠들어대니, 원. 넌 별일 없니?"

가장 가까운 책상에 털썩 앉으며 대답했다.

"솔직히 말하자면 좀 피곤해요."

데이비스 선생님이 예리한 눈으로 나를 바라봤다.

"공부를 너무 많이 해서 피곤한 거니?"

코웃음을 치고 나서 기침 소리처럼 들리게 하려고 애썼다.

"네, 그래요."

데이비스 선생님은 내가 집에서 어떻게 지내는지 물어볼 것 같다. 홀든에 대해서도 물어볼 것 같은 느낌이 들었다. 하지만 선생님은 그 두 가지 모두 묻지 않았다. 갑자기 선생님이 사랑스럽게 느껴졌다.

"오늘 모임 준비 다 됐니?"

데이비스 선생님이 뒤쪽 캐비닛에서 물건들을 꺼내 놓은 뒤 종이 뭉치를 건네며 물었다.

"신입 회원들에게 도움이 될 자료란다."

선생님 말에 잠시 멍한 표정을 지었다. 그러다 무슨 말인지 기억해 냈다. 맞다. 우리는 오대호* 수질 문제에 대해, 그리고 우리가 나설 수 있는 해결 방법이 무엇인지에 대해 토론하기로 했다. 나는 호수에 관한 조사 결과를 발표하겠

---

* 미국과 캐나다의 국경 지역에 서로 잇닿아 있는 다섯 개의 큰 호수

다고 말해 놓았다. 다음 달 미시간호 여행에 미리 대비할 겸 해서 말이다.

"당연히 준비됐죠."

종이 뭉치를 받으며 대답했다. 누르스름한 종이가 녹슨 스테이플로 철해져 있다.

"아주 완벽하게 준비했어요. 이 자료가 도움이 될 거라고 생각해요."

"좋아."

데이비스 선생님이 사랑스럽게 말했다. 그러고는 내 등을 두드렸다.

"내일 수족관 판매점에서 현장 학습 하는 거 알고 있지? 잊지 마."

"그럼요. 잊지 않고 꼭 갈게요."

나는 자신 있게 대답했다. 실은 깜빡 잊고 있었다. 우리는 내일 초등학교 3학년생들을 매디슨의 한 수족관 판매점에 데려가기로 했다.

"너는 클럽 회장으로서 맡은 일을 아주 잘하고 있어. 네 미래가 어떻게 펼쳐질지 빨리 보고 싶구나. 너는 엄청난 잠재력이 있는 아이야."

데이비스 선생님이 다가와 나를 껴안았다. 힘이 마구 솟구치는 것 같다. 내가 고맙다는 말을 꺼내기도 전에 선생님은 교사실로 돌아갔다. 나는 다른 누군가, 특히 홀든이 오기 전에 생태학 클럽 모임에서 도망칠 5,800만 가지 이유에 대해 생각했다. 그런 한편으로 오대호에 대해 어떻게 발표해야 할지도 생각했다. 머리가 터질 것 같다.

제이 윌킨스 여러분, 안녕. 우리 집 변기를 교체해 줄 시공업자를 찾고 있어요. 어찌 된 일인지 너구리들이 나타나서 화장실······. [댓글 20개 이상 달림]

에이미 펨벌리 어머, 세상에! 다들 들었어요? 당첨된 슈퍼 로또가 어젯밤 우리 동네에서 팔렸대요! 누군가 어마어마한 부자가 된 거예요![킴 카다시안 사진]

메리 풀턴 설마! 나는 금시초문인데요. 정말 이 동네 사람일까요? 우리 동네를 지나가던 사람이 산 건 아닐까요?

에이미 펨벌리 어쩌면 고속도로를 지나가던 사람일 수도 있죠. 하지만 동네 사람이라면, 그게 누구인지 상상이 되나요?

리사 호킨스 아무래도 동네 수영장에 가 봐야겠는걸요. 하하!

메리 풀턴 수영장에 갈 필요는 없어요. 호수가 있잖아요! 호수에서 수영 잘하나요?

리사 호킨스 쳇, 웃기는 소리 하지 마세요. 여기서 또다시 '호수에서 수영하자.', '수영장은 엉큼한 사람들이나 가는 곳이다.' 같은 논쟁을 하자는 건가요? 지금은 5,800만 달러 복권 당첨자에 관한 이야기를 하고 있다고요.

에이미 펨벌리 왜 당첨자가 나타나지 않는 걸까요? 나라면 지붕에 올라가 소리칠 것 같은데요.

메리 풀턴 어쩌면 당첨자가 아직 당첨된 줄 모르고 있는 게 아닐까요? 오늘 아침에 발표했으니까 그럴 수 있잖아요.

리사 호킨스 아니, 일어나자마자 복권 번호부터 확인하지 않았다는 건가요? 나는 늘 그러는데. [댓글 50개 이상 달림]

메리 풀턴 이야기 주제를 바꿔서 미안해요. 오늘 아침 이 소가 우리 집 마당에서 어슬렁거렸어요. 혹시 이 소의 주인이 누군지 아는 사람 있나요? 소가 순해 보이던데 말이에요. [그네와 미끄럼틀이 있는 놀이터 옆에서 행복하게 풀을 뜯고 있는 커다란 젖소 사진]

에이미 펨벌리 어쩌다 소를 잃어버렸을까요? 그것도 이 좁아터진 레이크스보로에서 말이에요. 하하.

메리 풀턴 소는 아무것도 아니에요! 몇 주 전 우리 집 마당에서 곰이 돌아다녔다고 했잖아요?

제이 윌킨스 그거 우리 집 소예요! 고맙습니다! 금방 갈게요.

4

나는 생태학 클럽 모임에 참석했다가 곧장 집으로 향했다. 녹초가 되었기 때문에 오늘 밤 일은 하지 않기로 했다. 다행이다 싶다. 일하게 되면 사람들과 이야기하고 브랜에게 내 비밀을 지키려 애쓰고 걱정을 많이 하게 될 테니까. 오늘 밤 내게는 머릿속을 마구 날뛰는 생각을 진정시킬 방과 침대가 필요하다. 머릿속이 시끄럽다. 너는 로또 복권에 당첨됐어! 너는 로또 복권에 당첨됐어! 너는 로또 복권에 당첨됐다고!

머릿속 생각들아, 침착하자!

걸어서 집까지 왔다. 버스도 브랜의 차도 타지 않았다. 그래야 로또 당첨자에 관한 수다에서 벗어날 수 있기 때문이다. 하지만 로또 당첨자 이야기에서 벗어나는 건 거의 불가능한 일이었다. 한 번도 들어가 본 적 없는 마을 페이스북 채팅방에 들어가서 사람들이 복권 당첨자에 대해 뭐라고 떠드는지 알아보고 싶었다.

확인한 사실은 모두 이번 로또 복권과 신비에 싸인 당첨자에 관해 이야기하고 있다는 것이다. 하루 종일 학교를 가득 채웠던 아이들의 목소리가 계속해서 들렸다.

"당첨자가 누굴까?"

"나라면 이렇게 할 거야."

"5,800만 달러라니, 이게 얼마나 많은 돈인지 상상이 되니?"

머릿속에서 이런 말들이 모기 떼처럼 날아다니다 내 의식을 콕콕 찔렀다. 나는 집에 도착하자마자 그 모든 생각과 목소리들을 떨쳐냈다.

아아, 우리 집의 정다운 쓰레기 더미!

엄마와 나는 마을의 맨 끝에 산다. 이웃집들은 800미터 넘게 띄엄띄엄 떨어져 있고, 옥수수밭과 콩밭이 피크닉 매트처럼 펼쳐져 있다. 붉은색 페인트를 칠한 곡물 창고들도 띄엄띄엄 떨어져 있다. 우리 집은 한때 32만 4,000제곱미터쯤 되는 조부모의 농장 안에 있었다. 그런데 할아버지가 돌아가시자 할머니는 집만 남기고 농장 대부분을 팔아 버렸다. 할머니는 농장을 판 돈으로 매디슨 중심가에 조그만 아파트를 장만했다. 아무튼 우리에게는 농가를 비롯해 한쪽은 옥수숫대, 다른 한쪽은 철조망과 소들이 있는 자그마한 마당만이 남았다. 그래도 상관없다. 우리 집 마당을 보고 우리에게 소리치는 이웃이 가까이에 없어 다행이다.

나는 길게 한숨을 내쉬고 나서 마당으로 향하는 문을 지나쳤다. 문을 살짝 닫았는데도 울타리 한쪽이 무너졌다. 울타리는 나무를 박아 만들었지만 지금은 낡은 데다 군데군데 부러졌거나 쓰러져 있다. 더럽고 울퉁불퉁한 짐승의 이빨을 보는 것 같다. 마당은 어린이 놀이 기구로 가득하다. 망가진 철제 그네는 얼마 전 엄마가 쓰레기 더미에서 주워 온 것이다. 그네 옆에는 찌그러진 노란색 미끄럼틀이 쓰러져 있다. 잡초로 뒤덮인 화단과 죽은 잔디밭 위로 수십 개의 플라스틱 장난감, 장난감 집, 유아용 그네, 실외 놀이 기구 등이 흩어져 있다. 모든 물건이 아이들에게는 무척 위험해 보인다. 안전하지 않은 물건을 몽땅 꺼내 놓은 탁아소 마당 같다.

엄마는 초여름부터 마을을 돌아다니며 물건을 모으기 시작했다. 이웃들이 자기 집 차고에 내놓고 파는 중고품들을 사들였다.

"엄마, 이건 쓰레기야. 쓸데없는 물건일 뿐이라고."

그때마다 나는 이렇게 말했다. 엄마의 새로운 집착을 막고 싶었다.

"쓰레기라니, 무슨 소리야?"

엄마가 망가진 장난감 트럭을 품에 안고 부산하게 움직이며 말했다.

"한때 아이들은 이 장난감들을 좋아했어. 그건 이 장난감들에 추억이 깃들었다는 뜻이야. 이것들이 쓰레기 매립지에 묻히기 전에 구해야 해."

'한때 아이들이 좋아한 물건들'은 무한하겠지만, 우리 집 공간은 유한하다. 다시 말해 우리 집에는 쓰레기를 더 들여놓을 공간이 없다. 하지만 엄마는 그런 문제 따위는 걱정하지 않았다.

"엄마는 저 물건들이 누구 것이었는지도 모르잖아!"

"그런 건 중요하지 않아. 내 일은 물건들을 잊히지 않게 하는 거야. 그리고 네 일은 나를 돕는 거고."

썩은 낙엽이 가득한 웅덩이 옆에 장난감 트럭을 내려놓으며 엄마가 말했다. 나는 한숨을 내쉬고 엄마가 가까스로 '구해 낸' 물건들을 내려놓는 걸 도왔다. 엄마는 실외 놀이 기구를 집 안으로 들여놓지는 않았다. 적어도 아직까지는 그랬다.

나는 현관 앞에 쌓인 거북이 모양의 모래 상자 두 개를 뛰어넘어 겨우 현관문에 열쇠를 밀어 넣었다. 우리 가족은 이 오래된 농가에서 3대째 살고 있다. 엄마는 이 집에서 자랐다. 그리고 대학에 가기 위해 이곳을 떠났다가 아빠를 만났다. 엄마와 아빠는 내슈빌에서 살기도 했다. 엄마가 컨트리 음악 가수가 되려고 했기 때문이다.

내가 열두 살 때인 5년 전, 소방관이던 아빠는 어마어마한 불길에 휩싸였다. 그 때문에 영영 집에 돌아오지 못했다.

그 사건 뒤 엄마는 완전히 딴사람이 되었다. 기타를 팔고 나와 함께 할머니 집으로 돌아와서는 아빠를 떠올리는 물건을 하나둘 사들이기 시작했다. 처음에는 몇 가지 안 되었다. 이를테면 아빠가 입던 것 같은 스웨터 정도였다. 아니면 아빠가 좋아한 책이거나.

그런데 어느 날 엄마는 중고품 판매점에서 사진이 박힌 머그잔을 들고 집으로 왔다.

"이것 좀 봐!"

엄마가 주방으로 달려 들어오면서 소리쳤다. 그때 나는 주방에 놓인 테이블에서 할머니의 도움을 받으며 수학 숙제를 하고 있었다.

"엄마, 왔어?"

나는 고개도 들지 않은 채 인사했다. 엄마는 머그잔을

테이블에 탁 내려놓았다.

"이것 좀 보라고!"

엄마가 강요하듯 말했다. 나는 고개를 들어 머그잔 사진 속 축구 유니폼을 입은 빨강 머리 소년을 흘깃 보았다. 소년도 나를 빤히 바라보았다. 머그잔 맨 위에 *#1 축구 스타!* 라는 글자가 붙어 있었다.

"누군데?"

"몰라."

나의 물음에 엄마가 재빨리 대답했다.

"하지만 그런 건 중요하지 않아. 어떻게 이런 걸 내다 버릴 수가 있니? 네가 이 아이라면, 네 사진이 박힌 머그잔이 쓰레기처럼 버려졌는데 누가 발견했다고 상상해 봐!"

할머니와 나는 한참 동안 눈빛을 주고받았다. 우리는 엄마가 머그잔을 거실 선반에 놓을 때까지 아무 말도 하지 않았다.

"네 엄마는 아직도 네 아빠의 죽음을 슬퍼하는 거야."

할머니가 내게만 들리도록 나지막이 말했다.

"곧 이 단계를 벗어날 거야. 극복할 거라고."

하지만 엄마는 그러지 못했다. 조금도 벗어나지도 극복하지도 못했다.

현관문을 열고, 모두 나를 기다리고 있는 집 안으로 들어섰다. 수많은 눈. 우리 집을 가득 채운 머그잔과 티셔츠와 사진 속의 눈들이 나를 빤히 바라봤다. 나를 따라다니는 눈들이 무슨 말을 하는지 당신은 알까? 하나같이 오글거리는 말뿐이다. 그런 말을 들으면 어떤 느낌이 드는지 우리 집 거실에 들어오면 알 것이다.

세계 최고의 아빠!

넘버 원 할머니!

사랑스러운 우리 아가의 첫 번째 크리스마스!

벽을 따라 줄지어 늘어선 책장들과 바닥에 수북이 쌓인 물건 더미에서 이런저런 목소리가 들렸다. 널브러져 있는 물건 때문에 카펫은 보이지 않았다. 쌓인 물건 더미 사이를 조심스레 걸어야 한다. 한쪽 물건 더미 위에 먹다 만 시리얼 그릇이 놓여 있다. 엄마가 일하러 나가기 전에 여기서 아침을 먹은 게 틀림없다. 나는 시리얼 그릇을 집어 들고 활강하는 스키 선수처럼 재빨리 거실을 가로질러 주방으로 들어갔다.

주방도 거실보다 나을 게 없지만, 고맙게도 엄마는 음식을 사재기하지는 않았다. 우리에게 식료품 살 돈이 충분했을 때도 엄마는 식료품 사는 것을 곧잘 잊었다. 그래서 내가 때때로 식료품을 사서 냉장고를 채워야 했다. 하지만 조리대 역시 엄마가 차고 세일이나 중고품 할인점에서 사들인 물건들로 덮여 있다. 개인의 추억이 담긴 물건들만이 아니다. 엄마는 우리에게 필요하다고 생각되거나 그 물건에 얽힌 이야기를 들으면 앞뒤 가리지 않고 샀다. 흔해 빠진 음료수 컵이든 녹슨 깡통 따개든 그 물건에 얽힌 이야기가 있는지 알아본다. 파는 사람이 물건에 얽힌 이야기를 들려주지 않으면 엄마는 억지로라도 이야기를 지어낼 것이다.

엄마는 모든 물건에 각기 다른 사연이 있다고 하지만, 나로서는 알 수 없는 일이다. 내가 할 수 있는 일이라고는 되도록 내 주변 공간을 깨끗이 유지하는 것, 엄마 물건에 손대지 않는 것이다. 내가 언제 무엇을 하는지 엄마는 정확히 알고 있다. 내가 스토브 꼭대기에 쌓인 접시 건조대 네 개중 하나를 내버린다면 엄마는 금세 알아차릴 것이다. 다른 플라스틱 컵, 움푹 들어간 스푼, 캐비닛 안의 고물 쓰레기를 버려도 마찬가지다.

오늘 아침 내가 학교에 간 사이 부엌에 한 쌍의 높은 의자가 새로 들어왔다. 나는 그 의자들을 빙 돌아 시리얼 그릇을 씻은 다음, 다른 그릇들과 함께 식기 세척기에 넣었다. 엄마는 몇 년 전부터 청소를 그만두었다. 내가 물건을 정리하지 않으면 우리는 물건 더미에서 살아 움직이는 정체불명의 동물들을 보게 될 것이다. 아직은 볼 수 없지만 앞으로 얼마든지 그럴 수 있다.

식기 세척기의 스위치를 누르고 냉장고를 확인했다. 여전히 케첩 말고 아무것도 없었다. 나는 빈손으로 내 방으로 향했다. 우리는 가족 초상화를 위층으로 올라가는 벽에 걸어 놓았었다. 그런데 엄마는 지난 몇 년에 걸쳐 벽은 물론이고 이용 가능한 모든 공간을 다른 사람들의 사진들로 도배해 버렸다. 수많은 낯선 사람들의 눈과 자동차, 그리고 손을 흔드는 아이들이 내 방으로 올라가는 나를 지켜본다.

위층 복도에는 어린이 신발이 산처럼 쌓여 있다. 나는 신발 더미를 건드리지 않고 나아가려고 애썼다.

"어휴, 지겨워!"

어깨에 멘 백팩에 부딪쳐 신발이 우르르 굴러떨어진 순간 내 입에서 나온 소리였다. 무너져 내린 신발들에 발이 걸려 넘어질 듯 비틀거렸다. 넘어지지 않으려고 손을 내민 순간 어깨가 복도 한가운데 있는 방문에 쾅 부딪쳤다. 문이 활짝 열렸고, 나는 산더미를 이룬 동물 인형들 속으로 미끄러져 들어갔다.

그곳은 할머니의 방이었다. 그 방은 할머니가 이 집에서 태어난 뒤 65년 동안 사용했다. 이제 방에는 할머니의 물건이 없다. 정확히 말하자면, 동물 인형을 좋아한 아이들을 위해 엄마가 '구해 낸' 수천 개의 동물 인형에 파묻혀 할머니의 물건은 보이지 않았다.

지저분한 주황색 고양이 인형과 눈 없는 곰 인형 한 쌍을 한쪽으로 밀어 냈다. 방에는 몇 주 전보다 훨씬 많은 물건이 쌓여 있다. 다행히도 엄마는 아직 도자기 인형은 들여놓지 않았다. 도자기 인형은 비싸기 때문이다. 이 방에서 도자기나 유리로 된 인형 눈이 나를 바라본다고 생각하자 온몸에 소름이 돋았다.

한숨을 쉬고 나서 동물 인형들을 몇 번 걷어찬 뒤 문을 당겨 닫았다. 문이 닫히자마자 동물 인형들이 사막의 움직이는 모래처럼 흘러내리면서 문에 부딪는 소리가 요란하게 났다.

할머니는 작년에 이사를 생각했다. 옳은 판단이었다.

"너무 혼잡하고 지저분해 이 집에서 더는 못 살겠구나."

할머니가 내 뺨에 입을 맞추며 말했다.

"하지만 너는 언제든 나와 함께 지낼 수 있으니까 걱정하지 마라."

하지만 그렇게 할 수 없었다. 할머니의 아파트는 매디슨 중심가의 주 의회 의사당 광장에 있는데, 자동차로 30분이 걸리는 데다 비좁기 때문이다. 할머니는 내게 함께 살고 싶으냐고 물었다. 나는 우리 학교와 친구들, 그리고 홀든을 떠나고 싶지 않았다. 엄마 혼자 살게 할 수 없다는 생각도 들었다.

아, 그렇다! 이 로또 복권을 돈으로 바꾸면 할머니에게 매디슨 중심가에 있는 커다란 아파트를 사 드릴 수 있을 것이다. 할머니와는 이웃처럼 지낼 수도 있다. 나는 아파트 건물을 통째로 살 수도 있을 테니까.

그런 생각을 하는 동안에도 동물 인형과 어린이 신발들이 쓰나미처럼 덮칠까 봐 신경이 쓰였다. 하지만 복권 생각을 하니 저절로 웃음이 터져 나왔다. 한바탕 웃고 나니 오늘 하루 동안 느꼈던 공포와 걱정은 물론이고 충격과 환희 등 온갖 감정이 가슴 가득 밀려왔다.

이제 내 입에서는 웃음이 아니라 흐느끼는 듯한 소리가 새어 나왔다. 공기를 폐 속 깊이 들이마시려고 애썼다. 나는 아파트든 무엇이든 건물을 통째로 살 수 있다! 생각할수록 말도 안 되는 일이지만.

할머니와 나는 부동산 갑부가 될 수 있다. 하지만 애써 이런 생각을 그만두었다. 내가 지금 해야 할 첫 번째 일은 내 방으로 가는 것이다. 두 번째는 복권을 숨기는 것이다.

그 밖의 모든 일은 그 뒤에 해도 좋다.

열쇠로 내 침실 문을 연 뒤에야 마음이 조금 가라앉았다. 내 방에 들어설 때면 원더랜드에서 돌아오는 앨리스가 된 듯한 기분이다. 우리 집의 혼란스러운 공간들과 달리 내 방은 깨끗하다. 다른 사람의 물건은 찾아볼 수 없고, 모든 것이 잘 정리되어 있다.

내 방은 화려하지는 않다. 침대, 책상, 옷장, 그리고 샤워기가 딸린 작은 화장실이 있다. 모든 것이 제자리에 있다. 그리고 모든 것이 내 것이다. 나와 브랜의 사진도 보기 좋게 놓여 있다. 침대 위에 걸려 있는 바다 그림도 방과 어울렸다. 할머니가 그린 그림이었다. 책상 위 반대편 벽에는 하와이 지도들과 몇 년 전 잡지에서 오려 낸 고래 사진들이 붙어 있다. 책장도 색깔별로 배열되어 있다. 마치 무지개 같다.

나는 방으로 걸어 들어가면서 물건 더미를 피하거나 좋아하는 사람들의 얼굴이 아닌 낯선 얼굴을 볼 필요가 없다는 사실에 안도했다. 집이라면 이래야 한다. 물건이 사는 곳이 아니라 사람이 살 수 있는 곳이어야 한다.

백팩을 바닥에 내려놓고 침대에 벌렁 드러누웠다. 완전히 녹초가 되었다. 하지만 복권이 나를 오래 쉬게 놔두지 않았다. 책갈피에 끼워 둔 복권이 생명체처럼 나를 불렀다. 엎드린 채로 손을 뻗어 백팩에서 《변화하는 바다》를 꺼냈다.

복권은 여전히 책갈피에 끼워져 있다. 구입했을 때와 똑같아 보였다. 마치 이 복권이 지닌 가치를 내가 전부터 알고 있었던 것 같은 느낌이 들었다. 구입했을 때 이 복권은 막연한 가능성을 뜻했다. 이제는 엄청난 가능성을 뜻한다.

내가 어떻게 이 많은 돈을 갖게 될 수 있을까? 내가 어쩌다 당첨자가 되었을까? 열여덟 살이 될 때까지 나는 이 세상에서 어떻게 존재해야 할까?

엄마는 이 집을 헤아릴 수 없이 많은 쓰레기로 채웠다. 5,800만 달러로 엄마는 무엇을 할까? 누군가가 한때 좋아했던 소중한 물건들을 진열한 박물관을 차릴 것 같다.

다른 로또 복권 당첨자들은 그 돈으로 무엇을 할까? 질문을 바꾸어 보자. 많은 돈이 당첨자들을 어떻게 변화시킬까?

나는 복권을 다시 《변화하는 바다》의 책갈피에 끼우고 스마트폰을 꺼내 당첨자들에 대해 조사를 시작했다. 점심시간에 브랜이 말한 것부터 조사했다.

구글 창에 이렇게 입력했다.

복권 당첨자의 저주란 것이 있나요?

검색 결과는 '그렇다'이다.

첫 번째 글을 클릭했다. 복권 당첨자들의 70퍼센트 이상이 7년 안에 파산하거나 죽는다는 사실을 알게 되었다.

에이브러햄 셰익스피어란 사람의 사례(셰익스피어라니, 끝내주는 이름인데!).

2006년, 전과자이자 고등학교 중퇴자인 에이브러햄 셰익스피어는 플로리다 복권에서 3,000만 달러(내 당첨금보다 그다지 적지 않은 돈이다. 우리는 지금 큰돈을 놓고 이야기하는 중이다.)에 당첨되었다. 에이브러햄은 괜찮은 남자였다. 그는 당첨금을 많은 사람에게 나누어 주었고, 그 뒤에 디디 무어라는 여자를 만났다. 사람들의 말에 따르면 디디는 애초부터 나쁜 여자였다. 에이브러햄을 속여 그와 사귀게 된 디디는 에이브러햄의 가정을 차지하고 직접 값비싼 물건을 마구 사들였다. 그러다 에이브러햄에 싫증이 났는지, 돈을 몽땅 자기가 차지하고 싶었는지 에이브러햄을 살해해 뒤뜰 테라스 아래에 파묻었다.

죽음의 로맨스다!

하지만 이 비극적인 에이브러햄 셰익스피어의 사례는 로또 당첨자들에게 그리 낯선 이야기가 아니다. 사실은……

스마트폰이 울려 인터넷 검색을 멈췄다. 브랜이다. 내가 아는 일흔 살 이하의 사람 중에 오직 브랜만이 문자 메시지를 보내기보다 전화를 한다. 나는 전화를 받을까 말까 망설였다. 하지만 음성 메일로 넘어가게 놔둘 수는 없었다. 브랜이 계속 전화할 테니까.

"여보세요?"

"제인."

브랜의 목소리가 심각했다.

"어디야? 자고 있었어? 어디 아파? 왜 네 목소리가 이상하게 들리지?"

"괜찮아. 방금 집에 왔어. 숙제할 준비를 하고 있어."

"숙제 같은 거 하지 마. 너 오늘 밤 일 쉬는 거 알아. 하지만 농장으로 와 줄래? 여기 해야 할 일이 엄청 많아. 엄마는 오늘 밤 일당을 후하게 쳐준댔어."

"어떻게 해야 할지 모르겠어. 나는 정말······."

"제발. 우리는 네가 필요해. 이리 오면 쓰레기 버리는 날에서 벗어날 수 있을 거야."

맞다. 나는 쓰레기 버리는 날을 깜빡 잊고 있었다.

"구미가 당기는 말이긴 한데······."

"로또에 대해 얘기를 할 수도 있어. 내 웹사이트나 인스타 봤어? 그야말로 질문이 폭주하고 있어. 갑자기 내가 로또 전문가가 됐다니까."

브랜이 로또에 관해 많은 걸 알고 있다고 생각하자 마음이 꿈틀거렸다. 하지만 입 밖에 낸 말은 이랬다.

"그래, 너는 레이크스보로의 소식통이야."

그 말에 브랜이 웃음을 터뜨렸다.

"정말이라니까. 맞는지 틀리는지 확인해 봐. 질문이 엄청 쏟아진다고. 엉뚱한 것도 많지만 말이야. 어때? 농장에 올 거지? 캐러멜 사과와 커피 사 줄게. 또…….”

나는 내 약점이 뭔지 안다. 물론 농장에 가겠다고 대답할 것이다. 브랜과 브랜의 가족을 좋아하고 덤으로 캐러멜 사과와 커피까지 먹을 수 있으니까. 잘 모르겠다. 아무튼 더는 생각할 힘이 없다.

나는 숨을 깊이 들이쉬었다가 천천히 내쉬었다.

“좋아, 금방 갈게.”

“고마워, 제이니. 너는 역시 내 절친이야.”

브랜의 목소리에 내가 아는 웃음이 담겨 있다.

“그래, 절친이지.”

나는 그렇게 말하고 전화를 끊었다.

하지만 내가 브랜의 가장 친한 친구가 아닌 건 분명하다. 가장 친한 친구라면 5,800만 달러 복권에 당첨된 사실을 숨기지 않을 것이다. 함께 휴가 갈 계획을 세우고, 영원한 절친에게 자동차나 무언가를 사 줄 생각도 할 것이다.

나는 당첨 복권이 든 책을 책장 빈자리에 밀어 넣듯 단호하게 생각들을 떨쳐 냈다. 이제 《변화하는 바다》는 무지개색 책장에 꽂힌 그저 또 한 권의 푸른색 책일 뿐이다. 그 책에 특별한 표시는 없다. 그리고 브랜에게 모든 것을 말할지 말지는 로또 복권에 대해 꼼꼼히 생각해 보고 난 다음의 일이다.

책장에 둔 복권은 안전할까? 나는 잠시 걸음을 멈추고 방 안을 둘러봤다. 설마 누가 이곳에 들어와 복권을 가져가겠는가?

집에서의 엄격한 규칙과 방문 자물쇠 덕에 엄마는 내 방에 들어오지 못한다. 그리고 《변화하는 바다》가 내가 가장 좋아하는 책임을 엄마가 알고 있을 확률은 희박하다. 따라서 복권은 안전할 것이다. 아마 엄마가, 내가 좋아하는 책을 알고 있을 확률은 내가 로또에 당첨된 확률만큼이나 낮을 것이다. 정말 그럴까? 내 머릿속에서 작은 목소리가 속삭였다.

나는 마음이 바뀌기 전에(이 복권을 가지고 온 마을을 돌아다닐 수는 없다. 그러다 잃어버리기라도 하면?) 백팩을 들고 우리 집의 토네이도 속으로 되돌아갔다.

내가 막 현관문을 닫는 순간, 엄마의 트럭이 진입로로 들어왔다. 물건 더미들이 트럭에서 희한한 각도로 튀어나와 있다. 엄마는 일찍 퇴근하고 커다란 쓰레기 수집을 한 게 분명했다.

"포르튜나!"

엄마가 나를 보고는 불렀다.

"너를 찾고 있었는데 마침 잘됐다."

나는 아빠의 옅은 회색 눈과 갈색 머리를 물려받았지만, 엄마처럼 피부가 유난히 희고 키가 작다. 우리가 닮은 구석은 그것뿐이다. 아빠가 돌아가신 뒤 엄마는 머리를 자르지 않았다.(엄마는 머리도 수집하는 것 같다.) 그래서 엄마의 머리는 엄청 길었다. 말총머리를 했을 때도 잿빛 금발 머리가 청바지 뒷주머니 아래까지 내려왔다. 엄마는 닥터 후 티셔츠(아빠의 옷)를 입고 작업용 부츠를 신었다. 엄마 몸은 몹시 말랐지만 얼굴은 화장 때문에 그렇게 말라 보이지 않았다. 인조 속눈썹과 요란하게 한 화장 덕에 마치 컨트리 음악 가수 돌리 파튼처럼 보였다. 그렇게 화장이라도 해야 마을을 마구 돌아다니는 여자로 보이지 않을 것이다. 조금만 자세히 관찰하면 마을을 돌아다니며 쓰레기를 모으는 여자로 보이겠지만 말이다.

아무리 내 엄마라도 수수께끼 같은 존재다. 망가진 장난감 더미에서 내 자전거를 끌어내며 엄마에게 인사했다.

"안녕, 엄마."

"어디 가니?"

내가 자전거를 밀며 트럭 옆을 지나갈 때 엄마가 물었다.

"호박 농장에……."

"잠깐! 제인, 지금은 안 돼. 나와 함께 가져올 물건이 있어."

엄마는 모녀가 함께 일하는 것이 세상에서 가장 자연스러운 일인 듯 말했다. 마을 사람이 길가에 내놓은 쓰레기를 우리가 샅샅이 뒤질 때 그 사람들이 창문 밖을 내다보지 않을 줄 아나 보다.

"엄마, 나 일하러 가야 돼. 농장은 요즘 엄청 바쁘다고. 내가 필요하단 말이야. 곧 돌아올게."

나는 엄마와 말싸움하는 게 지겨웠다.

"적어도 짐 내리는 것 정도는 도와줄 수 있잖아."

엄마가 트럭 쪽을 가리키며 물었다. 나는 스마트폰을 확인했다. 브랜네 농장까지 가려면 30분이 걸리겠지만, 엄마는 쓰레기를 트럭에 그대로 놔둘 사람이 아니다. 내가 떠나면 트럭의 쓰레기는 긁지 못하는 가려움처럼 엄마를 괴롭힐 것이다. 아마도 엄마는 쓰레기를 내리려다 또 허리를 다칠 게 틀림없다. 지난번 덩치 큰 쓰레기 버리는 날에 엄마는 겨우 몸을 움직였다.

"딱 10분이야."

내가 자전거를 나무에 기대 놓으며 말했다. 엄마는 신이 난 듯 환호성을 지르고 트럭 뒤쪽으로 올라갔다.

"내가 뭘 발견했는지 직접 봐도 믿어지지 않을 거야!"

엄마가 실물 크기의 시베리아 호랑이 인형을 떨어뜨리는 바람에 나는 깜짝 놀랐다. 하마터면 부딪쳐 넘어질 뻔했다.

"누군가 이걸 내버렸어. 말이 되는 일이니?"

나는 말이 된다고 생각했다. 호랑이 인형의 흰 털은 곰팡이가 슬어 초록색 이끼로 덮여 있다. 게다가 두 눈이 없다. 악몽에 나올 것 같은 그 인형은 우리 집 거실의 한가운데에 자리 잡을 것 같다.

'정말 말이 안 돼.'

엄마가 다른 물건 더미를 내 쪽으로 던질 때 난 속으로 중얼거렸다. 마침내 트럭 짐칸이 텅 비었다. 모든 물건이 마당에 내려졌고, 엄마는 기뻐하며 물건을 한 아름 안아 들고는 집 안으로 들어갔다.

"나 이제 그만 갈게. 집에 먹을 게 하나도 없어."

쾅 소리를 내며 집을 나와 현관 계단을 내려오는 엄마를 향해 소리쳤다.

"제인, 금방 돌아와야 한다! 아직 구해야 할 게 많아."

엄마는 그렇게 소리치고 아까보다 더 많은 물건을 양팔로 끌어안았다.

당연히 구해 낼 것이 많을 거다. 내가 뭐라고 대답하기도 전에 엄마는 벌써 집 안으로 들어갔다. 물건 더미뿐인 집에서 벗어난다는 사실만으로도 기분이 좋아서 나는 자전거에 재빨리 올라타고는 힘껏 페달을 밟아 브랜네 호박 농장으로 향했다.

BRANDONKIMWI
브랜든 킴

♡ ◯ ◁   ◻

안녕, 행운의 로또 당첨자 극성팬들이여! 여기 브랜든 킴이 로
또에 관한 여러분의 모든 물음에 답변해 드립니다!(더 알고 싶
으면 내 뉴스 사이트 브랜의 레이크스보로 데일리를 방문해 보
세요. 내 경력에 링크되어 있음.)

그리고 이건 아직 아무도 모르는 로또에 관한 사실인데, 여러
분과 공유하고 싶어요.

위스콘신주에서 미성년자가 로또 복권을 사면(어찌 된 일인지)
돈으로 바꿀 수 없다는 사실을 알고 있나요? 열여덟 살이 되어
도 그렇대요. 사실이에요.(미국에서는 그래요. 영국에서는 열
여섯 살이 넘은 사람이 복권 사는 건 합법인데요.) 하지만 네,
로또 위원회에서 미성년자가 복권을 산 사실을 알면 당첨금을
몰수해요. 복권을 산 미성년자와 판매자 모두 위법 행위로 처
벌받고요. 그러니 열여덟 살이 안 된 고등학생들은 복권을 사
지 않기를 바랍니다. 하하!

질문이 계속 들어오고 있네요. 오늘 밤 늦게라도 복권에 관한
더 많은 사실을 업데이트할게요.

**#행운의당첨자 #로또에관한사실 #의미있는질문 #브랜든킴
조사 #더많이알고싶다면 #로또에관한질문 #작은마을의대
박당첨자**

5

갑자기 새로운 문제가 생겼다. 실로 엄청난 문제다. 내가 이 로또 복권을 돈으로 바꾸면 범죄자가 된다!

이런 제길!

나는 브랜네 호박 농장 밖에 선 채 떨리는 손으로 스마트폰을 들고 있다. 아이들이 모인 곳에서 들려오는 크고 날카로운 킥킥거리는 웃음소리가 저녁 하늘에 울려 퍼졌다. 농장 뒤쪽에서 피어오르는 모닥불이 보였다. 나무 연기 냄새가 공기에 실려 왔다. 나는 심호흡을 하고 나서 브랜의 인스타그램 포스트에 올라온 글을 다시 읽었다.

…… 로또 위원회에서 미성년자가 복권을 산 사실을 알면

당첨금을 몰수해요. 복권을 산 미성년자와 판매자 모두 위
법 행위로 처벌받고요.

젠장.

어떻게 해야 하지?

이 문제를 해결할 수 있을까?

나는 생각했다. 어쩌면, 아마도 해결할 수 있을 거야.

찬 바람이 얼굴을 스쳤다. 나는 스웨트 셔츠에 달린 모
자를 머리 가까이 끌어 올렸다. 내가 서 있는 데서 멀지 않
은 곳에 초등학생쯤 되어 보이는 아이 두 명이 있다. 거기
는 핼러윈에 장식할 호박을 골라 살 수 있는 이벤트를 하는
곳이다. 두 아이는 수백 개의 주황색 덩어리 사이를 누비고
다녔다. 더없이 평화롭고 즐거워 보였다. 부럽다. 차라리
오늘 밤 내게 가장 큰 문제가 어떤 호박을 골라 집으로 가
져갈까 하는 것이면 좋겠다.

어쩌면 로또 규정에 빠져나갈 구멍 같은 게 있지 않을
까? 있을지도 모른다. 나는 브랜의 인스타그램 포스트의
글을 또 읽었다. 벌써 세 번째다. 손톱을 깨물며 형형색색
의 호박 농장 표지판을 뚫어지게 바라봤다.

"어떻게 해야 하지?"

나는 큰 소리로 말했다. 표지판에 있는 손으로 색칠한 호

박, 선글라스를 쓴 해골, 카우보이모자를 쓴 옥수숫대, 좀비처럼 차려입은 유니콘들 모두 침묵을 지키고 있다. 내 문제에는 다들 관심이 없나 보다.

이대로 끝나게 될까?

로또에 관련된 것이라면 샅샅이 살폈다. 그런데 어떻게 가장 중요한 사실을 빠뜨렸단 말인가? 왜 더 세밀히 살펴보지 않았지? 나는 몇 시간 동안 복권 당첨에 대해 알아보았다. 그런데 가장 중요한 정보를 이제야 안 것이다.

따지고 보면 학교에서 많은 일이 있었기 때문이다. 시간이 없어서 자세히 알아보지 못한 것이다. 브랜이 일하러 와 달라고 전화했고, 엄마와 마주쳤기 때문에 더 그럴 정신이 없었다. 결국 나는 감옥에 가게 되는 걸까?

내가 위법 행위를 한 거야? 그나저나 위법 행위가 정확히 뭐지?

아무튼 내가 열여덟 살이 되어도 이 복권을 돈으로 바꿀 수 없다. 정말 어처구니없는 일이다. 이것저것 시도해 보아도 소용없다는 말인가?

제길! 이 많은 돈을 포기하라고?

절대로 포기하고 싶지 않다. 포기하지 않으면? 어떻게 해야 하지?

브랜의 엄마가 호박 농장 표지판 옆에서 얼쩡대는 나를

발견하고는 헛간으로 오라는 손짓을 했다.

나는 브랜의 엄마에게 손을 흔들며 내가 브랜 가족의 일원이라면 어떨지 상상했다. 브랜의 할아버지와 할머니는 오래전 한국에서 미국으로 건너와 이 농장을 샀다. (브랜의 조부모는 우리 조부모와 아주 친한 사이였다. 나는 브랜의 아빠와 우리 엄마가 어렸을 때 양가 조부모가 모여 파티를 열곤 했다는 이야기를 여러 번 들었다.) 브랜의 조부모는 이제 은퇴해 플로리다로 이사했고, 브랜의 부모가 농장을 물려받아 운영했다. 브랜의 아빠는 농사에 관한 것이라면 다 좋아했다. 그는 야외 생활을 즐기는 사람이다. 브랜의 엄마는 아동 도서 삽화가로 활동하는 한편, 동네 엄마들로 이루어진 펑크 록 밴드(베티와 킬조이스)에서 연주도 했다. 말하자면 브랜의 엄마는 최고로 멋진 여자다. 그녀의 유머 감각은 호박 농장 전체를 들었다 놓았다 할 정도다. 올해의 옥수수밭 미로 축제 테마인 '외계 고양이 대 외계인'도 그녀의 유머 감각에서 나온 것이다. 옥수숫대를 이용해 외계인들과 싸우는 고양이 우주 비행사들의 모습을 표현했는데, 높은 곳에서 촬영한 항공 사진으로 보면 정말 멋지다.

위스콘신주의 이곳저곳에서 가족 단위의 수많은 사람들이 호박 농장을 방문한 탓에 오늘 밤은 시끌벅적했다. 나는 호박 농장을 돌아다니는 어른들과 십 대 아이들을 바라보며 로또 복권을 어떻게 할 것인지 생각에 잠겼다.

사람. 사람들. 한 사람. 열여덟 살이 넘은 사람······.

아, 그거다! 한 가지 아이디어가 떠올랐다. 앞으로 내가 할 일은 이렇다. 먼저 로또 복권을 샀다고 말해도 될 만한 열여덟 살 넘은 사람을 찾는다. 그 사람에게 복권을 돈으로 바꾸어 달라고 부탁한다. 그 사람한테 돈을 받으면 끝.

아주 쉬운 것 같다. 하지만 누가 해 줄 수 있을지 모르겠다. 내가 브랜이라면 엄마에게 부탁할 것이다. 그러면 일이 술술 풀릴 것이다. 하지만 나는 브랜이 아니다. 우리 엄마한테 부탁하면? 엄마는 그 돈으로 무엇을 할까? 낯선 사람들의 사진이 박힌 물건들로 가득한 성 한 채를 통째로 살 것 같다. 생각만 해도 끔찍하다.

하늘이 두 쪽으로 갈라져도 엄마에게 부탁하지 않겠다. 그렇다고 5,800만 달러를 포기할 수는 없다. 포기라니, 어림없는 소리다. 엄마가 억만장자가 되거나 내가 감옥에 가지 않을 방법을 찾아야 한다. 안전하게 복권을 돈으로 바꿀 방법은 뭘까? 다른 사람을 찾아야 한다.

"야, 괜찮아?"

브랜이 내게 걸어오며 소리쳤다. 그 바람에 나는 복권 생각에서 놓여났다. 브랜은 옷 위에 주황색과 검은색 줄무늬 앞치마를 두른 데다 가슴에 호박 모양의 이름표를 달고 있다.

"응, 괜찮아."

나는 전혀 괜찮지 않다.

"막 들어가려던 참이었어. 여기 오늘 정말 바쁘구나."

브랜이 웃었다.

"그래, 바빠."

"건초 트럭이나 마차를 타고 신나게 노는 프로그램 같은
거 없니?"

주차장을 걸으며 물었다. 나는 자전거를 기념품점 밖에
세우고 사슬을 채웠다.

브랜네 호박 농장에는 옥수수밭 미로, 핼러윈 이벤트 코
너, 공예품을 만드는 헛간, 멋있는 운동장, 사과주스와 캐
러멜 사과, 핫도그, 솜사탕을 파는 스낵 가판대 등이 있다.
오늘 밤 야외 식사 구역의 모든 테이블은 만원이었다. 트램
펄린에서 아이들이 즐거워하며 소리쳤다. 수많은 커플이
김이 모락모락 나는 사과주스를 마시면서 어슬렁거렸다.

브랜은 호박으로 가득한 고물 마차에 몸을 기대며 고개
를 절레절레 저었다.

"1년 중 이맘때면 모든 사람이 밖으로 나오는 것 같아.
겨울이 닥치기 전에 저마다 뭔가를 하려고 말이야."

"오늘은 호박밭 축제를 하기에 정말 완벽한 날씨야."

그렇다. 공기는 상쾌하고 시원하다. 무르익은 이 가을을 병에 담아 보관하고 싶다. 10월 중순 위스콘신주 호박 농장에서의 황혼은 정말 황홀했다. 나는 나무 연기와 부드러운 바람과 선선한 날씨가 풍기는 기운을 깊이 들이마시기 위해 크게 심호흡했다. 그러자 마음이 차분하게 가라앉는 것 같았다.

마음만 먹으면 브랜에게 그의 최신 인스타그램 포스트에 관해 물어볼 수 있다. 또 온갖 어려움에도 불구하고 로또 복권을 사서 법규를 어긴 십 대 당첨자가 빠져나갈 구멍을 알고 있는지도 물어볼 수 있다. 이것은 익명으로 물어볼 수도 있다.

하지만 나는 그렇게 하지 않을 것이다.

날씨 이야기 다음에 무언가 더 말을 하려는데 뉴스 중계차가 기념품점 근처에서 멈췄다. 플란넬 셔츠와 레깅스에 긴 부츠를 신은 젊은 여자 기자가 앞 좌석에서 깡충 뛰어내리더니 농장을 휙 둘러보고는 마이크를 든 채 우리에게 다가왔다.

"실례합니다."

기자가 큰 소리로 말했다.

"여기서 일하죠?"

기자가 브랜의 앞치마와 이름표를 바라보며 물었다. 브

랜이 고개를 끄덕였다.

"농장 주인이 있는 곳을 알려 줄래요? 복권 당첨자에 관해 방송하려고요."

브랜이 까치발을 했다. 키가 더 커 보이려는 것이다.

"여기는 우리 가족 농장이에요. 나는 브랜든 킴이고요. 우리 농장에서 촬영한다니 영광입니다."

기자가 잠시 머뭇거렸다. 다른 사람에게 방송 허가를 구해야 하지 않을까 하고 생각하는 것 같았다. 이윽고 기자가 어깨를 으쓱했다.

"저기 '옥수수밭 미로'라는 곳 근처에서 방송하는 게 좋겠네요."

"나도 방송에 나오나요?"

브랜이 흥분한 목소리로 물었다. 기자는 자신을 향해 걸어오는 카메라맨에게 손을 흔들며 고개를 끄덕였다.

"물론이죠. 10분 뒤면 준비가 끝나니 나를 찾아요. 당신을 맨 먼저 출연시킬게요."

기자가 떠나자마자 브랜이 내 팔을 꽉 붙잡았다.

"와, 신난다! 아주 좋은 기회야. 이 방송 출연을 내 웹사이트에 올리고 CNN 인턴사원에 지원할 때도 밝혀야겠어."

"네 부모님이 허락할까?"

내가 뉴스 중계차 쪽을 가리키며 물었다. 브랜이 고개를 끄덕였다.

"엄마 아빠는 내심 뉴스 보도를 기대했어. 로또 당첨자는 아주 큰 관심거리니까. 하지만 오늘 밤은 너무 바쁘니 나한테 방송차가 오는지 살펴보라고 했지."

"그럼 허락한 거네."

"나 어때 보여?"

브랜이 주황색과 검은색 줄무늬 앞치마를 벗으며 물었다.

나는 브랜을 꼼꼼히 살펴봤다. 앞치마 속에 청바지와 티셔츠, 딱 맞는 빈티지 재킷을 걸친 데다 부츠를 신고 있다. 검은색 모자 띠의 회색 페도라가 브랜의 머리에 얹힌다. 갑자기 브랜이 무척 멋져 보였다. 느와르 영화에 나오는 형사 같다. 나는 브랜이 1930년대의 이상한 억양으로 말하고 위스키를 마시며 담배를 피우는 모습을 상상했다.

"페도라 멋진데."

나는 브랜의 머리에서 페도라를 낚아채 내 머리에 얹었다.

"이거 어디서 났어? 필요할 때를 대비해 이런 중절모자를 농장에 숨겨 뒀나 봐. 그런 거야?"

브랜이 웃으면서 모자를 도로 낚아챘다.

"마차에 있던 거야. 페도라와 관련된 수수께끼 같은 거

내지 마. 알았지?"

나는 나지막이 한숨을 내쉬었다.

"그때 그 내기에서 내가 졌다는 게 아직도 믿기지 않아. 페도라 관련 수수께끼 한 가지 내면 안 될까?"

내 말에 브랜이 고개를 가로저었다.

"작년에 '올해의 특대 호박 무게 알아맞히기'를 했을 때 우리가 뭘 걸었는지 기억하지? 내가 이기면 그 말도 안 되는 수수께끼는 1년 동안 더 내지 않기로 했잖아. 내가 이겼으니까 약속 지켜. 그리고 다시 한번 상기시켜 주는데, 네 답은 놀랍게도 23킬로그램이나 빗나갔어. 알지?"

한 해에 생산된 특대 호박의 무게 알아맞히기 같은 내기는 위스콘신주 시골 호박 농장에서 일하는 직원들이 지루함을 덜기 위해 하는 일종의 놀이다. 내가 작년에 특대 호박 무게를 정답에 가깝게 알아맞혔다면 브랜은 올 1년 동안 주말마다 나와 함께 새로운 바다 다큐멘터리를 시청해야 했다.

"1년 다 지났어. 2주일쯤 지나면 페도라 관련 수수께끼를 잔뜩 낼 테니까 기대해."

내 말에 브랜은 지겨운 표정을 지었다.

"기대 같은 거 안 해. 생각만 해도 지겨운데 무슨 기대를 하겠어?"

그렇게 말한 뒤 브랜은 재킷을 고쳐 입고는 키를 더 크게 보이려는 듯 몸을 똑바로 세웠다.

"진지하게 말해 봐. 나 어때? 멋지지?"

"페도라만 없으면 멋져 보일 수 있겠어."

"됐어. 너한테 질문한 내가 바보지."

브랜이 삐친 표정으로 나를 살짝 밀쳤다. 나도 브랜을 살짝 밀쳤다. 아기 엄마 둘이 빨간색 마차에서 각자 자기 아기를 내리다가 우리를 빤히 쳐다봤다.

"농담이야. 정말 멋져. 당장 뉴스에 나가도 될 정도로 완벽해. 그런데 오늘 밤 계획은 뭐야?"

내가 묻자 브랜이 어깨를 으쓱했다.

"정해진 건 없어. 그때그때 사정에 맞추는 거지, 뭐. 사람들의 질문이 뭔지에 따라 다를 수 있어. 그런데 행운의 당첨자가 누군지 알아내는 법을 생각해야 할 것 같아."

머릿속이 복잡해졌다. 브랜은 자신의 웹사이트나 소셜미디어에 로또와 관련된 재미있는 글을 올리지만 그것은 당첨자가 누군지 조사하는 일과 전혀 다르다.

나는 잠시 이렇게 생각했다. 브랜에게 내 비밀을 몽땅 털어놓고, 모두가 찾는 사람이 나라고 말할까? 그러면 속이 시원할 것 같다. 하지만 복권을 돈으로 바꿀 수 없는 데다 자칫하면 위법 행위로 처벌받을지도 모른다는 걱정이 먹구

름처럼 가슴 가득 밀려왔다. 누구에게 무언가를 털어놓기 전에 충분히 생각할 시간이 필요했다.

"에이브러햄 셰익스피어."

내가 조그맣게 속삭였다.

"뭐라고? 그게 뭔 말이야?"

"아무것도 아니야. 그냥 뭔가 떠올라서."

바로 그것이 문제다. 에이브러햄 셰익스피어는 돈을 함부로 썼다. 돈에 대해 모든 사람에게 말했다. 그렇게 무턱대고 사람을 믿고 친절하게 굴었기 때문에 콘크리트 테라스 아래에 묻혔다.

우리 마을의 그 누구도 나를 해칠 것 같지는 않다. 하지만 많은 돈은 많은 사람을 이상하게 만든다. 얼핏 안전해 보이는 우리 마을에 사는 사람도 얼마든지 그럴 수 있지 않을까?

"그래서 어떻게 행운의 당첨자를 찾을 건데?"

나는 브랜과 함께 뉴스 중계차 쪽으로 걸어가며 무심한 듯 물었다. 그곳에는 벌써 많은 사람이 몰려와 기자를 에워싸고 있다.

"확실한 방법은 모르지만 어쨌든 곧 알게 될 거야. 나랑 방송 인터뷰할래?"

나는 고개를 가로저었다.

"아니, 하고 싶지 않아. 절대로 하지 않을래. 나는 카메라가 무서워. 카메라 울렁증이 있다고. 너도 알잖아."

"제인, 너는 셀카를 못 찍어도 너무 못 찍긴 해. 하지만 그렇다고 나랑 뉴스에 나갈 수 없는 건 아니잖아. 기껏해야 10초라고."

"내가 셀카를 너무 못 찍는다고? 나도 웬만큼 찍을 줄 알아. 그런데 셀카 찍는 것과 너랑 카메라 앞에 서는 게 무슨 상관이지? 아무튼 나는 한쪽에 서서 너를 응원이나 할게."

혹시라도 내가 카메라 앞에 선다면? 로또 당첨자에 관해 무슨 말이든 무심결에 내뱉을지도 몰랐다.

"알았어. 응원해 주면 나야 좋지, 뭐. 자, 가자!"

내가 뭐라고 말하기도 전에 브랜의 엄마가 우리를 향해 걸어왔다. 브랜의 엄마, 그러니까 킴 부인은 브랜과 똑같이 생긴 40대 한국 여자다. 킴 부인은 오늘 밤 길고 검은 머리칼을 뒤로 넘겨 멋진 올림머리를 하고 있다. 베티와 킬조이스 록 밴드 티셔츠를 입은 데다 팔에는 문신이 있다.

"제인, 왔네!"

킴 부인이 지친 목소리로 말했다. 한 손에는 케틀콘 봉지, 다른 한 손에는 사과주스가 담긴 머그잔을 들고 있다.

"와 줘서 고마워, 제인. 이따 기념품점에도 네가 있어야 겠지만, 내가 저녁을 먹는 동안 30분쯤 간이식당에서 일해 줄 수 있겠니?"

"그럼요. 하지만 브랜이 방송국 사람들과 인터뷰하는 동안 심리적 지원을 해 주겠다고 브랜과 약속했어요. 그러니까 10분쯤 기다려 주세요."

브랜이 엄마에게 뉴스 중계차에 대해 설명했다. 그러고는 이 인터뷰가 CNN 인턴사원에 지원할 때 도움이 될 거라고 말했다.

"인터뷰하는 자리에 제인이 꼭 있어야 하니?"

킴 부인이 물었다.

"그럼요. 제가 있어야 해요. 잠깐이면 돼요."

내가 킴 부인에게 대꾸했다. 나는 응원을 해 주는 것 외에 내가 거기에 있으면 브랜이 내 비밀에 너무 가까이 다가가는 것을 막을 수 있을 거라는 막연한 기대를 했다. 킴 부인이 사과주스를 한 모금 홀짝이고 말했다.

"좋아, 좋아. 둘 다 방송 인터뷰 끝나면 간이식당에서 만나자. 그리고 브랜, 행운을 빌게."

킴 부인은 브랜의 페도라를 똑바로 고쳐 줬다. 나무랄데 없이 다정다감한 엄마 모습이다. 나는 두 사람 중 누구를 더 좋아할까? 잘 모르겠다. 브랜이 싱긋 웃었다. 무언가 신나는 일이 생긴 듯한 얼굴이다. 생일 파티에라도 가는 아이 같다. 브랜은 이미 카메라 앞에 설 준비가 되어 있다.

"나 네 엄마한테 홀딱 반한 것 같아."

킴 부인이 떠나고, 내가 브랜에게 말했다.

"그래서? 엄마 바꾸고 싶어?"

브랜이 눈동자를 데굴데굴 굴리며 말했다.

"물론 네 엄마가 보통이 아니라는 건 나도 알아. 자, 일단 방송 인터뷰부터 끝내자. 이제 시작할 것 같아."

브랜은 깡충깡충 뛰며 뉴스 중계차 쪽으로 걸어갔다.

브랜이 인터뷰를 잘할지 모르겠다. 나는 3초 동안 머뭇거리다 브랜에게 달려갔다. 브랜은 벌써 기자와 이야기하고 있다. 얼굴 가득 함박웃음을 짓고 말이다. 기자도 브랜의 말에 웃고 있다. 브랜은 사람들과 이야기하는 데 아주 능숙할 뿐 아니라 카리스마가 넘친다. 브랜이 내 어떤 면을 보고 흥미를 느끼는지 궁금한 것이 처음은 아니다. 먼바다에서 혼자 하루하루를 보내며 해양 동물을 연구하는 걸 무엇보다 좋아하는 소녀에게 브랜은 어떤 매력을 느끼는 걸까?

"아 참, 여기는 제 절친인 제인 벨웨더예요."

내가 다가가자 브랜이 기자에게 말했다.

"자, 시작하죠."

기자가 나를 바라보며 재빨리 고개를 끄덕이고 카메라

맨을 향해 말했다. 그러고는 머리를 매만졌다. 나는 잠시 카메라 시야에서 벗어났다. 카메라에서 빛이 깜박거렸다. 카메라맨이 카운트다운을 했다.

"셋, 둘, 하나!"

카메라맨이 손을 들어 기자에게 신호했다.

"안녕하세요."

기자가 쾌활하면서 열정적인 목소리로 말했다.

"WGN 14 뉴스의 몰리 롤링스입니다. 오늘 밤 저는 매디슨 외곽의 작은 도시 레이크스보로에 왔습니다. 어제 팔린 슈퍼 복권 당첨자가 있는 곳입니다. 5분 전까지 당첨금을 찾으러 온 사람은 없었습니다. 저는 킴 가족의 호박 농장에 와 있는데, 지역 주민들과 이야기하며 이번 행운의 주인공, 그러니까 행운의 당첨자로 짐작되는 사람이 누구인지 알아보려고 합니다. 먼저 이 지역의 청소년, 브랜든 킴과 이야기를 나누겠습니다."

땀방울이 내 이마를 타고 흘러내렸다. 어쩌면 나는 스프링클러 물줄기를 맞으며 꿈틀대는 시체처럼 보일지도 모른다. 아니, 분명히 그렇게 보일 것이다. 나는 사람들이 복권에 대해 이야기하는 것도 싫고, 브랜에게 내 비밀을 말하지 못하는 것도 싫다. 솔직히 간이식당으로 도망가서 꼭꼭 숨고 싶다. 하지만 주위에는 사람들이 몰려 있고, 내가 그들을 밀쳐 낸 뒤 밤의 어둠 속으로 도망칠 방법은 없다.

"그 복권이 팔렸을 때 브랜 군은 어디에 있었나요?"

몰리 기자가 브랜에게 물었다.

"집에서 숙제하고 있었어요. 숙제가 다른 날보다 훨씬 많았거든요."

기자가 몇 가지 질문을 더 던졌다. 브랜은 모든 질문에 능숙하게 대답했다.

그런데 몰리 기자가 카메라를 바라보며 갑자기 내게 마이크를 들이댔다.

"여기 또 이 지역 청소년이 있네요. 이름은 제인 벨웨더입니다. 제인, 아직까지 아무도 당첨금을 찾으러 오지 않았잖아요. 왜 그런다고 생각해요?"

"글쎄요, 아마 겁이 나서 그렇겠죠."

나는 간신히 그렇게 대꾸했다. 목소리가 심하게 떨렸다. 카메라 공포증에다 모든 사람이 내 비밀을 알 수 있게 될지 모른다는 걱정까지 겹친 탓이다.

"압박감 같은 걸 느낄 수도 있을 거고요."

내 말에 몰리 기자가 피식 웃었다.

"그건 어마어마한 돈이에요. 당연히 압박감을 느낄 만하죠."

"죽을 만큼 압박감을 느껴도 좋으니 내가 당첨됐으면 좋겠네요!"

군중 속에서 누군가가 소리쳤다. 그 말에 공감한다는 듯 웃음소리가 여기저기서 터져 나왔다.

"이유야 어찌 되었든 행운의 당첨자는 아직 나타나지 않고 있어요."

브랜이 끼어들어 나를 구했다.

"제인과 저는 당첨자를 찾고 말 거예요."

우리가 당첨자를 찾는다고?

나는 고개를 돌려 브랜을 바라봤다. 거침없이 말하는 브랜이 걱정스럽다. 브랜은 내가 그러거나 말거나 활짝 웃으며 몰리 기자에게 계속 말했다. 자기 안에 잠재된 취재 기술을 발휘해 당첨자가 누구인지 반드시 알아낼 텐데, 나는 자신의 조수 역할을 할 거라고 했다.

미리 브랜에게 털어놓았더라면 좋았을 거라는 생각이 들었다. 어쨌든 브랜의 못 말리는 낙천주의 때문에 순간순간 위태로워 조마조마했다. 나는 열두 살 샌님이던 시절의 브랜을 떠올렸다. 그 무렵 어느 날 브랜은 학교 도서관에서 추리 소설 《하디 보이스》 시리즈와 《낸시 드류》 시리즈를 살펴보고 있었다.

브랜든 킴 여러분, 안녕! 오늘 밤 뉴스를 봤는지 모르겠네요. (하하. 오늘 저녁 마을의 모든 사람이 호박밭에 와 있었던 것 같은데, 여러분도 거기에 있었겠죠.) 아무튼 나는 행운의 로또 당첨자를 찾아 보려고 해요. 앞으로 며칠 동안 조사할 거예요. 물론 여러분의 도움이 필요하죠. 마을의 누구든 정보가 있으면 연락 줘요. 단서가 될 만한 것부터 여러분의 추측이나 생각 등 도움이 될 것 같다 싶으면 뭐든 보내요. 여기 내 웹사이트 정보와 인스타그램을 알려 줄게요.

올리 웹스터 로또 당첨자를 찾는 일을 한다니 정말 멋져요, 브랜!

메리 풀턴 근데 이제껏 당첨금을 찾으러 오지 않은 게 이상하지 않나요? 내가 당첨자라면 이미 버뮤다로 가는 비행기에 탔을 텐데 말이에요.

에이미 펨벌리 정말 이상해요. 어떻게 지금까지 밝혀지지 않은 거죠? 당첨자가 왜 가만히 있을까요?

메리 풀턴 곧 당첨자가 나타나지 않을까요? 누군지 몰라도 뉴스를 보고서야 자기 복권을 확인할 수도 있으니까요. 너무 바빠서 복권 번호를 확인하지 못한 사람도 있을 거라고 생각해요.

브랜든 킴 좋은 지적이네요! 앞으로 며칠 내에 당첨자가 나타날 수 있어요. 어쨌거나 나는 내가 직접 당첨자를 찾아내 인터 뷰할 수 있기를 바라고 있어요.

제이 윌킨스 내게 한 가지 중요한 정보가 있어요. 당첨 복권 은 완다스에서 팔았어요. 완다스 주인과 이야기해 보는 게 어 때요?

브랜든 킴 그거 좋은 생각이네요. 우선 내 파트너와 함께 내 일 방과 후에 확인해 볼게요. 고마워요!

6

그날 밤 나는 인스타그램과 페이스북을 들여다봤다. 그러다 노트북 컴퓨터를 탁 소리 나게 닫았다. 이제는 복권 당첨자에 관한 첫 번째 글에 200개가 넘는 댓글이 달려 있다. 브랜의 글에 달린 댓글 수도 빠르게 늘고 있어 곧 200개가 될 것 같다. 마을 사람 모두 궁금해서 미칠 것이다. 누가 엄청난 액수의 로또 당첨금을 가져갈지 알고 싶어 오늘 밤 잠을 설치는 사람이 한둘이 아니리라.

어떻게 해야 내 비밀을 브랜에게 들키지 않을 수 있을까? 완다스의 점원이 나를 기억할까? 완다스에는 방범 시스템이 없다. 정말 그런가? 알쏭달쏭하다. 그곳에서 방범용 카메라를 보지 못한 것 같다. 브랜을 완다스에 가지 못하게 할 수 있을까? 내일 학교 수업이 끝나자마자 브랜이 완다스에 갈 게 뻔했다. 브랜은 이미 그러겠다고 온 마을에 알렸다.

손으로 얼굴을 쓱쓱 문지르다 침대에 풀썩 쓰러졌다. 인터넷에서 읽은 악운을 만난 복권 당첨자들의 비극적 이야기가 떠오른다. 왜 계속 그런 사람들 이야기를 찾아 읽는지 모르겠지만, 한동안 멈출 수 없을 것 같다. (매번 새로운 이야기는 이전 이야기보다 더 끔찍했다.) 에이브러햄 셰익스피어가 자기 집 테라스 아래에 묻힌 사건 이후로 그런 이야기가 더 많아지기도 했다. 나는 그 모든 이야기를 노트에 적어 두었다. 내가 복권을 돈으로 바꿀 수 있게 되면 무엇을 하지 말아야 할지 나 자신에게 상기시킬 수 있도록 말이다.

노트의 빈 페이지를 펴고 목록을 하나씩 적어 나갔다. 지금 내 인생에서 일어나는 모든 어려움을 확실히 알 수 있도록.

〈제인의 인생에 생긴 어처구니없는 문제들〉

 - 나는 로또에 당첨되었다. 이게 진짜 문제는 아니다. 하지만 해결해야 할 것이 있다.
 - 나는 복권을 돈으로 바꿀 수 없다.
 - 돈으로 바꾸면 로또 위원회에서 전부 몰수하고, 나를 위

법 행위로 고발할 것이다. 이 모든 문제는 내가 믿는 누군가를 찾아내 복권을 돈으로 바꾸도록 시키면 해결할 수 있다.

하지만 해결해야 할 문제는 또 있다.

- 엄마는 쓰레기에 돈을 날릴 게 뻔한 못 말리는 사람이다. 따라서 복권을 돈으로 바꿔도 내게 준다고 보장할 수 없다.

- 할머니에게 부탁할 수 있다.

하지만 해결해야 할 문제가 있다.

- 할머니는 자유연애 공동체에서 생활하는 히피다. 따라서 사유 재산을 부인한다. 이런 점을 생각하면 브랜에게 부탁하는 것이 좋을 듯하다.

하지만 해결해야 할 문제가 또 있다.

- 브랜도 열일곱 살이다. 열여덟이 아니다. 내가 아는 열여덟 살 먹은 유일한 사람은 홀든뿐이다. 그렇다면 홀든에게 부탁할 수 있지 않을까 싶다.

하지만 홀든은 나쁜 놈이라서 신뢰할 수 없다.

나는 목록을 살피다가 다른 문제를 첨가했다.

- 아, 브랜이 마음에 걸린다. 내 영원한 절친 브랜은 로

또 당첨자의 정체를 밝히는 일이 자신이 원하는 CNN 인턴사원 채용에 도움이 될 거라고 생각한다. 괜찮은 생각이다.

하지만 이 점이 문제다.

- 복권 당첨자는 바로 나다. 브랜이 모든 걸 알아낼 때까지 내 정체가 드러나면 안 된다.
- 결국 나는 영원한 절친에게 모든 일에 대해 거짓말할 수밖에 없다.
- 또 한 가지 마음에 걸리는 것이 있다. 내가 어떻게 해서든 복권을 돈으로 바꿀 누군가를 찾아냈다고 치자. 나는 억만장자가 되지만, 그때부터 이런저런 새로운 문제가 생길 수 있다. 말하자면 돈 때문에 누군가에게 살해될 수도 있고, 살해되지 않더라도 남은 인생이 망가질 수 있는 것이다.

"포르튜나!"

엄마의 목소리가 집 안 가득 울려 퍼졌다.

"나갈 시간이야!"

오, 이런!

30분 전에 호박 농장에서 집으로 돌아온 나는 오늘이 덩치 큰 쓰레기 버리는 날이라는 사실을 잊지 않고 있었다.

방송 인터뷰가 끝난 뒤 간이식당에서 몇 시간 동안 킴 부인과 브랜을 도와 쓰레기를 치웠다. 집에 왔을 때 엄마의 트럭이 진입로에 있었고, 엄마의 방문은 닫혀 있었다. 엄마가 잠들었기를 바랐다. 하지만 그런 행운은 애초에 기대하지 말았어야 했다.

엄마가 내 방문을 두드렸다. 나는 노트를 베개 아래로 밀어 넣고 벌떡 일어섰다.

"엄마."

내가 문을 열며 말했다. 내 입에서 하품이 나와 얼굴 가득 번졌다.

"오늘 밤은 그냥 쉬면 안 돼? 나, 너무 피곤하단 말이야. 더구나 내일은 학교에서 힘겨운 하루를 보내야 해."

엄마는 말총머리를 위로 말아 올렸다가 아래로 내려뜨렸다. 그러고는 이맛살을 찌푸리고 심호흡을 하며 쉬는 것과 물건을 모으러 가는 것 중 어느 쪽을 선택해야 옳은지 따져 본다. 우리는 전에도 이런 식의 대화를 하곤 했다. 덩치 큰 쓰레기 버리는 날 내가 쓰레기 모으는 일을 돕지 않는다면 엄마는 밤새 나를 괴롭힐 것이다. 이른 아침 청소부들이 쓰레기를 치울 걸 걱정하면서 말이다.

"지금 나가야 할 것 같아."

엄마가 타이르듯 조용히 말했다.

"오래 걸리지 않을 거야. 약속해. 제발, 포르튜나 제인……."

나는 한숨을 쉬고 고개를 끄덕였다. 지금 나가면 새벽 1시까지는 일을 끝낼 수 있을 것이다. 그러면 학교에 가기 전까지 몇 시간밖에 자지 못하리라. 하지만 선택의 여지가 없다.

"잠깐 기다려. 신발은 신어야 하잖아."

15분 뒤, 엄마와 나는 마을을 돌아다니고 있다. 내가 운전하고 엄마는 길가 쓰레기 더미들에 손전등을 비췄다. 우리는 낡은 매트리스들을 지나쳤다. 고맙게도 엄마는 매트리스까지 모으려 하지는 않았다. 우리는 쓰레기봉투들 사이에 쌓인 토마토 화분 더미도 그냥 지나쳤다.

엄마와 나는 하루를 어떻게 보냈는지, 또 우리의 삶에 무슨 일이 일어나고 있는지에 대해 수다를 떨지 않는다. 불안한 침묵만이 트럭의 운전석과 조수석을 가득 채울 뿐이다. 나는 엄마에게 복권에 당첨되었다고 말하면 어떨까 하고 잠시 생각했다. 얼마든지 그렇게 할 수는 있다. 그냥 불쑥 내뱉으면 그만이다.

나는 머릿속으로 연습했다.

엄마, 나 로또에 당첨됐어.

이렇게 말할 수도 있을 것이다.

믿기지 않겠지만 나 로또에 당첨됐어.

이렇게도 말할 수 있지 않을까.

엄마, 우리는 이제 쓰레기를 모으러 다닐 필요 없어. 우리한테 5,800만 달러가 생겼으니까.

마지막 말은 설득력이 있을 듯하다. 하지만 실제 효과가 있을지는 모르겠다. 어쩌면 그 거액의 돈이 쓰레기를 구해 내는 일로부터 엄마를 벗어나게 해 주지 않을까?

일단 말해 보자. 잘 안 되면 농담으로 넘기자. 그래도 되지 않을까? 입 안에서 맴도는 단어들이 으깬 감자처럼 뭉글뭉글했다. 입술을 움직여 말할 준비를 하는데…….

"차 세워!"

마을 중심가의 모퉁이를 돌아갈 때 엄마가 소리쳤다. 엄마의 말이 떨어지기 무섭게 내 발이 브레이크 페달을 밟았다. 나는 입 밖에 내놓으려던 말과 함께 침을 꿀꺽 삼켰다.

모퉁이에 산더미를 이룬 쓰레기가 보였다. 트럭이 선 모퉁이 앞쪽으로 무질서하게 퍼져 나간 빅토리아풍의 주택들도 보였다. 집주인들이 가구를 새로 마련한 게 틀림없다. 또는 누군가 죽어서 가구를 내놓았을 수도 있다. 속이 삐져나온 안락의자 두 개, 망가진 매트리스, 사진 액자가 가득 들어 있는 상자도 보였다. 엄마의 손전등 불빛이 물건들을 비췄다. 내가 트럭을 길가에 대기도 전에 엄마가 황급히 내렸다.

"엄마, 손전등 불빛 낮춰!"

손전등 불빛이 어느 집의 창문을 비춰 내가 나지막이 속삭였다. 엄밀히 말해 우리가 하는 일이 불법은 아니다. 하지만 우리는 지금까지 몇 번 경찰에 불려갔다. 밤늦게 돌아다니며 시끄럽게 군 바람에 잠자는 아이가 깨서 울거나 개가 사납게 짖었기 때문이다.

엄마는 불빛을 낮추고 손전등을 서랍 두 개가 없는 망가진 화장대 위에 올려놓았다.

"포르튜나, 이런 멋진 물건이 있다니 믿어지니? 이걸 왜 버렸을까?"

엄마가 커다란 상자를 내 쪽으로 밀며 말했다.

"잘 살펴보렴. 가치가 있다 싶으면 무슨 물건이든 구해 내야 해!"

엄마의 좌우명이자 신조다. 누군가 한때 좋아한 물건이라면 그것이 무엇이든 구해 내야 한다! 엄마는 쓰레기 더미 사이를 바삐 돌아다니며 그 속에서 동물 인형, 담요, 책 등을 끄집어냈다. 그 부산한 움직임에서 어딘지 불안한 절박함이 묻어났다.

나는 엄마가 건넨 상자를 망가진 화장대 위 손전등 옆에 올려놓았다. 엄마는 늘 맨손으로 쓰레기를 뒤졌다. 하지만 나는 그런 엄마와 다르다. 덩치 큰 쓰레기 버리는 날에는 언제나 정원용 장갑을 가져왔다.

나는 장갑을 양손에 낀 뒤 상자의 내용물을 꼼꼼하게 살피고 하나씩 골라냈다. 상자에는 싸구려 레코드판 몇 개, 물 얼룩이 져 있는 책들, 옷걸이 한 묶음, 사진 없는 사진첩 몇 권이 들어 있다. 그리고 상자 바닥에는 웨딩드레스가 아무렇게나 뭉쳐져 있다.

웬 웨딩드레스지? 나는 상자에서 웨딩드레스를 꺼냈다. 새틴과 시폰으로 된 드레스가 폭포처럼 펼쳐졌다. 불룩한 소매가 무척 크다. 내 머리통보다 더 크다. 드레스 끝단은 넓게 갈색 얼룩이 져 있다. 커피 얼룩 같다.

"아름답구나!"

엄마가 숨을 할딱거리며 감탄했다. 엄마는 보기 흉한 손전등을 내려놓고 드레스의 윗부분을 따라 수놓은 듯 박아 놓은 자그마한 구슬들을 손으로 천천히 쓰다듬었다.

"이렇게 아름다운 드레스를 버리다니, 너는 상상이 되니?"

상상이 안 된다. 아름다운 드레스를 간직하는 것도 상상이 안 된다. 나는 결혼할 생각이 손톱만큼도 없기 때문에 드레스 같은 것은 필요 없다. 그렇기는 해도 드레스가 상자

안의 다른 쓰레기들과 함께 인정사정없이 처박혀 있다는 사실에 놀랐다.

"이 드레스에 담긴 이야기는 뭘까?"

나는 엉겁결에 그렇게 중얼거렸다. 엄마가 내게 활짝 웃어 보였다. 순간 잘못 말했다는 생각이 들었다.

"내가 너한테 하려던 말이 바로 그거야!"

엄마가 흥분한 목소리로 말했다.

"물건마다 이야기가 담겨 있어. 이 드레스도 누군가 한때 좋아한 거야. 우리가 이걸 발견하다니, 운이 참 좋구나!"

"어쩌면 결혼이 깨졌거나 신랑이 죽었기 때문에 드레스를 버리지 않았을까?"

내 입에서 나온 말에 나는 깜짝 놀라서 손으로 입을 막았다. 그 말이 도로 입 안으로 들어가기를 바랐지만 이미 엄마 귀에 들어갔다. 엄마는 마치 쇠망치로 뒤통수를 맞기라도 한 듯 망가진 팔걸이의자에 털썩 주저앉았다. 엄마와 나는 죽음에 대한 이야기는 하지 않는다. 죽음으로 끝난 결혼 생활 같은 것은 해서는 안 되는 이야기다. 죽음과 관련된 것은 무엇이든 하면 안 된다.

"미안해, 엄마."

내가 나지막이 말했다.

"일부러 그런 게……"

"괜찮아."

엄마가 벌떡 일어나 마치 좀비 떼를 내쫓듯 두 손을 허공에 대고 흔들었다.

"우두커니 서 있지 마. 이 물건을 트럭에 싣자."

나는 잠시 침묵하며 엄마에게 더 말할 여지를 줬다. 엄마는 더 말하지 않았다. 나는 길게 한숨을 내쉬었다. 한밤중 그것도 길가에서 엄마와 나는 서로의 깊은 감정 속으로 파고들려고 하지 않았다. 하지만 우리 사이에 오랫동안 쌓인, 말하지 못한 것들을 죄다 털어놓아야 하리라. 언젠가는 그렇게 할지 모른다. 하지만 오늘 밤은 아니다.

"엄마는 어떤 물건을 원하는데?"

엄마는 상자에서 상자로 옮겨 다니다가 팔걸이의자로 가서는 다시 화장대로 돌아왔다.

"전부! 집에 가지고 가서 낱낱이 살펴볼 거야. 어서 서둘러! 마을을 돌아다니다 보면 구해 낼 게 엄청 많아!"

엄마는 내게서 웨딩드레스를 낚아채 가슴 가까이에 갖다 댔다. 그러고는 드레스를 조심스럽게 트럭 앞 좌석에 놓았다. 드레스가 신부로 분장한 유령처럼 보였다. 나는 엄마에게 새로운 사명감이 생겨났음을 눈치챘다. 엄마는 발견하는 드레스를 모두 구해 낼 것이다.

아, 아!

나는 길게 한숨을 내쉬었다. 그러고는 아빠, 또는 아빠가 돌아가시기 전의 엄마와 관련된 생각들을 떨쳐 내려 애썼다. 나는 상자들을 트럭 짐칸에 싣기 시작했다.

트럭이 열 번을 더 멈춘 뒤에야 엄마는 집으로 돌아갈 채비를 했다. 웨딩드레스가 엄마와 나 사이에 놓여 있고, 나는 그것에 닿지 않도록 팔꿈치를 몸에 바짝 붙인 채 운전했다. 집으로 가는 동안 엄마는 로또 당첨자에 관해 말했다. 엄마가 무슨 말을 하든 나는 입을 꾹 다물고 운전만 했다.

"도리스한테 우리 마을에 그 복권을 산 사람이 있을 리 없다고 말했어. 당첨자가 마을 사람이라면 진작에 나타났을 테니까 말이야."

엄마는 말은 그렇게 하면서도 복권 당첨자가 마을 사람일 수 있다고 생각하는 모양이다. 목소리가 흥분한 듯 들떠 있다.

도리스 아주머니는 엄마가 일하는 새미스 스토리지 솔루션스의 사장이자 엄마의 절친이다. 도리스 아주머니의 남편 새미는 몇 년 전 술집에서 만난 스물두 살 여자와 달아났다. 도리스 아주머니는 남편이 떠나자 엄마를 고용했다. 이건 엄마와 도리스 아주머니 모두에게 좋은 일이기도 하고 나쁜 일이기도 했다. 도리스 아주머니는 쓰레기에서 보물을 찾는 엄마의 열정을 높이 산다. 도리스 아주머니는 자신을 〈스토리지 워즈〉* 출연자들에 맞먹는 전문가로 생각해 팔 수 있는 물건만을 모으지만 말이다.

도리스 아주머니가 있어서 엄마에게 좋은 점은 마을에서 나 외에도 이야기를 나눌 사람이 있다는 사실이다. 나쁜 점은? 도리스 아주머니가 엄마에게 주인이 나타나지 않거나 기한 지난 보관함들을 뒤지게 한다는 것이다. 그 일로 도리스 아주머니는 보물다운 보물을 얻었다. 나는 낮에 엄마가 없으면 도리스 아주머니와 함께 보관함을 열고 있는 것은 아닌가 하고 생각했다.

결국 나는 엄마에게 복권을 돈으로 바꾸어 달라고 부탁할 수 없다. 엄마는 그 돈을 도리스 아주머니와 나누어 가질 것이고, 둘은 미국 전역에 설치되어 있는 무인 보관함을 죄다 사들일지도 모른다. 엄마에게 복권에 대해 말하지 않아서 얼마나 다행인지 모르겠다.

엄마는 우리 집이 보일 때까지 계속 떠들었다. 현관 등을 켜 둔 채 나온 바람에 마당에 가득한 버려진 장난감들이 유령 같은 그림자를 드리우고 있다. 진입로로 들어설 때 트럭 뒤쪽에서 길바닥을 긁는 소리가 들렸다. 쓰레기 더미에서 망가진 물건들을 끌어내 트럭에 옮겨 싣곤 해서 양쪽 팔

---

* 미국의 리얼리티 TV 시리즈

이 아팠다. 나는 트럭 시동을 *끄*자마자 입을 크게 벌리고 하품했다.

"짐은 내일 내리면 안 돼?"

대시 보드 시계가 오전 1시 30분을 가리키고 있었다. 끝내지 못한 수학 숙제와 영어 숙제를 마치려면 6시에 일어나야 한다. 엄마는 내가 터무니없는 제안을 한 듯 이맛살을 찌푸리며 고개를 설레설레 저었다.

"포르튜나, 당장 해야 할 일인 거 너도 알잖아. 집 안에 들여놔야지, 밖에 놓으면 안 돼."

"이제 집 안엔 무엇도 들여놓을 공간이 없어."

아프고 지친 터라 내 목소리에는 불만이 가득 배어 있다.

"공간이 왜 없어."

엄마가 웨딩드레스를 조심스레 들어 올리며 조수석 문을 열었다.

"공간은 충분해. 네 방에도 많은 물건을 들여놓을 수 있어."

"내 방에? 그건 절대로 안 돼!"

내가 단호한 어조로 말하자 엄마는 내 동의를 얻으려면 어떻게 해야 하는지 계산하는 듯한 표정으로 나를 바라봤다. 나는 한 걸음도 뒤로 물러나지 않겠다고 속으로 다짐했다.

"이 쓰레기를 하나라도 내 방에 들여놓으면 난 즉시 할머니 집으로 달려갈 거야. 할머니 집에서 살 거라고!"

내가 목소리를 높여 말하자 엄마가 웃음을 터뜨렸다.

"그 작은 아파트에서? 거기에 네가 지낼 방은 없어."

엄마의 목소리가 힘찼다.

"하지만 곧 이 집을 떠나겠지. 어차피 대학에 들어가면 떠날 거잖아."

"그 전에 떠나야지, 더는 못 있겠어."

내가 나지막이 중얼거렸다. 나 대신 5,800만 달러를 찾아 줄, 엄마가 아닌 사람을 찾아낸다면 나는 생각보다 더 빨리 이곳을 벗어날 수 있을 것이다. 하지만 내가 떠나면 엄마는 누가 돕지? 또 누가 밥 먹으라며 엄마를 깨우지?

나는 길게 한숨을 내쉬고 물건들이 떨어지지 않게 붙잡아 맨 트럭 뒤쪽의 밧줄을 풀었다. 그러고는 하나둘씩 물건을 내리기 시작했다.

나는 새벽 2시 30분에야 잠자리에 들었다. 단거리 경주나 축구 경기를 연달아 뛴 것 같은 기분이다. 더러워진 옷을 벗고 새 옷으로 갈아입었지만 샤워까지 할 힘이 없었다. 나는 양치질하는 것을 빼먹은 스스로를 조금 책망하며 로또 복권이 여전히 제자리에 있는지 확인했다. 고맙게도 제자리에 잘 있다.

서투른 손놀림으로 스마트폰 알람을 6시로 맞췄다. 적어도 몇 시간은 잘 수 있을 것 같다.

머리가 베개에 닿았을 때, 베개 아래에서 무언가가 바스락거렸다. 엄마가 뭘 넣어 놓았나? 누군가 쓰다 버린 물건이나 철 지난 청첩장더미일까? 맹세컨대 그런 물건들이 베개 아래 있다면, 또는 엄마가 내 방에 들어온 게 확실하다면 나는 내일 이 집을 나가고 말 것이다. 정말이다.

어둠 속에서 손을 더듬어 스마트폰 불빛을 켜고 베개 아래를 비췄다. 다행이다. 그것은 엄마의 물건이 아니라 로또 당첨자들의 이야기와 내 문제 목록을 적어 둔 노트다. 피곤하지만 다시 문제 목록을 읽어 보고 페이지 위쪽의 이야기들을 훑어보지 않을 수 없다. 특히 이런 이야기를 읽으면 악몽을 꾸게 된다.

〈제인 벨웨더가 뉴스 및 정보를 통해 수집, 알기 쉽게 표현한 실패하는 로또 당첨자들의 사례〉

불운한 로또 당첨자 두 번째 사례:

제프리 댐파이어는 로또에 당첨되어 모든 것을 잃은 또 하나의 사례다. 댐파이어가 일리노이주 로또 당첨금으로 받은 돈은 2,000만 달러였다. 그는 이 돈을 가족을 비롯한 가까운 친척과 나누었다.

하지만 세상이 그렇듯 가족이나 친척 중에도 욕심을 부리는 사람이 있다. 뱀파이어가 거액의 복권에 당첨되고 몇 년 뒤, 그의 처제와 그녀의 남자 친구가 그를 납치해 총으로 뒤통수를 쏘았다. 그 커플은 종신형을 선고받고 현재 교도소에 수감 중이다. 뱀파이어의 사례는 평범한 사람들이 뜻밖의 횡재를 만나면 어떻게 되는지를 보여 주고 있다.

나를 위한 메모: 이것은 로또 당첨자가 당첨금 때문에 가족이나 사랑하는 사람에게 죽임을 당하는 두 번째 사례다. 한마디로 충격적이다.

불운한 로또 당첨자 세 번째 사례:

이 세 번째 사례는 그다지 충격적이지는 않지만 무척 실망스럽다. 뉴저지주 출신의 에블린 애덤스는 희한하게도 1985년(390만 달러)과 1986년(140만 달러), 두 번이나 복권에 당첨되었다. 인심 좋은 사람이 그렇듯, 그녀는 당첨금을 친구들에게까지 나누어 주었다. 그리고 나머지 돈으로 도박을 했다. 2000년, 그녀는 가지고 있는 돈을 전부 잃고 트레일러 주차장에서 살기 시작했다.

나를 위한 메모: 에블린의 이 말에 오싹 소름이 돋았다. "복

권 당첨이 항상 좋기만 한 것은 아니다. 모두 내 돈을 원했
다. 주변의 모든 사람이 내게 손을 내밀었다."

으으으, 싫다!

7

금요일 아침 6시, 스마트폰 알람이 울렸다. 스마트폰을 태양 쪽으로 던지고 싶다. 몽땅 타 버리게 말이다. 하지만 이내 알람을 끄고 일어났다. 샤워부터 하고 숙제를 하자. 오늘은 힘든 하루가 될 것이다.

《변화하는 바다》를 책장에서 꺼내 다시 복권을 확인했다. 복권은 여전히 제자리에 있다. 바다에 떠 있는 플라스틱의 파괴적인 영향을 다룬 '표류물과 부유 쓰레기 너머'의 책장에 끼워져 있다. 나는 잠시 복권을 손에 쥐었다. 복권에는 아직 서명되어 있지 않다. 나는 복권에 서명할 수 없다. 서명하면 미성년자인 내가 복권을 샀다는 사실이 드러나기 때문이다. 그러면 아무도 당첨금을 받지 못하게 된다.

복권을 쥐고 있자 문득 궁금해졌다. 이것이 내가 원하는 자유와 독립적인 생활을 보장해 줄까? 아니면 평생 돈 때문에 나 자신을 괴롭힐 사람들 속에 집어넣는 것일까? 실제 이 복권을 돈으로 바꾸는 게 가능하기나 할까? 나 대신 이 복권을 돈으로 바꿔 내게 줄 열여덟 살 넘은 누군가를 찾아낼 수 있을까? 그 사람은 아마 돈을 자기에게 나눠 주기를 바랄 것이다. 혹시 내가 복권을 샀을 때 이미 열여덟 살이었던 것처럼 할 수 있는 방법이 있을까?

아직은 아무것도 모르겠다. 지금 확실한 것은 복권에 서명하지 않고 그냥 내 방에 두는 것뿐이다. 그것이 최선책이다. 나는 복권을 도로 책장에 끼워 넣고 나중에 더 알아보기로 했다. 그러고는 샤워를 하러 방을 나갔다.

살금살금 방에서 나갈 때 엄마는 여전히 엄마 방에서 코를 골며 자고 있었다. 어른이 늦잠을 자며 10시까지 현실 세계가 아닌 꿈속에 머문 채 집 안의 일이든 뭐든 하지 않는다는 건 문제가 있다. 하지만 나는 엄마를 사랑하므로 커피 한 잔을 엄마 곁에 놓았다. 쓰레기 버리는 날 밤 나를 끌고 다닌 엄마에게 여전히 화가 나 있는 상태라 '엄마, 이 커피 마셔요.' 같은 메모는 남기지 않았다.

내가 이렇게 일찍 일어난 이유 중 하나는 어젯밤 쓰레기 버리는 날의 흔적을 없애고, 학교 도서관에서 숙제를 끝마

처야 하는 것 외에 학교로 걸어가는 조용한 시간과 공간이 필요하기 때문이다. 학교까지는 3킬로미터가 넘었다. 하지만 나는 버스를 탈 수 없다. 그렇다고 브랜에게 태워다 달라고 부탁하기도 싫다. 나는 엄마가 어젯밤 쌓아 놓은 물건 더미에서 자전거를 끄집어내야겠다고 생각했다. 그런데 그렇게 했다가는 시끄러운 소리가 날 게 뻔했다.

날이 밝아 올 즈음 혼자서 길을 걷는 게 좋을 듯하다. 모퉁이를 성급하게 도는 바람에 화물 트럭과 부딪히는 일이 없기를 기도하는 편이 나을 것 같다.

동쪽 하늘이 밝아 왔다. 할머니들이 손자를 위해 파스텔 색조의 등을 켠 것처럼 하늘이 불그스름해졌다. 내가 걷는 길 양쪽으로 키 큰 옥수수가 줄지어 늘어서 있다. 10월 말, 갈색의 옥수숫대들이 아침의 산들바람에 해골 손가락뼈처럼 달그락거리는 소리를 내며 흔들거렸다. 대기를 가르며 V 자로 날아가는 기러기들의 끼룩거리는 소리도 들렸다. 정말 아름답다. 나는 고개를 뒤로 젖혀 아침 공기를 가슴 가득 들이마셨다. 흙냄새, 계절이 바뀌는 냄새, 겨울을 알리는 냄새가 풍겼다. 집 냄새도 났다.

하지만 소똥 거름 냄새와 몇 킬로미터 떨어진 거대한 양계장에서 풍겨 오는 악취가 상쾌한 기분을 반감시켰다. 바다 바로 위나 바닷가에 새 집을 짓고 사는 상상을 했다. 나는 그런 집에서 얼마든지 잘 살 자신이 있다.

갑자기 자동차 한 대가 모퉁이를 돌아 나왔다. 차에서 음악이 요란하게 흘러나왔다. 헤드라이트가 켜져 있다. 아직 어두워서 운전석에 앉은 사람이 보이지 않았다. 그 사람도 내가 보이지 않을 것이다. 나는 나 자신을 운명에 맡기고 싶지 않다. 나는 재빨리 길옆의 얕은 도랑으로 뛰어내렸다. 그러고는 가슴을 쓸어내렸다.

언젠가 이와 비슷한 상황에 관한 기사를 읽은 적이 있다. 여자아이들이 이른 아침에 낯선 사람의 차를 얻어 탔는데, 그 뒤로 살아 돌아오지 못했다는 기사다. 그 아이들 시체가 라스베이거스 외곽인가 어딘가에서 발견되었다고 한다.

자동차는 굉음을 내며 나를 지나쳤다. 그런데 내가 도랑에서 기어오르고 있을 때 자동차가 멈추더니 이내 후진했다.

뭐야? 길에는 나 말고 아무도 없다. 나는 스마트폰을 꺼내 자동차와 번호판을 찍었다. 차종은 푸른색 혼다 시빅, 위스콘신주 번호판을 달고 있다. 나는 위험을 느끼고 브랜에게 자동차 사진과 함께 문자 메시지를 보냈다.

> 아침 6시 45분이고, 시내로 가는 길이야. 이 차가 나한테 다가오고 있어. 학교에서 내가 보이지 않으면 죽은 줄 알아. 그리고 나 대신 복수해 줘.   제인

농담할 때가 아니다. 시빅의 운전석 창문이 내려가고 음악이 멈췄다. 내 심장이 쿵쾅거렸다. 나는 운전자가 나를 붙잡지 못하도록 멀찌감치 물러섰다. 앞 유리창이 선팅되어 있어서 운전석에 앉은 사람의 얼굴이 보이지 않았다.

"제인이야?"

익숙한 목소리다. 나는 운전석 창문으로 다가갔다. 아니나 다를까, 홀든이다. 젠장!

"운전을 왜 그렇게 해? 너 때문에 하마터면 죽을 뻔했잖아!"

"미안."

홀든이 빙긋이 웃으며 짧게 대꾸했다.

"이렇게 이른 시간, 이런 길에 사람이 있을 줄 몰랐어."

"차는 새로 산 거야?"

우리가 사귈 때 홀든은 아빠의 고물 트럭을 몰고 다녔다. 홀든이 선글라스를 들어 올렸다. 푸른 눈이 아침 햇살을 받아 반짝거렸다.

"이건 내가 고3이 된 내게 준 선물이야. 아직 페라리는 아니지만. 페라리는 100만 달러쯤 벌 때 살 거야. 그러니까 그때까지 기다려."

홀든은 자기가 몇백만 달러를 벌도록 온 세상이 도와줄 거라고 확신한 듯 의기양양하게 웃었다. 홀든이 그 꼴같잖은 '월 스트리트의 늑대들' 캠프에 다녀온 뒤 완전히 변했다고 한다면 그것은 맞지 않은 말일 수 있다. 그는 늘 페라리를 갖고 싶어 했다. 홀든은 한때 나와 함께 개울을 헤치고 다녔고, 생태학 클럽에서 쓰레기를 줍기도 했다. 그런데 지금은……. 이제 홀든에게 그런 면이 얼마나 남아 있는지 잘 모르겠다.

나는 홀든을 향해 살짝 웃어 보였다.

"이 차 어떻게 샀어?"

"저축한 돈을 몇 년 동안 불렸어. 펀드로 수익을 좀 올렸지. 이 차를 샀지만 내 펀드에는 여전히 꽤 많은 돈이 남아 있어."

"대단하네."

이틀 전만 해도 나는 자동차를 사기에 충분한 돈을 갖게 될 줄 전혀 몰랐다. 하지만 이제는 자동차쯤은 얼마든지 살 수 있을 것 같다. 복권을 돈으로 바꿀 수만 있다면 말이다.

"아침부터 어디 가는데?"

홀든이 내게 미소를 짓는다. 입꼬리 한쪽만 살짝 올라가는 바보 같은 미소에 내 가슴이 또 설렜다.

"커피 마시러 스타벅스에 가. 너는 여기서 뭐 하는 거야?"

"과속으로 달리는 차에 치여서 죽으려고 애쓰는 중이지."

홀든이 코웃음 쳤다.

"나랑 커피 마실래?"

당장 그러고 싶다. 하지만 그러려면 홀든과 마주 앉아 단둘이 시간을 보내야 한다. 결별한 뒤로 단호하게 피한 일인데……. 나는 휴대용 머그잔을 들어 올리며 말했다.

"나는 이미 마셨어. 학교에서 보자."

나는 그렇게 딱 부러지게 말하고는 시내를 향해 걷기 시작했다.

"야, 제인! 기다려!"

홀든이 소리쳤다. 그러고는 차에서 내려 내 쪽으로 성큼성큼 걸어왔다.

"학교까지 태워다 줄게. 진짜로 여기서 차에 치여 죽을 생각이야?"

홀든은 더 말하고 싶은 표정을 짓고 있지만, 이제는 통하지 않았다. 나를 걷어찬 순간 그는 그런 특권을 잃었다.

"그래."

나는 손을 흔들며 거만하게 말했다.

"우리가 보통 사이는 아니었으니까 얘기 좀 하자는 거야. 게다가 오늘 생태학 클럽 현장 학습에 관한 계획을 함께 검토할 수도 있잖아."

나는 걸음을 멈추고 휙 돌아섰다.

"무슨 말이야?"

홀든이 특유의 능글맞은 미소를 지어 보였다. 휴대용 머그잔을 홀든의 얼굴을 향해 던지고 싶다.

"너, 깜빡했구나. 그렇지?"

"아니, 알고 있어."

나는 까맣게 잊고 있었다. 어제 데이비스 선생님이 생태학 클럽 모임에서 내게 말했는데도 말이다. 로또 복권 때문에 온갖 걱정을 한 데다 어젯밤 쓰레기를 모으러 다니느라 기진맥진한 탓이다. 덕분에 오늘 생태학 클럽에서 현장 학습으로 매디슨의 오아시스 수족관 판매점에 초등학교 3학년생 한 반을 데려가기로 한 사실을 까맣게 잊고 있었던 것이다. 1교시 후 나머지 수업은 없다. 나는 또 홀든과 내가 안내를 맡았다는 사실도 까맣게 잊고 있었다. 현장 학습은 내 아이디어였다. 그런 데다 홀든의 여동생은 현장 학습에 참가하는 초등학교 3학년생이다. 그렇기 때문에 홀든과 나는 이야기를 나눌 필요가 있었다.

"좋아."

나는 어쩔 수 없다는 듯 홀든의 차 쪽으로 터벅터벅 걸어갔다.

"학교까지 태워다 줘."

"알았어. 내게 이런 영광을 누리게 해 줘서 정말 고마워."

홀든이 살짝 고개를 숙이며 말했다.

"우선 너한테 스타벅스 음료를 사 줄게. 네 엄마가 집에서 만들어 준 음료보다 훨씬 나을 테니까."

홀든의 말이 건방지게 들리지만 틀린 것은 아니다. 나는 조수석에 올라타면서 웃었다. 그럴 수밖에 없다. 홀든은 여전히 매력적인 녀석이다.

8

홀든과 함께 옆 마을 스타벅스에서 나오는데 브랜에게
서 문자 메시지가 왔다.

브랜
> 제인! 너 죽었냐? 경찰에 신고
> 하기 전에 어서 답해.

> ㅎㅎ 나 괜찮아. 겁먹게 해서 미안해.
> 오늘 아침엔 홀든 차 탔어. 함께 커피
> 도 마셨어.

제인

브랜
> 제인, 안 돼! 너 설마 홀든과 다시
> 시작하려는 건 아니겠지?

1교시 시작 전, 브랜은 홀든과 다시 데이트하려는 거냐며 나를 몰아세웠다. 그런 브랜에게 스타벅스 음료를 건넸다. 홀든이 산 게 아니라 내가 산 거다. 나는 브랜 앞자리 책상에 털썩 앉으며 살짝 미소 지어 보였다.

영어 선생님이 셰익스피어에 관한 수업을 시작했다. 브랜이 내 책상으로 쪽지를 보냈다. 네모난 작은 종이를 펼쳤다.

다시 홀든에게 빠질 생각 따위 절대로 하지 마.

나는 눈을 데굴거리며 바닐라 라테를 한 모금 홀짝였다. 그러고는 답장을 써서 브랜에게 던졌다.

그런 생각은 손톱만큼도 안 해. 그러니까 걱정하지 마.

브랜의 답장이 금세 날아왔다.

알았어. 홀든이 미워지지 않게 되면 나한테 말해. 걔가 왜

나쁜 녀석인지 상기시켜 줄 테니까.

홀든이 정말 나쁜 녀석일까? 맞다. 홀든은 나쁜 놈이다. 그렇다고 내가 홀든을 조금이라도 그리워하지 않았다는 것은 아니다. 솔직히 고백하자면, 오늘 아침 홀든의 차 안에서 녀석과 함께 자연스레 시시덕거리며 전처럼 가까워진

듯한 느낌을 받았다. 미래의 억만장자가 내 판단을 흐리고 있다. 나는 홀든을 싫어해야 하는 이유를 떠올리며 영어 수업 시간을 보냈다.

홀든과 함께 오아시스 수족관 판매점으로 향하는 내 마음은 마구 흔들거렸다. 그래도 홀든을 미워하는 마음이 더 크다. 나는 초등학교 3학년생들과 함께 버스를 타고 가려 했지만, 홀든이 자기 차로 함께 가자고 해서 그렇게 했다. 홀든의 차를 타고 가는 것이 열 살짜리 아이 30명으로 가득한 시끄러운 버스를 타고 가는 것보다 마음에 끌렸다. 이 점은 부인할 수 없는 사실이다.

홀든이 예전에 우리가 함께 들었던 음악을 켠 순간, 나는 정신이 번쩍 들었다. 그 음악은 홀든이 얼마나 나쁜 녀석이었는지를 상기시켰다. 홀든은 개와 고양이를 좋아하지 않는다. 녀석은 또 고전이 지금까지 쓰인 책 가운데 최고라고 하면서도 학교 권장 도서는 1960년대 이후에 나온 책만 읽으려 할 것이다. 환경 문제에 관한 홀든의 관심은 제로에 가깝다. 그는 일회용 컵이나 물병으로 물을 마신다. 우리가 첫 키스를 나누고 일주일 뒤 나는 홀든에게 《변화하는 바다》를 선물했다. 하지만 홀든은 읽지 않았다.

내 안의 작은 목소리가 이렇게도 물었다. 앞에서 열거한 사실들이 정말 그렇게 나쁜 것일까? 잘 모르겠다. 또 다른 목소리가 헤어지기 전에 홀든과 내게 어떤 일이 있었는지 생각해 보라고 말한다. 우리가 살아 숨 쉬고 있음이 감사할 만큼 완벽한 하루하루, 로맨틱 코미디 같은 반짝거리는 시간을 빼고 말이다. 홀든은 매일 아침 나를 태우러 왔다. 그래서 나는 걸어서 학교에 가지 않아도 되었다. 홀든은 아무 말없이 엄마에 관한 내 불평을 들어 주었다. 물에 떠 있고 싶다고 하자 그 즉시 나를 가족 보트에 태워 주었다. 우리는 성과 육체의 결합에 대해 아주 많은 걸 배웠다.

홀든이 모는 차가 고속도로로 들어설 때 내 안에서 갈등의 파도가 거칠게 일렁였다. 나는 홀든과 이야기할 필요가 없도록 잠들기를 바라며 지그시 눈을 감았다.

"그런데 이 로또 당첨자 뉴스 어떻게 생각해?"

홀든이 뜬금없이 물었다.

"내가 그 복권의 주인이라면 얼마나 좋을까. 내가 당첨됐다면 이것저것 생각하지 않고 즉시 이 마을을 떠나 여기저기 돌아다니며 돈을 펑펑 쓸 거야."

"뭐라고?"

나는 비몽사몽 상태에서 깨어나 자세를 바로 하고 물었다. 그러고는 크게 하품하는 척하며 당황한 기색을 감췄다.

"미안. 어젯밤 늦게까지 못 잤거든."

"쓰레기 버리는 날이라서?"

홀든이 눈살을 찌푸리며 물었다. 쓰레기 버리는 날이 내게 무엇을 의미하는지 훤히 알고 있는 홀든이 싫다.

"으응."

내 입에서는 이 소리밖에 나오지 않았다.

"좀 자."

"나한테 왜 이렇게 잘해 주지?"

아침 내내 머릿속에서 맴돌던 의문을 불쑥 내뱉었다.

"우리는 친구니까."

홀든이 우리 관계를 요약하듯 말했다.

"우리가 친구라고?"

"그래."

"너는 나를 찼어. 알고는 있니?"

"음, 그래……."

"우리는 2년 동안 사귀었고…… 네가 스스로 불행하다며 나와 더 이상 사귀고 싶지 않다고 말했지. 그래서 갑자기 헤어져……."

홀든에게 터뜨릴 분노가 쌓여 있는 데다 말하지 못한 게 너무 많아서인지 말문이 막혔다. 홀든과 말하고 싶어도 로또 당첨자 이야기만은 하고 싶지 않다. 그 대신 이 자리에서 그의 해명을 듣고 싶다. 적어도 '우리는 아무래도 서로 잘 안 맞는 것 같아.'라는 말에 더해 홀든이 우리의 관계를 끝낼 때 내세운 일반적 이유들을 넘어선 해명을 말이다.

홀든은 손으로 뒷덜미를 문지르며 당황스러운 표정을 지었다. 한 손으로 운전하는 그의 얼굴이 새빨갛게 달아올라 있다. 홀든이 당황한 걸 알아차린 나 자신이 싫다.

"미안해."

홀든이 천천히 말했다.

"그렇게 헤어지는 것이 아니었는데……. 내가 나빴어."

잠깐! 방금 홀든이 뭐라고 했지?

"그 일로 마음 아팠어. 정말이야."

내가 고백하듯 말했다. 정작 하고 싶은 말은 하지 않고. 그래서 우리 이제 다시 결합하자는 건가? 너, 나한테 관심이 생긴 거야? 정말 그런 거니? 재결합을 어떻게 받아들여야 할지 나로서는 알 수 없다. 홀든과 이렇게 가까이서 솔직하게 털어놓으려니 마음이 조마조마했다. 상어가 든 커다란 탱크 위에 외줄을 걸고 그 위를 걷는 것 같은 기분이다.

"네 마음을 아프게 해서 정말 미안해."

홀든의 말이 진정으로 미안해하는 것처럼 들렸다. 어쩌면 내가 너무 피곤해서 진심인지 아닌지 구별 못 하는지도 모르겠다.

"제인, 네가 정말 그리웠어. 네가 없으니 모든 게 재미없더라고."

오, 이런! 그동안 홀든에게서 별의별 말을 다 들었지만, 이런 말은 처음이다. 내가 없어서 모든 게 재미없다고? 순간 나도 홀든을 그리워했다는 사실을 깨달았다.

"아, 그런 말 그만해."

내가 길게 한숨을 쉬며 말했다.

"이제 다른 이야기 하자고. 네 생일 이야기 좀 해 봐. 이 차 말고 또 뭐 샀어?"

홀든이 더 말하고 싶다는 듯 재빨리 나를 훑어봤다.

"운전할 때 한눈팔지 마. 우리는 초등학교 3학년생들 보호자야. 안전하게 도착해야 한다고."

"알겠습니다, 공주님."

홀든이 특유의 편안하고 친근한 웃음을 지으며 말했다. 웃는 모습이 예전의 홀든 같다. 잠깐! 내가 홀든의 웃음을 그리워했던가? 당장 브랜에게 문자 메시지를 보내 내가 위험에 빠졌다고 알려야겠다는 생각이 들었다. 하지만 홀든이 이야기를 늘어놓는 바람에 생각이 뚝뚝 끊겼다. 홀든은 가을 방학 때 가족과 함께 하와이에 다녀왔는데 해변에서 자신의 열여덟 번째 생일을 축하했으며, 고래 보호 구역에 갔을 때 내내 내 생각을 했다고 말했다.

"잠깐! 잠깐! 잠깐!"

홀든의 말이 끝나기가 무섭게 내가 소리쳤다.

"다시 한번 말해 봐. 정말 혹등고래 국립 해양 보호 구역에 다녀왔어?"

홀든이 다시 웃었다.

"정말이야. 하와이에서 돌아온 뒤 너한테 가서 그곳에 대한 이야기를 들려주려고 했어. 하지만 너는 말도 못 붙이게 했지. 줄 것이 있어. 앞에 있는 글러브 박스를 열어 봐."

"나는 아직도 네가 미워."

나는 대시 보드에 붙은 글러브 박스를 열며 중얼거리듯 말했다. 혹등고래가 찍힌 푸른색 종이봉투가 눈에 띄었다. 나는 봉투를 열고 그 속에 든 작은 에나멜 배지를 꺼냈다. 배지에는 보트 옆에서 물 위로 뛰어오르는 혹등고래의 그림이 그려져 있다.

"와, 멋있는데!"

나는 짐짓 감탄한 듯 말하며 배지를 내 백팩에 꽂았다.

"우리 가족은 그 배지에 그려진 보트와 똑같은 보트를 탔어. 나는 뱃멀미로 고생했지만 고래는 정말 멋지더라고."

"그렇게 말해도 나는 여전히 네가 미워."

말은 그렇게 해도 목소리에 스민 다정함을 감출 수는 없었다.

"네가 내게 조금이라도 용서를 구할 수 있는 유일한 방법은 하와이 여행에 대해 하나도 빼놓지 않고 낱낱이 이야기하는 거야. 알았어?"

홀든이 싱긋 웃었다.

"알았어."

홀든은 하와이에서 무엇을 보았는지, 고래 가까이에 있었을 때 어떤 기분이었는지, 그리고 해양학자가 되려는 내 계획에 대해서도 말했다.

"내 이야기를 들으며 상상으로라도 뱃멀미를 한번 즐겨 봐. 나는 여전히 대자연을 좋아해. 하지만 땅에 발을 단단히 딛는 게 좋아. 이를테면 바다보다는 숲속 깊이 들어가는 게 좋지."

"그래, 너는 숲이고 나는 바다야. 그래서 우리는 안 맞지."

말은 그렇게 했지만 내 마음속에 가득 찬 분노는 어디론가 사라졌다. 오아시스 수족관 판매점 주차장에 들어섰을 때 나는 홀든에게 미소 짓고 있었다. 이런 때 페도라를 벗어 내 머리를 세게 때릴 브랜이 필요하다. 브랜은 지금 어디에 있을까?

"집으로 돌아갈 때도 함께 타고 가자."

홀든이 제안했다.

"우리는 아직 할 이야기가 아주 많잖아."

내가 제안을 거절한다거나 뭐라고 말할 새도 없이 한 무리의 초등학교 3학년생들이 버스에서 쏟아져 나오기 시작했다. 우리는 차에서 내려 아이들에게 손을 흔들었다.

"안녕, 홀든 오빠!"

홀든의 여동생 하퍼가 버스 계단을 뛰어내리며 소리쳤다. 하퍼는 가을 방학 여행 때 피부가 볕에 탔고, 긴 머리를 두 갈래로 땋아 늘였다. 아이는 양팔을 벌려 오빠를 끌어안았다.

"오빠 왔네! 안 올 줄 알았는데."

"당연히 와야지."

홀든이 싱긋 웃으며 말했다. 하퍼가 포옹을 풀지 않자, 홀든은 여동생의 머리 위로 어깨를 으쓱해 보였다. 나는 아이들에게 잘해 주는 홀든의 모습이 좋게 보였다.

"안녕, 하퍼!"

하퍼가 포옹을 풀자 내가 큰 소리로 말했다. 하퍼는 재빨리 나를 보더니 미소 지었다. 바다의 수면에 부딪치는 햇살 같은 미소다.

"제인 언니!"

하퍼가 반갑게 소리 지르며 달려와서 내게 안겼다.

"정말 반가워요."

나는 지난 몇 년 동안 하퍼와 함께 많은 시간을 보냈다.

이따금 하퍼가 친자매 같다는 생각을 했다. 하퍼를 안은 내 얼굴 가득 미소가 번졌다. 어떻게 태연할 수 있단 말인가.

오아시스 수족관은 요정 동굴의 내부처럼 푸른색으로 빛났다. 가는 곳마다 수백 개의 수조에서 끊임없이 뿜어져 나오는 거품 소리로 가득 차 있다. 안으로 들어갈수록 평온한 느낌이 들었다. 교회에서 마음의 평온을 얻는 사람도 있겠지만 나는 물이 있는 곳에서 평온을 얻는다.

"우아아아!"

안으로 깊숙이 들어가자 초등학교 3학년생들 모두 탄성을 터뜨렸다. 안내자들이 가게 안의 가장 큰 수조 쪽으로 아이들을 안내했다.

"신나는 파티장 같은걸."

홀든이 아이들 앞의 내 옆에 서서 속삭였다.

"입 다물어."

내가 장난스럽게 속삭였다. 홀든이 나를 바라보며 씨익 웃었다.

"여기는 왜 푸른색이죠?"

한 아이가 물었다.

"이건 화학 광선이라고 해."

나는 초등학교 학생들에게 설명했다.

"산호가 자라는 데 필요한 광선이야. 물론 바닷속에 있는 산호에게는 화학 광선이 아니라 자연 광선이 필요하지."

"바다에 가 본 사람?"

홀든이 차분한 목소리로 학생들에게 물었다. 아이들 대부분이 손을 들었다. 손을 들지 않은 아이도 몇 명 있다.

"그래, 너희들 대부분 바닷속 산호는 못 봤을 거야. 내 말 맞지?"

손을 들지 않은 아이들이 덜 쑥스러워하는 것 같다.

"나는 봤어!"

하퍼가 소리쳤다.

"맞아, 하퍼는 봤지. 우리는 가을 방학 때 스노클링을 했는데, 정말 굉장했단다. 바다는 못 봤어도 이건 봤겠지? 〈니모를 찾아서〉 본 사람?"

모든 아이의 손이 올라갔다. 홀든이 팔꿈치로 내 옆구리를 쿡 찔렀다. 해양학자가 나설 차례라는 뜻이다.

"자, 여러분이 바다의 산호라고 상상해 봐. 그럼 여러분은 학교 식당의 밝은 형광등 아래에서 놀지 않을 거야. 그렇지?"

아이들 모두 고개를 끄덕였다.

"여러분이 쬐고 있는 모든 빛은 물의 층들을 통해 여과돼. 여기서 그렇게 하고 있어. 이 푸른빛은 산호가 무럭무

력 자라는 데 도움이 된단다. 그러니까 이 빛은 산호들이 깊은 바다에 있다고 여기도록 하는 거야. 말하자면 속이는 거지."

문득 이런 생각이 들었다. 이 푸른빛은 내게도 필요해. 육체적으로든 정신적으로든 무럭무럭 자라게 할 거니까. 나는 아이들에게 바다에 관한 몇 가지 사실을 더 말한 뒤 아이들을 놓아줬다.

"아무것도 만지지 마. 만지면 안 돼."

홀든이 아이들에게 주의를 줬다.

"열린 수조도 함부로 손대면 안 돼. 여기는 밀워키의 수족관과 달라. 만지면 안 된다고. 알았지?"

하퍼가 열린 산호 수조에 손을 대려다 그만뒀다. 나는 홀든을 바라보며 미소 지었다. 우리는 아이들과 학부모 자원 봉사자들 사이로 들어갔다. 나는 희귀한 물고기들이 가득 들어 있는 수조 앞에서 멈췄다.

"이 물고기들은 모두 오스트레일리아에서 왔어."

내가 아이들에게 말했다.

"니모처럼요?"

한 아이가 큰 소리로 물었다.

"그래. 이 물고기들은 머나먼 여행을 해서 여기에 있는 거야."

"이 물고기들은 엄마 아빠가 보고 싶을 거예요."

하퍼가 눈앞에서 헤엄치는 노란색 물고기 두 마리를 뚫어지게 바라보며 말했다.

"그 물고기들은 지금 있는 곳에서 행복을 느낄 거야."

홀든이 다가오며 말했다. 손에 가벼운 압력이 느껴졌다. 홀든의 손이 내 손가락을 쥐고 있다. 나는 무심코 손을 뻗어 홀든의 손가락을 감쌌다. 아무래도 내가 미쳐 가고 있는 것 같다. 나는 수족관에서 솟아오르는 거품과 푸른빛에 현혹되어 있다. 더 이상 바랄 것 없이 만족스럽다. 나는 말없이 홀든의 손에서 손을 빼내고 아이들 무리로 갔다.

돌아갈 땐 버스를 탔다. 아이들이 시끄럽게 재잘거리는 소리를 차단하기 위해 이어폰을 끼고 스마트폰을 들여다봤다. 모든 걸 잃은 로또 당첨자들에 관한 글이 계속 올라오고 있다. 나는 음악을 켜지 않은 채로 글을 읽었다. 덜컹거리던 버스가 드디어 고속도로를 달렸다. 나는 불운한 당첨자들에 관한 이야기를 노트에 채워 넣으며 홀든에 대한 생각에서 벗어나고자 했다. 홀든이 얼마나 괜찮은 아이인지, 그가 우리의 결별을 미안하게 여기는 것이 어떤 의미인지 따지지 않으려 애썼다.

<제인 벨웨더가 수집해 알기 쉽게 표현한
실패하는 로또 당첨자들의 사례>

불운한 로또 당첨자 네 번째 사례:

우루지 칸의 경우는 좀 특이하다. 46세의 우루지 칸은 즉석
복권으로 100만 달러에 당첨되었다. (이것은 내 당첨금의 58분의
1보다 적은 돈이다. 오, 이런! 나는 지금 100만 달러를 많지 않은 돈으로 생
각한다. 정말 어처구니없다.)

우루지는 복권에 당첨된 다음 날 죽었다. 누가 그를 죽였을
까? 심장 마비로 죽었나? 그의 죽음에 무언가 사악한 것
이 개입되어 있는 걸까? 우루지의 가족은 서로 의심하고 불
신하는 바람에 뿔뿔이 흩어지고 말았다. 몇 년 뒤 혈액 검사
를 통해 우루지의 피에서 치사량 수준의 독극물이 검출되었다.
아무도 기소되지 않았지만, 우루지의 제수와 그녀의 친정아
버지가 의심받았다. 우루지의 가족은 이사했고, 그의 당첨
금은 여러 사람이 나누었다. 하지만 우루지의 가족 그리고
시카고 경찰은 누가 우루지를 죽였는지 지금까지도 밝히지
못하고 있다.

나를 위한 메모: 이 사례는 미스터리에 싸여 있지만, 당첨금
때문에 끔찍한 일이 일어난다는 점에서는 다른 사례와 크게
다를 게 없다. 당첨자가 독극물로 살해되었다는 점은 다르지

만 말이다. 어쩌면 범인이 미소를 지으며 당첨자에게 독극물이 든 저녁상을 대접했을지도 모른다.

불운한 로또 당첨자 다섯 번째 사례:

이것은 교훈이 되는 사례라고 할 수 있다. 잭 휘태커는 우루지 칸보다 동정을 사기 어렵지 않나 싶다. 이 행운의 남자는 당첨되기 전부터 부자였다. 약 1,700만 달러의 재산을 가지고 있었다. 아무튼 잭은 파워볼 로또에 3억 1,500만 달러가 당첨되었다. 3억 1,500만이라니, 상상도 안 되는 돈이다!

잭은 이런저런 자선 단체에 기부하고 재단도 설립하는 등 돈 관리를 웬만큼 잘했다. 하지만 그는 스트립 클럽 출입을 끊을 수 없었다. 잭은 자동차에 돈을 잔뜩 싣고 스트립 클럽에 다녔고 세네 차례 도둑을 맞았다. 잭, 일찌감치 은행 계좌를 개설하고 저축해 놔야지.

하지만 도둑맞은 데서 끝나지 않았다. 잭은 알코올 중독자가 되었고, 급기야 아내와 이혼했다. 그리고 잭의 외손녀는 잭한테서 매달 수천 달러를 받으며 살다가 약물 과다 복용으로 사망했다. 잭의 아내는 당첨되는 순간 잭이 그 복권을 찢어 버려야 했다며 원망했다. 잭도 그래야 했다고 말했다.

나를 위한 메모: 잭은 내 당첨금의 다섯 배가 넘는 당첨금을 받았다. 하지만 그는 자신이 사랑한 모든 사람에게 불행을 선물했다.

갑자기 드는 생각: 복권을 찢어 버려야 하나? 복권을 돈으로 바꿔 얼마든지 좋은 일을 할 수도 있는데 아예 그런 생각을 하지 않고 하루하루 살아가야 하나? 홀든도 이제 열여덟 살인 데다 그렇게 멍청하거나 나쁘지도 않다. 홀든이 복권을 돈으로 바꾸어 줄 수 있지 않을까? 그런데 홀든이 내게 당첨금을 선뜻 줄까? 안 돼, 제인! 쓸데없는 생각 그만해. 이건 말도 안 되는 생각이라고!

9

"홀든이랑 손도 잡았단 말이야?"

브랜이 입 안 가득 넣은 감자칩을 내뱉을 듯 인상을 쓰며 물었다. 우리는 브랜네 호박 농장의 매표소 안 나지막한 카운터 뒤에 앉아 있다. 브랜은 자기 백팩에서 꺼낸 특대 사이즈 봉지에 든 감자칩을 먹고 있다. 매표소에 대해 말하자면, 너무 비좁아서 우리 둘과 백팩과 감자칩 봉지가 들어갈 공간밖에 없다. 하지만 이곳은 우리가 잠시나마 담소를 나눌 수 있는 유일한 공간이다.

"특별한 의미는 없어. 그냥 잡은 거라고."

나는 매표소 밖에 길게 줄을 선 사람들에게 들리지 않도록 나지막이 말했다.

"그냥 잡은 거라고? 홀든이 싫은데도?"

브랜이 중얼거렸다. 그러고는 내게 감자칩 봉지를 건넸다. 나는 고개를 가로저었다.

"너도 홀든을 싫어하는 건 알아."

나는 짧은 머리칼을 손가락으로 쓸어 넘긴 뒤 오른쪽 귀걸이를 만지작거렸다. 내가 언제부터 이렇게 잠시도 가만히 있지 못하는 아이가 되었지?

"오늘 홀든은 내게 아주 친절했어."

"친절했다고? 갠 그런 애가 아니야! 홀든이 그동안 너한테 한 짓을 생각해 봐. 넌 잘못한 게 없는데 그 애는 너 스스로 잘못했다고 생각하도록 몰아갔잖아. 작년 축제 때 생각 안 나? 너랑 홀든은 소피와 내 아래쪽 자리에 있었어. 홀든 그 녀석이 사진을 찍다가 스마트폰 떨어뜨린 거 기억나지? 소피와 난 홀든이 스마트폰을 떨어뜨리는 걸 두 눈으로 똑똑히 봤어. 그런데 녀석은 그날 밤 내내 네가 잘못해서 스마트폰이 망가졌다고 했지. 또 너 때문에 뭘 할 때마다 늦는다며 투덜거렸고. 생각 안 나? 식당에서 메뉴도 결정하지 못하는 녀석이 걸핏하면 네 핑계를 댔단 말이야. 네가 바라는 건 들어주지 않고 엉뚱한 걸 하자고나 하고. 제인, 홀든은 못된 애야."

브랜 말은 모두 사실이었다. 그 모든 일은 편안하고 느긋하게 감상하는 로맨틱 코미디에 나올 법한 것이 아니다. 홀든과는 로맨틱 코미디 같은 관계라고 생각했는데, 그것과도 거리가 멀다. 하지만 나나 브랜이 홀든에 대해 잘못 생각할 수도 있지 않을까? 홀든이 한 일을 오해하고 있는 것은 아닐까? 그럴지도 모른다.

"그때 홀든이 스트레스를 받아 그렇게 말했을 수 있어. 가족에게 안 좋은 일이 일어나서 그랬는지도 몰라."

"제인, 그건 아니야. 그런 식으로 홀든을 동정해서는 안 돼. 쓸데없는 동정 같은 건 하지 말아야 해."

"알았어."

나는 부모 옆에 서 있는 마녀 복장의 어린 소녀에게 미소를 지으며 말했다.

"하지만 홀든이 변했을 수도 있잖아?"

"변해 봤자야. 홀든은 아니야. 너는 더 좋은 사람을 만날 자격이 있어. 홀든 같은 찌질이는 잊어!"

브랜의 말에 마녀 복장을 한 어린 소녀의 눈이 휘둥그레졌다. 소녀의 엄마가 우리를 노려봤다.

"죄송해요."

나는 '건초 마차 타기' 표를 모녀에게 건네며 중얼거리듯 말했다. 그러고는 브랜에게 고개를 돌렸다.

"소피는 잘 있어? 어제 인스타그램에서 소피 사진

을 봤어. 시드니에서 사는 걸 보면 소피는 행운아 같아. 너는…….."

"제인, 말 돌리지 마. 네 인생에 홀든 같은 애는 필요 없어."

나는 길게 한숨을 내쉬며 계산대 뒤의 의자에 털썩 앉았다.

"그래, 네 말이 맞아."

"홀든은 너한테서 뭔가를 원해. 내 말 믿어. 직감으로 알 수 있어."

"무슨 직감? 기자 같은 직감으로?"

브랜이 나를 향해 얼굴을 찌푸렸다.

"그래, 기자 같은 직감이지. 홀든의 궤도에 다시 말려들지 마."

물론 브랜의 말이 맞다. 홀든의 궤도는 행성 궤도와 같다. 그는 고리 모양으로 돌고 돌아 내가 채 알아차리기도 전에 내 삶의 중심이 된다. 홀든이 갑자기 커피를 들고 나타나 수상 공원 같은, 평소 내가 좋아하지 않는 곳으로 깜짝 여행하듯 나를 데려가면 어느새 나도 홀든처럼 거기를 좋아한다고 생각하게 된다. 나는 손 소독제를 손바닥에 발랐다. 그렇게 하면 홀든의 손길에 대한 느낌이 깨끗이 씻겨 나가기라도 할 것처럼.

"화제를 바꾸자. 그 복권 당첨자 조사에 대해 이야기 좀 해 줘. 방과 후 도와주지 못해서 미안해."

나는 오아시스 수족관 현장 학습 후에 축구 연습을 끝내고 땀투성이 연습복 차림으로 곧장 이곳에 왔다. 일을 시작하기로 한 오후 5시에 늦지 않게 간신히 도착했다. 브랜은 엄마가 만든 국수 한 그릇을 매표소에 가져다 놓고 나를 기다렸다. 나는 국수를 10초 만에 후루룩후루룩 먹어 치웠다.

"홀든 이야기 아직 끝나지 않았어."

브랜이 경고하듯 말했다.

"이쯤에서 화제를 바꾸자고. 조사는 어때? 진전이 좀 있어? 완다스에는 가 봤어?"

브랜이 고개를 끄덕였다.

"그래, 갔어. 하지만 닫혀 있었지."

"닫혀 있었다고? 거기는 문 닫은 적 없는데."

"당첨 복권을 팔았잖아. 당첨 복권 판매자로 5만 달러를 받았다면 며칠 문 닫을 수도 있지."

가슴이 뜨끔했다.

"당첨자가 나타나지 않으면 완다스는 그 돈을 받지 못하는 거 아닌가?"

브랜이 고개를 저었다.

"아니, 그렇지 않아. 내가 조사한 바로 당첨 복권 판매자는 곧바로 돈을 받을 수 있어. 완다스에 가 봤더니 완다가 문에 표지판을 걸어 놨더라고. 메리 앤과 함께 10년 만에 휴가를 떠나는 거라고 쓰여 있었어."

이런! 누군가는 벌써 뜻밖의 행운을 즐기는데 나는 대체 뭘 하고 있단 말인가? 나는 그저 완다스에서 미성년자인 내게 복권을 팔았다는 사실이 세상에 알려지는 바람에 완다가 받은 돈을 돌려줘야 할 상황이 일어나지 않기만을 바라고 있을 뿐이다. 완다와 그녀 가족의 행복은 내가 이 복권을 어떻게 하느냐에 달려 있다. 한시라도 빨리 당첨금을 수령해 줄 사람을 찾아야 한다.

하지만 그런 사람을 어떻게 찾지? 누가 적당한 거야?

엄마? 할머니? 홀든? 내가 믿을 만한 다른 사람은 없나?

없다. 셋 중에서 한 사람을 선택해야 한다.

아, 정말 미치겠다.

에이미 펨벌리   로또 당첨자에 대한 의견을 다시 나누어 봐요. 지금까지 아무도 나타나지 않았다는 게 정말 믿기지 않아요.

메리 풀턴   나도 믿기지 않아요! 그 많은 돈을 받을 수 있는데 어떻게 가만히 있을 수 있죠? 그 돈을 원하지 않으면 필요한 누군가에게 주든지 해야 하지 않나요.

리사 호킨스   동감이에요! 나로서는 상상도 할 수 없네요. 그 돈의 일부를 내게 보내 줬으면 좋겠어요. 밀린 세금을 내거나 자동차 연료를 넉넉히 넣고 다니게 말이에요.

에이미 펨벌리   그 많은 돈을 포기하고 나타나지 않는 건 죄라고 생각해요.

메리 풀턴   복권을 돈으로 바꿀 수 있는 기한은 180일이에요. 어쩌면 우리는 더 오랫동안 기다려야 할 수도 있어요.

제이 윌킨스   당첨자가 겁쟁이는 아닐까 싶네요.

메리 풀턴   그런 말은 하지 맙시다. 어쩌면 우리가 모르는 문제가 있는지도 몰라요.

제이 윌킨스   맞아요. 당첨자에게 이 마을의 1년 예산보다 많은 돈이 생겼으니까 그럴 수 있죠. 당첨자들의 문제에 대해 나중에 알려줘요. [댓글 100개 이상 달림]

10

바다의 대부분이 '물 많은 사막'이라는 사실을 아는가? 그런 바다는 텅 비어 있으며 포식자들만 끊임없이 돌아다닌다. 이는 BBC의 〈푸른 행성〉 시리즈에서 데이비드 애튼버러*가 한 말이다.

토요일 아침, 나는 〈푸른 행성〉 시리즈에 깊이 빠져 있었다. 바다에 관련된 정보를 노트에 꼼꼼히 적고 있는데 브랜에게서 전화가 걸려 왔다. 나는 브랜의 전화를 받으려다 말고 홀든에게서 온 문자 메시지를 먼저 읽었다.

---

* 영국의 방송인. 동물학자이자 환경 보호론자

함께 한 시간 정말 즐거웠어!
곧 다시 즐거운 시간 갖자.

나는 답장을 썼다가 지웠다. 숙제를 할까 하다가 그만뒀다. 〈푸른 행성〉 시리즈는 이미 열 번 이상 보았다. 애튼버러의 부드러운 목소리와 함께 장엄하고 거친 바다는 내가 당장 다가갈 수 있는 유일한 상대다.

로또 당첨자에 관한 페이스북 글들이 점점 더 험악해졌다. 나는 페이스북에는 잘 들어가지 않지만, 지금으로서는 마을 사람들의 그룹 채팅을 피할 수 없을 것 같다. 사람들의 반응이 눈에 보이는 듯했다. 사람들은 당첨자가 나타나지 않았다는 사실에 화를 냈다. 신체적 위해를 가하겠다는 글까지 보였다. 그런 글을 읽을 때 내 머릿속에 떠오르는 것은 텅 빈 듯 아무것도 없는 깊은 바다에서 이빨로 물어뜯을 대상을 찾아 어슬렁거리며 돌아다니는 사나운 포식자들이다. 5,800만 달러는 이빨로 물어뜯어야 할 만큼 어마어마하게 큰돈이다.

오후 3시, 내 방 창문을 두드리는 소리가 들렸다. 내 방은 2층이라 창문으로 드나들 수 없다. 이건 분명 브랜이다. 다른 누가 내 방 창문을 두드리겠는가? 내가 응답하지 않으면 브랜은 계속 창문을 두드릴 것이다. 나는 침대에서 천천히 몸을 일으켜 커튼을 밀어젖혔다. 그러다 넘어질 뻔했다.

어이쿠.

어? 브랜이 아니다. 홀든이다! 홀든이 스타벅스 두 잔을 든 채 금방이라도 부서질 것 같은 철제 수영장 사다리(엄마의 가장 오래된 발견물 중 하나) 위에서 균형을 잡고 있었다.

"저……, 안녕."

내가 창문을 열며 말했다. 홀든 앞에서 움츠러들지 않으려고 애썼다. 나는 지금 노브라에 탱크톱과 레깅스를 입은 데다 화장을 하지 않은 민낯이다. 어떤 소녀는 이렇게 꾸미지 않은 모습이 더 매력적으로 보일 수 있겠지만 내 경우는 그렇지 않다.

"너한테 주려고 커피 가져왔어."

홀든이 인사 대신 말했다. 그러고는 커피 두 잔을 들어올렸다.

"바닐라 라테야. 들어가도 돼?"

내 가슴속에서 무언가가 요동쳤다. 우리가 사귈 때, 홀든은 현관문을 이용한 적이 한 번도 없었다. 홀든에게 우리 집 전체 상태를 보여 주고 싶지 않았기 때문이다. 창문으로 두 걸음쯤 다가가면 예전의 우리로 돌아갈 것이다.

"왜?"

내 목소리에 스민 의심의 기색을 감출 수 없었다. 어제 브랜과 이야기하고 오늘 나 자신을 천 번쯤 격려한 뒤 나는 홀든과 거리를 두기로 다짐했다.

"네 방에서 데이비드 애튼버러의 목소리가 들리고, 온종일 너를 봤다는 사람이 아무도 없어 올라와 본 거야. 네가 밖으로 나오지 않았다는 건 한 가지만을 뜻하지. 바로 〈푸른 행성〉을 몰아보고 있다는 것. 또 이런 걸 뜻하기도 해. 네가 엄청나게 스트레스를 받았거나 걱정거리가 있어서 함께 있어 줄 사람이 필요하다는 것 말이야."

홀든이 나의 이런 면을 아는 게 싫다.

"내가 함께 있어 줄 사람이 필요 없다면 어떻게 할 거야?"

홀든이 어깨를 으쓱했다.

"그럼 나는 커피를 남겨 두고 가야지, 뭐."

나는 한숨을 내쉬었다. 솔직히 함께 있어 줄 사람이 필요하다. 혼자서 5,800만 달러라는 엄청난 비밀, 숙제, 엄마의 쓰레기 더미들과 함께 있는 건 열일곱 살 소녀에게 육체적으로나 정신적으로 좋지 않다.

"알았어."

홀든이 싱긋 웃었다. 그리고는 단 한 번의 유연한 동작으로 내 방으로 들어왔다. 홀든의 존재가 방 안을 가득 채웠다.

"방을 꾸며 놓은 게 내 마음에 쏙 드는데."

홀든이 침대 위의 책을 가리키며 말했다.

"아직 이 책을 못 읽었어. 몇 년 전 너한테 받은 책인데도 말이야."

홀든은 《변화하는 바다》를 집어 뒤표지 글을 읽었다. 나는 커피 두 잔을 침실용 탁자에 재빨리 내려놓았다. 그 바람에 커피 방울이 튀었다. 나는 민첩하게 홀든의 손에서 책을 낚아챘다. 당첨 복권이 그 안에 있기 때문이다. 나는 오늘만 해도 900번 넘게 복권을 확인했다. 홀든이 책장을 펼치기만 하면 비밀이 탄로 난다.

물론 내가 홀든에게 복권 당첨 사실을 말하고 나 대신 복권을 돈으로 바꾸어 달라고 부탁한다면 문제는 해결된다. 하지만 홀든이 내게 돈을 줄 거라고 확신할 수 있을까? 만약 홀든이 돈을 전부 챙겨 그가 늘 말하는 거대 부자의 화려한 삶을 살러 떠나 버린다면?

"이 책 재미는 별로야."

나는 《변화하는 바다》를 침대 위의 생물학 숙제 자료와 함께 내 백팩에 밀어 넣었다. 갑자기 침대가 환해 보였다. 홀든이 마지막으로 이 방에 있던 때가 선명하게 떠올랐다. 그때 우리는 침대에서 섹스를 했다. 홀든이 내게 결별을 선언하기 몇 시간 전이었다. 홀든도 똑같은 일을 떠올린 듯 그윽한 눈길로 나를 바라봤다. 그러다 아랫입술을 깨물고는 화제를 돌렸다.

"오늘 밤 함께 호수에 갈까?"

레이크스보로에는 토요일 밤마다 전통처럼 열리는 놀이 문화가 있다. 고등학생들은 첫눈이 내릴 때까지 토요일 밤 호숫가에서 모닥불을 피우고 술을 마시며 논다. 홀든은 물론이고 마을 아이들 대부분이 보트를 가지고 있다. 하지만 나는 보트는커녕 뗏목도 없다. 그래서 호숫가에 갈 경우 홀든의 보트를 탈 수밖에 없다. 물론 홀든의 보트를 타지 않을 수도 있다. 그러나 나는 물 위에서 시간을 보내고 싶어 견딜 수 없다.

홀든과 함께 호수에 간다?

이제 홀든과는 어떤 일도 간단하지 않다. 머릿속에 떠오른 대로 말하면 후회할 수도 있겠지만 어쩔 수 없다. 이런 때일수록 강하게 나가야 했다.

"오늘 밤은 안 돼. 집에서 숙제해야 해."

"제인, 숙제는 나중에 하고 나랑 호수에 가자. 아주 즐거울 거야."

홀든이 나의 승낙을 기다리는 표정으로 고집스레 말했다. 그러고는 내게 다가왔다. 이제 우리는 몇십 센티미터밖에 떨어져 있지 않다. 홀든의 얼굴이 아주 가까이 있다. 하와이를 여행하는 동안 그의 코에 새로 생긴 주근깨를 하나

하나 셀 수 있을 것 같다. 홀든에게서 햇볕과 샴푸 냄새가 났다. 두 가지가 합쳐진 냄새가 나를 자극했다.

창문 두드리는 소리가 또 들렸다. 브랜의 얼굴이 보였다.

"제인, 어떻게 된 거야? 하루 종일 전화했는데도……."

나와 바짝 붙어 서 있는 홀든을 보자 브랜의 목소리가 작아졌다.

"안녕, 브랜."

나는 홀든의 몸에 불이라도 난 듯 홀든에게서 물러서며 말했다. 그러고는 창문 쪽으로 다가갔다.

"들어와."

브랜은 얼굴을 찌푸린 채 상체를 들이밀고 창문을 넘어왔다. 브랜은 티셔츠에 황갈색의 오래된 트렌치코트를 걸치고 회색 페도라를 쓰고 있다. 브랜의 트렌치코트가 창턱에 걸렸다. 브랜은 트렌치코트를 세게 잡아당겼고, 창턱에 걸린 트렌치코트가 풀린 순간 방 안으로 나동그라졌다. 브랜은 옷을 탈탈 털고 재빨리 일어섰다. 그러고는 멋쩍게 웃었다. 우리 셋은 이제 방 안에 있다.

나와 홀든과 브랜은 아무렇지 않은 표정으로 내 침실에서 있다. 더러운 빨랫감 바구니(운 나쁘게도, 선홍색 속옷 한 벌이 맨 위에 자연스럽게 놓여 있다.)와 백팩 속 5,800만 달러 복권을 품은 책이 가까이에 놓여 있다.

잠시 침묵이 흐른다. 브랜이 홀든을 쏘아봤다.

"얘는 여기서 뭐 하는 거야?"

브랜의 목소리에 독기가 묻어 있다.

"홀든이 커피를 가져왔어."

나는 이 난관이 잘 넘어가기를 바라며 애처로운 목소리로 말했다. 그러고 나서 라테 잔을 들어 올렸다.

"좀 마실래?"

브랜이 나도 쏘아봤다.

"오늘 밤 제인을 호수에 데려가고 싶어서……."

홀든이 차분한 어조로 말했다. 그러고는 이렇게 물었다.

"너는 여기 왜 왔어?"

브랜이 눈을 부라리며 나와 홀든을 노려봤다.

"왜 왔냐고? 내가 여기 오면 안 돼? 나는 제인의 절친이야. 여기에 오지 못할 이유가 없다고. 제인, 얘랑 호수에 갈거야? 안 갈 거지?"

나는 브랜을 쏘아봤다. 내 보호자라도 되는 것처럼 말하는 브랜의 말투에 짜증이 났다.

"글쎄, 모르겠어. 홀든은 방금 여기에 왔고, 나는 저녁을 어떻게 보낼지 아직 결정하지 못하고 있어."

"제인, 나랑 추수 감사절 축제에 가자. 로또 복권에 관해 할 이야기가 있어. 네게 몇 가지 물어볼 것도 있고."

나는 브랜을 따라가야 한다. 브랜이 내 비밀에 아주 가까이 다가온 것 같기 때문이다. 가까이 다가와 있다면 브랜의 주의를 다른 데로 돌려야 한다. 홀든은 추수 감사절 축제에 가는 것이 토요일 밤을 보내는 가장 멍청한 방법이라고 말할 듯한 표정으로 나와 브랜을 노려봤다. 그러더니 갑자기 한쪽 팔을 내 어깨에 얹었다.

"제인, 호수 쪽을 선택해. 훨씬 즐거울 테니까."

"아니, 브랜과 함께 가겠어."

나는 어깨를 으쓱해 홀든의 팔을 떨쳐 내며 말했다. 불쌍할 정도로 혼란스러운 내 안에 호르몬이 가득 차기 전에 홀든에게서 물러섰다.

"그래, 너도 알다시피 나는 제인의 절친 중의 절친이야. 하지만 너는 제인의 마음을 아프게 한 나쁜 녀석일 뿐이지. 안 그래?"

브랜의 말에 홀든의 얼굴이 붉어졌다. 하지만 홀든은 상냥한 어조로 말했다.

"알아, 알아. 내가 둘 사이를 왜 모르겠어? 좋아, 이만 물러갈게. 제인, 나중에 보자!"

홀든이 창문 쪽으로 걸어갔다.

"잠깐!"

나는 홀든을 뒤쫓으며 소리쳤다. 잠시 손을 홀든의 어깨에 얹자 짜릿짜릿한 느낌이 온몸을 휘감았다. 몸이 해파리처럼 흐물거릴까 봐 재빨리 손을 내렸다.

"커피 고마워. 축제 끝나고 호수에 갈 수 있으면 갈게."

홀든이 내게 미소 지었다. 몸이 녹아내리는 것 같다.

"목 빠지게 기다릴 거야. 올 때 문자해."

그렇게 홀든은 떠났고, 내 곁에는 격노한 브랜이 남았다.

"변명 같은 건 할 생각도 마."

브랜이 페도라를 눈썹까지 내려오게 푹 눌러쓰고는 경고하듯 말했다.

"홀든과 단둘이 시간을 보내고 싶으면 그렇게 해. 그건 네 일이니까 내가 상관할 바 아니지. 하지만 조심해."

"솔직히 어떻게 해야 할지 잘 모르겠어. 내가 홀든을 부른 게 아니야. 그 애가 갑자기 온 거라고."

"아직 홀든 좋아해?"

나는 어깨를 으쓱했다.

"모르겠어. 마음이 복잡해. 홀든은 단지 내게 행복했던 때를 상기시키는 존재일 뿐일까? 아니면 단순히 내 마음을 어지럽히는 존재일까? 어쩌면 홀든은 내 하나뿐인 사랑일지도 몰라. 영화처럼 말이야."

"영화처럼?"

브랜이 콧방귀를 뀌었다.

"홀든은 네 하나뿐인 사랑이 아니야. 난 인정 못 해. 홀든이 네 하나뿐인 사랑이라면 나는 나머지 인생을 녀석과 어울려야겠지. 너와 친구인 이상. 아까도 말했지만 오늘 밤 녀석과 함께 호수에 가고 싶으면 그렇게 해. 그런다고 너를 꽁꽁 묶어 내 차 트렁크에 가두진 않을 테니까."

"눈물 나게 관대하시네. 그런데 너는 지금부터 뭘 할 거야? 계획이 뭐지?"

브랜은 홀든에 대해 할 이야기가 더 있는 듯 내 책상 맞은편 의자에 털썩 주저앉았다. 그러고는 주머니를 뒤적이더니 기다란 종이를 꺼냈다. 종이에는 질문 목록이 적혀 있었다.

"오늘 밤 축제에 모인 사람들에게 이 질문들을 던져 봐야겠어."

나는 브랜에게서 목록을 받아 들었다. 그러고는 방 안 가득 감도는 긴장감을 몰아내려고 큰 소리로 읽었다.

복권을 산 적이 있나요?

당첨된 로또 복권이 팔린 날 어디에 있었나요?

그날 밤 완다스에 갔었나요? 그렇다면 몇 시쯤 그곳에 있었죠?

당첨자가 아니라면 혹시 당첨자가 누군지 알아낼 단서 같은 걸 갖고 있나요?

복권에 당첨된다면 그 돈으로 무엇을 할 건가요?

"마지막 질문은 왜 있는지 모르겠어. 무엇과 관련 있는
질문이지?"

목록을 들여다보며 브랜에게 물었다. 지금 로또 복권은
브랜과 아주 가까이에 있다. 브랜이 몸을 숙여 내 백팩의
지퍼를 열고 책을 꺼내기만 하면 모든 수수께끼가 풀린다.

브랜은 나를 도와줄 수 있다. 그러니까 내가 누구에게
복권을 돈으로 바꾸어 달라고 부탁할지 아이디어를 줄 수
있는 것이다. 하지만 그런 아이디어를 내는 게 브랜에게는
무리일 수 있다. 나는 고민 끝에 브랜에게 모든 걸 털어놓
기로 결심했다.

"이 질문들로 대화를 시작하고 싶어."

브랜이 목록을 다시 받으며 말했다.

"사람들이 나와 대화하도록 해서 쓸모 있는 정보를 자연
스레 드러내도록 하고 싶은데 나 좀 도와줄래?"

브랜은 기대하는 표정으로 나를 바라봤다. 나는 길게 한
숨을 내쉬었다.

"도와줄게."

"밤을 새워서라도?"

"그래, 밤을 새워서라도."

브랜이 싱긋 웃었다.

"그게 바로 너한테 듣고 싶은 말이야. 축하해. 너 이거 득템했어."

브랜은 코트 주머니로 손을 넣어 살짝 구겨진 페도라를 꺼냈다. 옅은 파란색 바탕에 분홍색 띠가 둘러쳐져 있는 페도라는 브랜의 옷과 잘 어울렸다.

"너, 설마 진짜 밤을 새우자는 건 아니겠지?"

나는 일부러 페도라를 피하듯 몸을 뒤로 젖히며 말했다. 페도라는 마치 머펫*이 쓰는 모자 같다.

"왜, 자신 없어?"

브랜이 웃었다. 나는 페도라를 받아 머리에 썼다. 브랜에게 아직 사실을 털어놓을 수는 없지만, 적어도 그를 웃길 수는 있을 것 같다.

---

* 《세서미 스트리트》로 알려진 짐 헨슨이 고안한 인형

11

우리가 도착할 때쯤 추수 감사절 축제는 한창 진행 중이었다. 날은 흐리고, 줄지어 늘어선 나무들의 울긋불긋한 잎이 스산하게 부는 산들바람에 살랑거렸다. 차가운 날씨와 수평선에 진을 친 위협적인 먹구름에도 불구하고 사람들은 마을 중심가를 가득 메웠다. 수십 개의 텐트 안에서는 호박에 그림을 그려 판매하고, 죽 늘어선 공예품점에는 환영 글귀가 적힌 현관 장식 걸이와 독특한 공예품이 잔뜩 진열되어 있다. 마을 한가운데에 있는 야외 음악당 주위에는 노란색과 빨간색 항아리가 놓여 있고, 광장 여기저기에는 수십 개의 거대한 호박이 흩어져 있다. 브랜은 그 호박들을 가리키며 "전부 우리 농장에서 가져온 거야." 하고 자랑스레 말했다.

어린이 구역에서 아이들이 웃고 떠드는 소리가 들렸다. 그곳에서는 토피애플*을 나누어 주고, 페이스 페인팅을 해 주었다. 어린이 구역에서는 분장 경연 대회도 열렸다.

"우리 어디서부터 시작하지?"

사람들을 훑어보며 브랜에게 물었다. 그리고는 홀든이 준 커피를 쭉 들이켰다. 이렇게 몰려드는 인파에 에워싸이기보다 홀든과 조용한 호숫가를 거니는 것이 훨씬 좋았겠다는 생각을 하지 않으려고 애썼다.

레이크스보로에 사는 모든 사람이 와 있는 것 같다. 마을 밖에서 온 사람들도 꽤 많다. 광장에 주차된 차들 가운데 몇몇은 다른 주의 번호판을 달았다. 십 대 초반 아이들이 무리를 지어 서성거리며 웃고 떠들었다. 어린아이를 데려온 가족 단위의 사람들이 중심가 한가운데의 녹지 공간으로 몰려갔다. 나이 지긋한 사람들은 광장을 오가며 쇼핑을 하거나 음식을 먹으며 서로 인사를 나눴다.

브랜이 손목시계를 봤다.

"야외 음악당에서 음악회가 시작될 때까지 한 시간 남았어. 그러니까 이쯤에서 갈라지자. 너는 저쪽으로 가. 나는

---

* 사과에 캔디의 일종인 토피를 얇게 입히고 꼬챙이를 꽂은 과자

이쪽으로 갈 테니까. 그리고 한가운데에서 만나자. 질문이 효과가 없다 싶으면 그때그때 수정하자고."

애초에 갈라지는 것은 계획에 없었다. 여기에 복권을 사던 나를 목격한 사람이 있을지도 모른다. 브랜이 그 사람을 만나면 어쩌지?

아니, 그럴 일은 없을 것 같다. 나는 브랜을 잘 안다. 브랜은 탐사 기자 지망생이자 예비 CNN 인턴사원인 내 절친 중의 절친이다. 나는 브랜을 위해서라면 불속에라도 뛰어들 자신이 있다. 내가 할 수 있는 일은 되도록 브랜을 위한 질문을 하는 것이다. 그러면 브랜은 원하는 인턴사원이 될 수 있다.

"좋아."

나는 얼굴에 억지 미소를 지으며 말했다.

"그럼 한 시간 뒤에 보자."

브랜은 군중 속으로 들어가고, 나는 돌아서서 '두 마녀와 케틀콘'이란 푯말이 적힌 텐트 쪽으로 갔다.

"안녕하세요."

나는 텐트 안으로 들어가며 인사했다. 중년의 흑인 여자 두 명이 테이블 뒤에 서 있었다. 둘 다 플란넬 셔츠에 청바지를 입고 있다. 잘 어울렸다. 한 여자는 키가 크고 날씬하며 빨강 곱슬머리를 어깨까지 늘어뜨리고 있다. 또 한 여자는 키가 작고 몸매가 통통한 데다 회색 곱슬머리다. 두 마녀는 끝이 뾰족한 마녀 모자가 어울리기는 하지만 보통 엄마들보다 덜 극성스러워 보였다.

"작은 사이즈의 캐러멜콘 있나요?"

내가 텐트 안의 유일한 손님이다. 녹인 설탕과 버터 냄새가 코를 자극했다. 입안 가득 군침이 돌았다.

"있고말고."

빨강 머리 여자가 말했다.

"학생, 더 필요한 거 있어?"

"아뇨, 그거면 돼요."

나는 그렇게 대꾸하고 손에 든 질문 목록을 내려다봤다.

"저…… 사실은…… 로또 당첨자에 대해 며, 몇 가지 무, 묻고 싶은 것이 있는데요."

나는 죄라도 지은 듯 더듬거렸다. 빨강 머리 여자가 눈을 가늘게 뜨고 나를 바라봤다.

"그런 건 왜 물어? 기자인가? 누군가 그러더라고. 로또 당첨자에 대해 취재하겠다며 기자들이 돌아다닌다고 말이야. 하지만 나는 아내 셰릴에게 이렇게 말했어."

키 큰 여자가 캐러멜 팝콘을 봉지에 담는 키 작은 여자를 가리키며 계속 말했다.

"우리는 그 불쌍한 사람을 그냥 놔둬야 한다고 말이야.

그 사람에게 뭔가 사연이 있을 텐데, 마을의 모든 사람이 찾으려 달려드는 것도 모자라 기자들까지 나서는 게 좋아 보이지 않아. 안 그래?"

백번 옳은 말이다. 두 여자는 부부인 게 틀림없다. 나는 양팔로 이 키 큰 여자를 덥석 안아 주고 싶은 충동을 느꼈다. 마침 그녀의 아내인 회색 머리칼의 셰릴이 내 케틀콘을 들고 다가왔다. 나는 주머니에서 구겨진 1달러 지폐를 꺼내 셰릴에게 건넸다.

"너무 깐깐하게 굴지 마, 베아."

셰릴이 그렇게 말하고 회색 머리칼 몇 가닥을 귀 뒤로 넘겼다.

"묻고 싶은 게 뭐지?"

"저는 기자가 아니에요."

내가 머리에 쓴 우스꽝스러운 페도라를 가리키며 말했다. 마치 그 페도라에 기자가 아니라는 뜻이 담겨 있기라도 한 것처럼.

"제 친구 브랜이 기자 지망생인데, 로또 당첨자를 찾아내고 싶어 해요. 그래서 도와주려는 거예요."

"그 친구 뉴스에서 봤어. 그러니까 너는 이 마을 사람이고, 친구를 돕는다는 거야?"

베아가 마을 사람이라는 증거로 입장권이나 다른 무언

가를 내게 요구할 것 같은 표정을 지어 보이며 물었다. 나는 속으로 베아의 의견은 들어 볼 만한 가치가 있다고 생각했다.

"네, 부인. 저는 이 마을에서 5년 동안 살았지만, 제 할아버지와 할머니는 수십 년을 사셨어요. 할아버지는 이미 돌아가셨고 할머니는 작년에 매디슨으로 이사했지만요. 아무튼 제가 몇 가지 좀 물어봐도 되죠?"

"되고말고. 물어보렴."

셰릴이 상냥한 어조로 말했다. 그러고는 자신의 주머니에서 캔디콘이 섞인 케틀콘 봉지를 꺼내 와삭와삭 소리를 내며 먹었다. 나는 마지막 질문부터 던졌다. 그러는 편이 베아와 셰릴에게서 이야기를 끌어내는 데 효과적일 것 같다.

"복권에 당첨되었다면 그 돈으로 뭘 하실 건가요?"

셰릴이 테이블에 놓인 머그잔을 집어 들고 한 모금 마시고는 고개를 절레절레 저었다.

"글쎄, 우리가 복권에 당첨되지 않았다는 말부터 할게. 하느님은 우리가 얼마나 복권 당첨을 바랐는지 아시겠지만 말이야. 당첨 금액이 클 땐 한 주에 열 장씩 샀어. 언제나 완다스에서 샀지. 당첨 복권이 팔린 날에도 완다스에 갔어."

"그날 나도 갔어."

베아가 말했다.

"금요일에 타로 점을 봤는데, 대박 난다는 점괘가 나왔거든. 그래서 100달러어치 복권을 샀지."

100달러라고? 나는 복권 사는 데 단 1달러를 썼을 뿐이다. 내가 산 것은 자동 복권이다. 그런데도 당첨된 것이다. 내가 복권에 당첨된 건 행운의 여신 정도가 아니라 우주가 준 선물이다. 내가 복권을 산 때가 베아와 셰릴이 복권을 산 시간과 얼마나 가까운지 궁금했다.

"아까 드린 질문에 나머지 다른 질문들이 포함되어 있는 것 같아요."

내가 질문 목록을 훑어보며 말했다. 두 여자는 말이 없다. 나는 두 여자가 아직 대답하지 않은 원래의 질문으로 돌아갔다.

"복권에 당첨되었다면 그 돈으로 뭘 하실 건지 편하게 말씀해 주세요. 말씀해 주실 수 있죠?"

셰릴이 어깨를 으쓱했다.

"글쎄, 뭘 할지는 잘 모르겠어. 처음에는 멍하니 어떻게 할 줄 모를 것 같아."

"그래, 어마어마한 금액이잖아."

베아가 덧붙였다.

"인생이 180도 바뀌겠지. 갑작스러운 변화에 나 자신이 준비가 되어 있는지 어떤지 모르겠지만 말이야."

나는 공감하는 듯 고개를 끄덕였다. 엉겁결에 비밀을 말하지 않도록 주의하는 것이 내가 할 수 있는 최선의 일이다. 잠깐! 세릴과 베아에게 내 복권을 돈으로 바꾸어 달라고 부탁하면 어떨까? 물론 터무니없는 생각이다. 나는 두 여자를 알지도 못한다. 베아가 계속해서 말했다.

"하지만 우리는 현명하게 처신해 나갈 방법을 찾을 수 있을 것 같아. 우리가 좋아하는 건 여행이니까. 그런 데 써도 되겠지. 우리는 아이를 가질 수 없어. 그래서 입양을 생각하고 있지만, 그건 돈이 너무 많이 들어서……."

베아가 슬픈 표정을 지었다. 세릴이 한쪽 팔로 베아를 감쌌다. 정말로 세릴과 베아에게 복권을 돈으로 바꾸어 달라고 부탁해 볼까? 세릴과 베아가 내 부탁을 들어줄까? 내게 당첨금을 돌려주고 내 비밀도 지켜 줄까? 그런데 세릴과 베아를 어떻게 믿지? 무작정 두 여자를 믿어 볼까? 복권을 돈으로 바꾸어 준다면 나 또한 두 여자가 꿈을 이루도록 도와줄 것이다. 물론 내가 이곳저곳 다니며 만나는 사람마다 소원을 들어준다면, 나는 하루가 다 가기도 전에 파산하고 말 것이다.

이런저런 생각에 빠져 있는 사이, 한 무리의 재잘거리는 아이들과 몹시 지쳐 보이는 부모들이 텐트 안으로 들어왔다. 베아와 셰릴이 그 사람들 쪽으로 돌아섰다.

"난 무지개 맛 먹을래!"

한 아이가 나를 밀치고 테이블 위의 케틀콘 한 봉지를 낚아채며 소리쳤다.

"미안해요."

아이의 엄마가 아이를 뒤로 잡아당기며 내게 말했다. 그러고는 케틀콘 봉지를 테이블에 내려놓았다. 나는 베아와 셰릴에게 미소를 지으며 뒤로 물러섰다.

"괜찮아요. 제 질문은 여기까지예요. 두 분, 저랑 이야기해 주셔서 고마워요."

셰릴은 아이들에게 시식용 케틀콘을 나누어 주며 내게 손을 흔들었다. 베아는 내게 윙크했다.

"계속 찾아봐. 복권 당첨자는 이 마을 어딘가에 분명히 있을 거야."

"네, 제 생각도 그래요. 틀림없이 있을 거예요."

나는 두 여자의 명함을 챙겨 들고 텐트를 나오며 말했다.

나는 한 시간 동안 케틀콘 한 봉지와 토피애플 한 개와 푸드트럭에서 파는 타코 세 개를 먹었다. 너무 많이 먹어서인지 배가 아팠다. 그래서 야외 음악당 근처 떡갈나무에 기대앉아 스마트폰으로 불운한 로또 당첨자들에 관한 글을 읽었다.

빌리(밥) 해럴 2세는 3,100만 달러의 당첨금을 받았다. 그런데 그는 나중에 자기 머리에 총을 쏘아 자살했다.

'복권 당첨은 내게 일어난 최악의 사건이다.'

이것은 그가 남긴 유서 내용이다.

샌드라 헤이스는 2억 2,400만 달러의 당첨금을 주위 사람들과 나누었다. 그는 이렇게 말했다.

"나는 사람들의 탐욕이 얼마나 지독한지 알았다. 사람들의 탐욕으로 끔찍한 고통을 겪었다. 내가 사랑한 사람들마저 하나같이 흡혈귀로 변해 내 생명을 빨아 먹으려고 했다."

도나 미킨스는 3,450만 달러의 당첨금을 받았다. 그녀는 자신을 '행복한 사람'이라고 말했지만 나중에는 이렇게 실토했다.

"내 인생을 복권에 강탈당했다."

이 같은 복권 당첨자들의 말은 내게 용기를 북돋아 주지 않았다. 그러기는커녕 나를 주눅 들게 했다. 나는 잠시 눈을 감고 복권 당첨자들의 목소리를 머릿속에서 몰아냈다. 밴드가 연주를 시작하자 야외 음악당의 군중이 환호성을 질렀다.

내가 복권에 당첨된 사실이 주변 사람들에게 알려지면 어떻게 될까? 그들은 평소처럼 자연스레 나를 대할까? 흡혈귀나 빨판상어로 변해 내 생명을 빨아 먹으려 할까? 내가 당첨된 복권을 집에 감추어 둔 사실을 여기 모인 축제 참가자들이 알면 그들 가운데 얼마나 많은 사람이 나를 공격할까?

"괜찮아, 제인?"

익숙한 목소리가 물었다. 브랜이다. 브랜은 요즘 내가 멍 때리고 있을 때마다 다가왔다. 한숨이 나왔다. 늘 정신 차리고 있어야 한다. 들여다보고 있던 스마트폰 화면을 닫았다.

"응, 괜찮아. 배가 조금 아플 뿐이야. 뭐 좀 알아냈어?"

브랜은 한 차례 심호흡을 하고 내 옆에 앉았다.

"당첨금으로 뭘 할 거냐고 물으면 이런저런 의견을 말해. 하지만 당첨자가 누구인지에 대한 단서는 아무도 갖고 있지 않은 것 같아."

"내가 알아낸 것도 거의 그래."

나는 베아와 셰릴 외에 누구와도 인터뷰하지 않았는데, 그 사실은 브랜에게 말하지 않았다.

"사람들은 대부분 축제에 정신이 팔려 있어. 그런데 그날 완다스에서 복권을 산 사람이 많은 것 같아."

브랜이 손톱을 물어뜯었다. 생각에 잠길 때면 나오는 습관이었다.

"이제 어떻게 할 셈이야? 계속 사람들을 만나 인터뷰하고 싶어?"

브랜은 대답하지 못했다. 커다란 비명 소리가 음악을 가르고 들려왔기 때문이다. 우리는 벌떡 일어나 휙 돌아섰다.

몇 걸음 떨어진 공예품점에서 두 백인 여자가 현관문에 거는 둥근 장식품을 서로 자기 쪽으로 끌어당기고 있었다. 한 여자는 분홍색 재킷을 입고, 또 한 여자는 주황색 레깅스에 호박색 스웨트 셔츠를 입었다. 그 장식품은 여러 인형으로 장식한 변기 시트인데, 지금껏 본 것 중에서 가장 형편없는 공예품이었다.

"이거 내가 먼저 발견했어!"

분홍 재킷이 소리치며 변기 시트를 자기 쪽으로 휙 잡아당겼다.

"내가 먼저야! 내가 먼저 발견한 거 알면서 왜 자꾸 그쪽이 먼저라고 우겨?"

주황 레깅스도 소리쳤다. 나와 브랜은 눈을 마주치며 고개를 끄덕였다. 우리는 이런 몸짓에 점점 더 익숙해지고 있다. 브랜과 나는 여자들 쪽으로 다가갔다. 두 여자는 노점 텐트에 모여드는 군중을 의식하지 못하는 것 같았다.

푸른색 앞치마를 입은 금발의 젊은 여자 판매원이 두 여자를 말렸다. 하지만 두 여자는 변기 시트를 놓고 계속 싸웠다. 상대에게 조금도 양보하려 들지 않았다. 흉물스러운 물건을 왜 서로 가지려 하는지 이해할 수 없다.

"당신은 이걸 가질 자격이 없어! 당신은 꼭 복권 당첨자 같아! 당첨의 기쁨을 혼자만 누리려는 이기적인 사람과 똑같다고!"

분홍 재킷이 소리 질렀다.

"그래, 내가 복권에 당첨되면 그 기쁨을 나 혼자만 실컷 누릴 거야!"

주황 레깅스가 변기 시트를 힘껏 잡아당겼다. 그 뒤에 일어난 일은 코미디나 축제장의 소동을 다룬 영화의 한 장면 같았다.

주황 레깅스가 변기 시트를 세게 잡아당기는 바람에 분홍 재킷이 그만 변기 시트를 놓쳤다. 그러자 주황 레깅스가 비명을 지르며 뒤로 넘어질 듯 비틀거리더니 다른 공예품들로 덮인 테이블에 부딪쳤다. 놀란 밴드가 연주를 멈추고, 모든 사람이 뒤돌아봤다. 공예품들은 산산조각이 나고 여자의 체중을 이기지 못한 테이블이 무너졌다. 분홍 재킷은 텐트를 떠받친 기둥에 세게 부딪쳤다. 그 바람에 기둥이 쓰러졌고 브랜과 나는 재빨리 피했다. 기둥이 쓰러지면서 옆

판매대에 쾅 소리를 내며 부딪쳤다. 판매대가 박살 나고 물건을 사던 손님들이 깜짝 놀랐다.

나는 금방이라도 터져 나올 것 같은 웃음을 손으로 막았다. 분홍 재킷이 주황 레깅스를 향해 성큼성큼 걸어가더니 변기 시트를 세게 낚아챘다. 그 기세에 눌려 사람들이 한 걸음씩 물러섰다.

"당신은 자기만 아는 아주 못돼 처먹은 여자야!"

분홍 재킷이 소리쳤다.

"그럼 당신은 잘돼 처먹은 여자인가? 내가 복권에 당첨되어 억만금을 갖더라도 당신 같은 여자한테는 한 푼도 안 줄 거야. 알아?"

분홍 재킷은 20달러(변기 시트가 20달러라니!) 지폐를 판매원에게 내던지고 혼자 중얼거리며 성큼성큼 걸어 나갔다.

"대체 여기서 무슨 일이 있었던 거지?"

바닥에 떨어진 공예품들을 주워 모으며 브랜이 물었다.

"얘들아, 그거 내려놔!"

판매원이 차갑게 말했다.

"너희가 훔쳐 가라고 놔둔 것이 아니야."

"우리는 훔치려는 게 아니라……."

"따지려 하지 마."

내가 브랜의 말을 막았다.

"복권이 사람들을 미치게 하고 있어. 가자."

우리는 주황 레깅스와 말싸움하는 판매원 곁을 떠나 브랜의 차가 세워진 곳으로 향했다. 브랜이 자꾸 뒤돌아봤다.

"여기 더 있을 거야?"

내가 물었다. 밴드가 다시 음악을 연주했다. 하지만 음악에 귀 기울이는 사람은 없는 것 같았다.

"사람들이 복권에 관심이 너무 많은 것 같아. 복권 때문에 주먹다짐하며 싸울 수도 있어. 여기저기서 흥미진진한 장면이 펼쳐질걸."

내 말에 브랜이 고개를 흔들었다.

"나는 그만 집에 갈게. 소피와 스카이프로 영상 통화 하기로 한 시간이 다 됐어. 그리고 이번 조사를 다시 생각해 봐야 할 것 같아."

"나는 더 알아보다 갈게."

브랜이 곁눈질로 나를 바라봤다.

"홀든과 호수에 갈 거잖아."

"물론 그럴 수도 있지. 나는 아무래도 마조히스트 같아. 스스로를 괴롭히려고 하니까 말이야. 너도 그렇게 생각하지?"

브랜이 페도라를 고쳐 썼다.

"그럴지도 모르지. 하지만 모든 건 너 스스로 결정해야 해. 네 인생이니까. 뭘 하든 네가 하고 싶은 대로 하라고."

물론 나도 안다. 브랜은 내가 홀든을 잊도록 도와주려고 애썼다. 그러므로 홀든과 관련된 일이라면 브랜에게 말할 의무가 있다고 생각했다.

"홀든은 내게 다정해, 브랜. 어쩌면 홀든은 변했을지도 몰라. 진정으로 나와 다시 결합하고 싶어서 그러는 것일 수 있다고."

브랜이 어깨를 으쓱했다.

"하지만 조심해. 홀든과 헤어진 지 얼마 되지 않았어. 실연당한 아픔을 달래려고 만나는 건 아닌지 잘 생각해 봐."

헤어진 사람과 다시 만나는 것은 치유일까, 추락일까? 잘 모르겠다. 요즘 내 마음이 이렇다. 뭐가 뭔지 분간하기 어렵다. 내 인생의 어느 부분이 엉망으로 헝클어져 있는지를 알아내야 한다. 되도록 빨리.

침묵 아닌 침묵이 흘렀다. 둘 다 입을 다물고 있는데 음악당에서 록 가수 브루스 스프링스틴의 노래와 함께 군중의 환호가 들려왔다.

"나중에 전화할게. 그리고 이거 가져가."

나는 옅은 파란색 바탕에 분홍색 띠를 두른 페도라를 브랜에게 돌려줬다. 브랜이 바짝 다가와서 나를 살짝 안았다. 브랜의 품에 푹 안기고 싶다. 내 침실의 서명하지 않은 복권에 대해 알게 되면 내 돈을 빼앗을, 내가 너무나 잘 아는 사람들로 가득한 이 마을에서 브랜의 품은 유일한 안전 공간처럼 느껴지기 때문이다.

12

해 질 무렵, 홀든이 은색과 밤색이 섞인 오래된 보트를 부두에 댔다. 시내에서 호수 부둣가까지 걸어오는 데 30분, 용기를 내어 홀든에게 문자 메시지를 보내기까지 15분이 걸렸다. 나는 홀든을 기다리는 동안 부두에 앉아 운동화를 신은 발로 물을 튀겼다. 보트가 부두에 닿자 나는 초조하고 흥분된 마음으로 벌떡 일어섰다.

"안 올 줄 알았는데 왔구나!"

홀든이 소리쳤다. 홀든은 지퍼 달린 스웨트 셔츠에 청바지를 입었다. 홀든 뒤로 저녁노을이 호수의 수면을 물들였다. 보트에서 퍼져 나가는 물결에 수면이 아름답게 일렁거린다. 홀든과 내 머리 위로 먹구름이 짙게 떠 있지만, 비는 내리지 않았다.

"하마터면 못 올 뻔했어."

홀든이 내민 손을 잡고 보트에 올라타며 말했다.

익숙한 공간이다. 지난 2년 동안 이 보트에서 홀든과 책도 읽고 수영도 하면서 데이트를 즐겼기 때문이다. 그런데 지난여름 홀든이 캠프에 가고 난 뒤로는 이 보트와 멀어졌다. 오랜만에 호수에 와서인지 기분이 참 좋다. 나는 물 위에 있을 때 가장 나답다고 생각한다. 물은 내게 땅보다 더 편안한 공간이 아닐까 싶다.

"와 줘서 정말 고마워."

홀든이 말했다. 나는 홀든의 말을 별다른 의심 없이 받아들인다. 내 손이 홀든의 손안에서 꼼지락거렸다. 내가 한 걸음 움직인 순간, 보트가 왼쪽으로 기우뚱거리는 바람에 내 몸은 홀든 쪽으로 기울어졌다. 홀든의 팔이 내 허리를 받쳤다.

"오랜만의 데이트네."

홀든이 손을 내 엉덩이에 대고 부드럽게 말했다.

"그러네."

내 입술이 홀든의 입술에 닿을락 말락 한 순간 내가 말했다.

"내가 네 짧은 머리를 얼마나 좋아하는지 말했던가?"

홀든의 머리가 내 머리 쪽으로 기울자 나는 가쁘게 숨을 들이마셨다. 우리는 잠시 서로의 얼굴을 바라보다 예전처럼 키스했다. 홀든의 입술이 살짝 열리고 그 사이로 내 윗입술이 들어가 홀든의 아랫입술을 눌렀다. 뜨거운 열기가 느껴졌다. 이러면 안 된다고 말할 수 있으면 좋겠다. 생각대로 되지 않는다. 솔직히 싫지는 않다. 그러면서도 나는 몸을 비틀었다.

"오, 이런. 미안해."

나는 별안간 정신을 차린 듯 한 걸음 뒤로 물러서며 말했다.

"이럴 생각으로 온 게 아니야. 우리는 헤어졌잖아."

나는 숨을 깊이 들이마셨다가 천천히 내쉬었다. 나는 그저 전 남친과 잠시 키스했을 뿐이다. 별것 아니다. 또 이러지는 않을 것이다.

"습관적인 거야."

홀든이 당황한 표정으로 말했다.

"나도 미안해. 요 며칠 이런 상황을 생각해 보지 않았던 건 아니야. 아무튼…… 이러면 안 될 것 같아. 알고 있어, 내가 모든 걸 망쳐 놨다는……."

차가운 바람이 호수를 가로질러 불어왔다. 티셔츠 한 장에 얇은 재킷과 청바지 차림인 나는 몸을 부르르 떨었다.

"마음 쓸 것 없어. 두 번 다시 하지 않으면 돼."

벤치에 앉아 팔짱을 끼며 홀든에게 말했다. 홀든이 나를 빤히 바라봤다.

"제인, 너한테 줄 게 있어. 하와이 여행 때 산 거야."

나는 고개를 설레설레 저었다.

"이미 에나멜 핀을 줬는데, 뭘 또 준다는 거야? 휴가까지 가서 헤어진 여친한테 줄 선물을 사다니, 그건 말도 안 되는……."

"헤어지긴 했지만 이걸 본 순간 네가 생각났어. 이게 나한테 '제인!' 하고 소리치더라고. 어때, 갖고 싶지 않아?"

홀든이 의자에 놓인 장바구니에서 푸른색 스웨트 셔츠를 꺼냈다. 한가운데 혹등고래가 그려져 있고 'Whale Watcher(고래 관찰자)'라는 글자가 적혀 있다. 춥지만 않다면 거절했을 것이다. 나는 홀든에게 살짝 미소를 짓고는 옷을 입어 봤다. 내 몸에 잘 맞았다. 홀든의 옷에서 풍기는 세탁 세제 냄새도 났다.

"마음에 들어. 고마워."

안감이 양털처럼 부드러운 플리스라서 무척 따뜻했다.

"고맙긴."

홀든이 미소 지으며 말했다. 맨 처음 우리를 하나로 엮은 그 무모한 끌림이 아직도 우리 사이에 존재한다. 제길!

나는 홀든에게서 시선을 거두고 내 마음의 한 부분을 풀어 놓으려고 애썼다. 해는 거의 기울었고, 추수 감사절 축제 음악의 여운이 호수 위를 떠돌았다.

"파티에 가고 싶어?"

홀든이 보트를 돌리며 나지막이 물었다. 그러고는 호숫가에 옹기종기 모여 있는 보트 쪽을 턱으로 가리켰다. 우리 학교 학생들 절반이 그곳에서 술을 마시며 놀고 있는 것 같았다.

"아니."

나는 멀리 호수 한가운데를 눈으로 가리켰다.

"사람들에게서 벗어나자."

"좋은 생각이야."

홀든은 보트를 부두 멀리로 움직였다. 바람이 얼굴을 스치고, 나는 지그시 눈을 감았다. 문득 홀든과 키스한 것을 떠올리고는 멍청한 짓을 했다고 생각했다. 그러면서도 홀든과 또 키스하면 얼마나 황홀할까 하는 망측한 생각을 했다. 보트는 바람과 물보라를 제외한 모든 것을 잊기에 충분할 만큼 빠른 속도로 수면을 갈랐다.

이윽고 호수 건너편 늪 주변에 이르렀을 때 홀든이 보트를 멈췄다. 모기들이 극성을 부리는 계절이 아니어서 다행이지만 그래도 나는 후드 티 모자를 귀 위로 끌어 올렸다.

홀든이 내 옆에 바짝 붙어 앉았다. 우리의 허벅지가 맞닿았다. 파도에 우리의 몸이 흔들렸다. 나는 머리를 홀든의 어깨에 기대지 않으려고 애썼지만 마음대로 안 됐다. 우리의 머리 위로 천둥이 협박하듯 으르렁거렸다. 하늘이 점점 어두워졌다.

"저기, 대학 지원은 어떻게 돼 가고 있어? 여전히 레이크 스보로 주변 대학에 진학할 생각이야?"

나는 머릿속을 스치는 중립적 화제를 재빨리 포착해서 물었다. 홀든은 부모가 다닌 위스콘신 대학교 매디슨 캠퍼스에 들어가고 싶어 했다. 그래서 수학 공부에 매진했고, 그 결과 작년 여름 미국 미래 투자 클럽 캠프에 참가할 수 있었을 거다.

내 질문에 홀든은 강하게 부인했다.

"천만에! 그런 대학엔 안 가. 뉴욕에 가서 센트럴 파크를 바라보며 살고 싶어."

"금융학을 전공할 거야?"

고등학교 2학년이 된 이후로 홀든이 세운 계획이었다. 홀든은 생일에 받은 용돈을 몽땅 주식에 투자했다.

"물론이지."

홀든은 그렇게 대답하고 의자 사이에 있는 비닐 한 조각을 뽑아 배 밖으로 던졌다.

"이 조그만 마을도, 싱거워 빠진 이 축제도 지겨워. 이따위 낡은 보트와도 이별하고 싶고."

"완벽한 월 스트리트의 늑대가 되겠다는 얘기네."

나는 무미건조하게 말했다.

"하하하!"

홀든이 웃음을 터뜨렸다.

"너도 이런 고물 보트에서 나와 놀고 싶지 않잖아. 안 그래?"

물론 내 마음 한구석에서는 언젠가 호화 요트에서 놀고 싶은 욕구가 꿈틀거린다. 하지만 다른 한구석에서는 홀든에게 호화 요트가 환경에 어떤 영향을 미치는지 잔소리를 늘어놓고 싶은 충동이 일렁였다.

"뉴욕에서 무슨 일이 있었던 거야?"

내가 불쑥 물었다. 지난 두 달 동안 내 머릿속을 맴돌던 물음이다.

"그러니까 내 말은 네가 변해서 돌아왔다는 거야. 뉴욕에 갈 때는 우연히 투자에 관심을 갖게 된 따분한 수학 범생이였어. 그런데 햄프턴*과 요트 가격에 관심 있는 사람이 되어 돌아왔지. 무슨 일이 있었는지 말해 봐. 혹시 외계인

---

* 뉴욕의 초호화 주택지

176

한테 영혼이라도 빼앗긴 거야?"

홀든은 큰 소리로 웃었다. 웃음소리가 날카롭다. 내 뼛속까지 찌르는 듯하다.

"그런 일은 없었어."

홀든은 잠시 호수를 둘러본 뒤 머리를 쓸어 올렸다.

"사실대로 말하자면 뉴욕은 정말 끔찍했어. 나는 월 스트리트에 대해 배우고 그곳에서 설 자리를 찾을 수 있다고 생각하고 갔는데, 첫날부터 아이들이 나를 싫어하더라고. 레이크스보로의 악취를 내게서 떨쳐 낼 수 없었던 것 같아. 아이들은 머리 모양부터 옷에 이르기까지 모든 걸 가지고 나를 놀렸어. 나를 '홀러*에서 온 홀든'이라고 불렀지. 그곳 아이들에게 나는 큰 도시를 찾아온 시골 쥐일 뿐이었어. 자기들과 나는 결코 똑같지 않다는 사실을 확실하게 보여 준 거야."

"무슨 소리야? 네가 그 아이들과 다를 게 뭐가 있어? 그건 차별이야. 황금 변기를 사용하는 부자들도 있다지만, 그렇다고 그들이 남을 괴롭힐 권리는 없어."

나는 얼굴을 찌푸리며 말했다. 홀든이 코웃음 쳤다.

"황금 변기를 사용하는 부자를 만났지."

---

* holler, '구멍처럼 텅 빈 곳'이라는 뜻

"정말?"

"정말이야."

홀든이 스마트폰을 꺼내 사진을 보여 줬다. 월 스트리트의 황소와 곰 조각상 옆에 홀든이 푸른색 블레이저를 입은 사립 고등학생 스타일의 백인 남자와 함께 서 있는 사진이었다.

"내 룸메이트인 핀이란 아이야. 처음엔 핀도 나를 놀렸지만 나중엔 그만뒀지. 유일하게 핀만 그랬어."

"네가 탔다는 자가용 비행기, 그거 핀 거였어?"

며칠 전 홀든이 브랜과 소피와 내게 했던 말을 떠올리며 물었다.

"그래."

홀든은 사진을 빠르게 넘겨 보다가 손가락을 멈췄다. 황금 변기 사진이 보였다.

"이게 핀의 어퍼 이스트 사이드* 아파트에 있는 황금 변기야."

"정말 믿어지지 않아. 사용해 봤어?"

"응."

어처구니없다는 생각이 들었다.

＊ 맨해튼의 북동부 지역

"끝내 줬겠네?"

"아니, 그저 불편하기만 했어."

"그런 걸 소유하는 게 대단한가? 전 세계에서 수많은 사람이 굶주림 끝에 죽어 가는 사실을 생각하면 비윤리적이잖아?"

홀든이 어깨를 으쓱해 보이며 대답했다.

"내 생각도 그래. 하지만 돈이 있으면 얼마든지 좋은 일을 할 수 있어. 그리고 돈은 많을수록 좋아. 빌 앤 멜린다 게이츠 재단을 봐. 돈이 많으니까 좋은 일을 하는 거잖아."

문득 이런 생각이 떠오른다. 복권을 어떻게든 돈으로 바꾼다면 나도 변기에 수백만 달러를 쓸까, 아니면 세계를 상대로 좋은 일을 할까?

"핀에 대한 이야기 좀 더 해 봐."

당첨금으로 무엇을 할지, 그런 것은 나중에 생각하기로 했다. 지금은 홀든한테서 핀에 대한 이야기를 듣고 싶었다.

"아직도 핀과 친구로 지내?"

홀든이 어깨를 으쓱한다.

"뭐, 친구 비슷한 사이로 있지. 핀은 꽤 괜찮은 애야. 핀의 엄마는 월 스트리트에서 가장 큰 헤지 펀드를 운용하고, 아빠는 규모 있는 투자 회사의 CEO야. 핀의 부모는 건물의 한 층 전체를 쓰고 있어."

"건물의 한 층 전체라고? 그게 대체 무슨 뜻이야?"

홀든은 스마트폰에 있는 사진 하나를 보여 줬다. 센트럴 파크가 훤히 내려다보이는 호화로운 서재 사진이다.

"말한 대로야. 핀네 아파트는 한 층을 통째로 차지하는데, 정말 어마어마해. 사방이 이탈리아 대리석이야. 그리고 대리석을 전문으로 닦는 직원도 있어. 지붕에는 전용 풀도 있지. 핀네 가족은 전 세계에 여러 채의 집을 가지고 있어."

"그게 네가 원하는 삶이야?"

"그래."

홀든네 집은 대단히 부유하지는 않지만 확실한 중산층이다. 홀든의 엄마는 간호사고, 아빠는 3대에 걸친 가업인 철물점을 운영한다. 홀든은 열네 살 이후로 철물점에서 일했지만 무엇 하나 부족한 것 없이 자랐다. 지금도 홀든의 방에는 각종 전자 제품이 가득하다. 나는 고개를 돌려 홀든을 마주 봤다.

"하지만 핀의 삶은 판타지 같은 거야. 좋지만은 않다고. 그리고 많은 돈은 많은 문제를 일으킬 수 있어."

홀든이 스마트폰을 스웨트 셔츠 주머니에 넣었다.

"네 말이 틀린 건 아니야. 하지만 돈이 많으면 내 문제를 해결할 누군가를 고용할 수 있어."

"그래도 돈 많은 부자들은 수많은 문제를 안고 살아. 그런 부자는 되지 마."

홀든이 고개를 돌려 나를 똑바로 바라봤다. 우리의 무릎은 여전히 맞닿아 있다. 홀든이 손가락으로 내 허벅지를 쓰다듬었다.

"맹세컨대 나는 그런 부류의 부자가 될 생각은 없어. 그저 평생 돈 걱정 없이 살겠다는 생각뿐이야. 예를 들어 내가 사랑하는 사람이 병에 걸리면 치료할 충분한 돈이 있어야겠지. 또 동생 하퍼가 대학에 들어가면 학비를 대 주고 아버지의 퇴직 후 생활 자금도 댈 정도의 돈도 있어야겠고. 그런 관점에서 돈이 많아야 한다는 얘기야."

홀든의 손길에 온몸이 찌릿찌릿하지만 나는 홀든의 말에 집중하려고 애썼다.

"네가 황금 변기를 갖고 싶다면 그런 관점에서도 많은 돈이 있어야겠지."

홀든이 웃었다.

"황금 변기 같은 걸 가질 생각은 손톱만큼도 없어. 부자가 되면 나는 세계를 두루 여행하고 사람들을 도울 거야."

사실 부자가 되고 싶은 이유는 이게 아니다. 홀든에게 내 복권을 주면 어떻게 될까? 홀든은 그 돈을 몽땅 요트 사는 데 쓸까? 그 돈을 내게 나누어 줄까? 그 돈으로 홀든이 꿈을 이루어 나간다면? 그러면 안 되는 걸까? 한동안 우리 사이에 침묵이 흘렀다.

"네가 두 번 다시 못 만날 아이들한테 괴롭힘을 당했기 때문에 나를 차 버렸다는 게 나로서는 도무지 믿어지지 않아."

침묵을 깨고 내가 말했다. 하지만 그 말을 괜히 했다 싶다. 그럴 수 있다면 말을 도로 주워 담고 싶다. 홀든이 마치 한 대 얻어맞기라도 한 듯 움찔했다.

"그 일은 정말 미안해, 제인. 나는 지극히 혼란스러운 상태에 빠졌어. 뭐랄까, 원하는 모든 걸 갖고 싶은 욕망 같은 게 생겼지."

"그 전엔 우리 사이 좋았어. 안 그래?"

"그래, 좋았어."

홀든이 슬그머니 내 손을 잡았다.

나는 홀든의 손안에서 손가락을 꼼지락거리며 궁금해했다. 홀든이 다시 내 마음을 아프게 하지 않으리라고 믿어도 될까?

잘 모르겠다. 하지만 홀든이 작은 행복에 만족하지 못하는 사람은 아닌지 의심스럽다. 내 생각에 홀든은 늘 더 많은 재물, 더 많은 친구, 더 많은 흥분, 더 많은 연인, 더 많은 돈을 원하는 것 같다. 하지만 그 모든 게 더 많아지면 우리는 행복해질까? 계속해서 더 많은 걸 원하고 새로운 걸 찾지 않을까?

이런 의문에 대한 해답이 무엇인지 도무지 모르겠다. 그렇지 않아도 나는 밤마다 복권을 돈으로 바꾸면 행복해질지 불행해질지 생각하느라 머리가 아플 지경이다.

"화제를 좀 바꾸고 싶은데, 마을의 모든 사람이 그 로또 복권 이야기를 하는 것 같아. 그렇지 않아?"

보트가 흔들리는 순간 홀든이 내게 몸을 슬쩍 기대며 부드럽게 말했다. 나는 움찔하며 홀든의 손에서 내 손을 빼냈다. 홀든이 내 마음을 읽은 것 같다.

"그런 것 같긴 해."

"브랜은 여전히 그것에 대해 조사하고 있어?"

나는 호흡을 가다듬었다. 그러면서 속으로 절대 비밀을 말하지 않겠다고 다짐했다.

"응. 내가 좀 도와주고 있어. 오늘 밤 축제장에서 사람들에게 물어보고 다녔어."

"뭐 알아낸 거 있어?"

홀든의 목소리에는 호기심과 함께 열의가 담겨 있다. 홀든에게 뭐라고 말해야 할지 모르겠다. 지금으로서는 내 비밀 말고 말해 줄 만한 것이 없다. 하지만 나는 그 비밀을 털어놓을 준비가 되어 있지 않다. 잠시 생각을 가다듬으려는데, 번갯불이 밤하늘을 갈랐다.

"오, 이런!"

홀든이 소리쳤다.

"곧 비가 쏟아지겠어. 이제 그만⋯⋯."

뒤이은 천둥소리에 홀든의 목소리가 묻혔다. 그와 동시에 누군가가 거대한 물동이를 뒤엎기라도 한 듯 비가 쏟아졌다. 홀든과 나는 벌떡 일어섰다.

"호수에서 나가야 해!"

빗줄기가 얼굴을 세차게 때렸다. 홀든이 조종간을 잡고 보트를 후진시켰다. 빗줄기가 보트를 때리면서 총소리 같은 짧고 날카로운 금속성이 울렸다. 홀든이 보트를 돌리고 나는 옆의 기둥을 꽉 붙잡았다.

"이러다 우리 둘 다 호수에서 죽는 거 아니야?"

다시 번갯불이 주위를 환하게 밝혔다. 시내 쪽에서 토네이도 경보가 울렸다. 주머니 속 스마트폰에서 "삐익! 삐익!" 하고 비상경보가 울렸다. 나는 눈가의 빗물을 닦아 내며 스마트폰을 꺼내 긴급 재난 문자 메시지를 읽었다.

"폭풍우와 홍수 경보야!"

경보음과 빗소리에 묻히지 않도록 나는 큰 소리로 외쳤다. 홀든은 단호하게 고개를 끄덕이고 어두운 물가 쪽으로 보트를 몰았다. 우리 학교 아이들이 타고 놀던 보트 무리는 이미 흩어졌고, 다른 배들은 호수를 가로질러 피난하기 바뺐다.

홀든은 가까스로 보트를 부두에 댔다. 보트가 부두에 닿자마자 나는 뱃머리의 밧줄을 잡고 부두로 뛰어올랐다. 홀든도 한 걸음 뒤에서 보트의 시동을 끄고 재빨리 부두로 뛰어올랐다. 빗줄기가 거세게 쏟아지고 머리 위에서는 천둥이 요란하게 울렸다.

"내 차 저기 있어!"

홀든이 소리쳤다. 우리는 보트를 묶어 놓고 차를 향해 달려갔다. 비는 계속 억수같이 쏟아졌다. 주차장에는 물이 고여 있다. 홀든이 차 문을 열자마자 나는 재빨리 올라탔다. 다시 천둥소리가 밤하늘을 갈랐다.

"정말 무시무시하네."

숨을 고르는 사이, 온몸에 서서히 아드레날린이 퍼지는 것 같았다. 나는 홀든 쪽으로 고개를 돌렸다. 홀든이 나를 바라봤다. 다시 번개가 치고 홀든의 푸른 눈이 번쩍 빛났다. 나는 홀든의 얼굴을 두 손으로 감쌌다. 호수에서 죽지 않은 것을 확인이라도 하듯이. 홀든이 몸을 숙여 내게 키스했다. 나는 홀든을 내 쪽으로 끌어당겼다.

"제인……."

홀든이 나지막이 속삭였다. 달콤하면서 친숙한 느낌이다. 온몸이 점점 뜨거워졌다. 홀든의 손이 내 스웨트 셔츠

속으로 미끄러져 들어와 살갗을 쓰다듬었다. 나는 셔츠를 벗기 시작했다. 그때 붉고 푸른빛이 차 안을 환히 비췄다.

"오, 이런."

경찰관이 나타나 차창을 두 번 두드렸고, 홀든과 나는 얼른 떨어졌다. 홀든이 창문을 살짝 내리자 빗방울이 차 안으로 들이닥쳤다.

"너희 둘 뭐 하는 거야? 당장 집으로 가! 홍수 경보 못 들었어?"

경찰관이 소리쳤다. 경찰관이 경찰차로 돌아가고 홀든이 나를 돌아봤다. 나는 뭐라고 말해야 할지 몰라 어깨를 으쓱했다. 그러고는 비 내리는 호숫가에서 키스한 죄로 경찰관이 우리를 체포하지 않은 것이 천만다행이기라도 한 듯 기분 좋게 웃었다.

"아무래도 나를 집까지 태워다 줘야 할 것 같은걸. 날씨가 이래서 혼자 집까지 걸어갈 수 없을 것 같아."

나는 도로 쪽을 가리키며 말했다. 홀든이 웃으며 차의 시동을 걸었다. 도로에 올라선 자동차는 비가 쏟아져 난장판이 된 추수 감사절 축제장을 지나 우리 집으로 향했다.

13

나는 집에 도착하자마자 마을 사람들의 페이스북 채팅 방을 살펴봤다. 추수 감사절 축제에 대해 긴 글이 올라와 있었다. 변기 시트 모양의 장식품 때문에 큰 소동이 일어난 데 대해 마을 사람들 모두 충격을 받은 모양이다. 복권 당첨자에 대한 글은 올라와 있지 않다.

누군가가 집 안 여기저기 돌아다니는 소리가 들렸다. 엄마다. 다행히 엄마는 내 방문을 노크하지 않았다. 내 머릿속은 홀든의 부드러운 입술 촉감, 함께 나눈 대화 내용, 폭풍우를 헤치고 호수를 빠져나오던 때의 공포, 복권에 대한 불안감 등으로 복잡했다.

나는 천천히 숨을 길게 내쉬며 손가락으로 스웨트 셔츠

의 끈을 꼬았다. 나는 여전히 홀든이 준 스웨트 셔츠를 입고 있다. 비에 젖어 축축한 셔츠를 입은 탓에 몸이 으슬으슬 추웠다. 이대로는 감기에 걸릴 것 같아 셔츠를 벗고 보송보송한 파자마를 입은 뒤 침대 이불로 몸을 감쌌다.

따뜻해지면서 기분이 좋아졌다. 이럴 때마다 하는 일이 있다. 페이스북에 들어가 아빠의 프로필을 찾는 일이다.

세상을 떠나기 전, 아빠는 이따금 소셜 미디어를 이용했다. 엄마는 아빠의 페이지를 지우지 않았다. 그래서 아빠의 페이지에 들어가 아빠의 흔적을 엿볼 수 있다. 나는 아빠가 그리울 때마다 아빠의 페이지에 들어간다. 아빠는 디지털 세상의 유령처럼 언제나 그곳에 있다. 100년 뒤에는 페이스북이나 인스타그램이 없을지 모르지만 내가 죽고 난 뒤 얼마 동안은 우리 가족의 계정이 여전히 존재할 테고, 그 문을 통과하면 커다란 디지털 배에 탄 우리 가족의 유령이 있을 것이다.

나는 길게 숨을 내쉰 뒤 아빠 대니얼 벨웨더의 프로필을 클릭했다. 아빠 사진이 불쑥 나타났다. 안경, 검은 곱슬머리, 한쪽 입꼬리가 살짝 올라간 미소(나와 똑같은 미소다.)가 눈에 들어왔다. 아빠가 돌아가시기 직전 아빠와 엄마와 내가 디즈니 월드에서 찍은 사진도 있다. 우리 뒤로 스페이스십 어스라는 동그란 건축물이 거대한 보름달처럼 솟아 있다.

사진의 나는 미니 마우스 머리띠를 쓰고 씩 웃는 열두 살 소녀다. 단발머리를 한 엄마는 한 손을 아빠의 어깨에 얹고 있다. 엄마 얼굴에서 남들의 추억을 수집하는, 산만하고 필사적이고 외로운 모습은 전혀 엿볼 수 없다. 이 사진을 찍고 한 달 뒤 아빠가 돌아가실 거라고 암시하는 그 어떤 것도 찾아볼 수 없다.

디즈니 여행은 엄마 아빠와 함께 한 가장 행복한 시간이었다. 하지만 그때의 사진을 보면 늘 마음이 아프다. 나는 아빠의 페이스북 게시물을 꼼꼼히 살폈다. 게시물 모두 몇 년이 지난 것이다. 내슈빌에서 우리가 알고 지냈던 사람들이 남긴 글이 꽤 많다. 이웃들, 아빠의 대학 친구들, 동료 소방관들의 조문 글이다. 나는 그 글들을 건너뛰고, 아빠가 마지막으로 올린 게시물을 살폈다.

2016년 8월 10일. 아빠는 나와 함께 캐리비안의 해적 놀이 기구에 타고 있는 사진을 올렸다. 나는 빙긋 웃고 있고, 아빠는 내게 토끼 귀가 달린 머리띠를 씌워 주고 있다. 이 사진은 엄마가 우리 앞의 의자에 앉아 찍은 것이다. 아빠가 쓴 사진 설명은 이랬다. '자, 떠나자! 이 세상에서 내가 가장 사랑하는 두 숙녀와 함께 7대양을 향해!'

아직도 나는 우리 발밑의 작은 배가 아래위로 요동치며 가짜 불길을 쏟아 내고, 술에 취한 해적들이 총을 쏘며 사람들을 뒤쫓는 마을을 지나쳤던 때를 생생하게 느낄 수 있다. 배를 탄 것이 그때가 처음은 아니었지만, 그 놀이 기구로 인해 나는 나 자신이 바다에서 모험하고 싶어 한다는 사실을 깨달은 것 같다. 해적으로서가 아니라 연구가로서 말이다. 아빠도 내 그런 꿈을 마음에 들어 할 것이다.

"아빠, 안녕."

나는 손가락으로 아빠 얼굴을 쓰다듬으며 중얼거렸다. 어느새 눈에는 눈물이 가득 고였다. 다음 사진은 이탈리아관에서 찍은 것이다. 환하게 웃으며 젤라토 아이스크림을 먹고 있는 우리 세 식구의 셀카 사진이다. 엄마는 한쪽 팔을 내 어깨에 두르고 있고, 아빠는 카메라가 달린 스마트폰을 들고 있다. 아빠의 머리가 유난히 크게 보이고, 아빠 손에 쥔 체리 젤라토는 녹아 있다. 스페이스 마운틴 앞에서 찍은 사진도 있다. 스페이스 마운틴에서 아빠는 토했다. 엄마와 나는 롤러코스터를 연달아 세 번이나 탔다. 내가 늘 한참 동안 바라보는 사진은 아빠와 나 단둘이 밤에 라군 호숫가에서 찍은 것이다. 엄마가 우리 뒤에서 이 사진을 찍었다. 사진이 찍히는 순간 밤하늘에 불꽃이 터지는 바람에 아빠와 나는 실루엣으로 남았다. 내 머리는 아빠의 어깨에 기대어 있고 아빠는 한쪽 팔로 나를 감싸고 있다.

아빠가 떠난 지 꽤 오랜 시간이 지났는데도 아빠가 다시 집에 돌아올 수 없다는 사실이 믿기지 않는다. 아빠가 돌아와 졸업 댄스파티에 가는 나를 배웅하거나 내 결혼식에서 나와 함께 식장 안으로 입장하거나 내게 썰렁한 농담을 던지지는 못할 것이다. 그런 일은 결코 일어나지 않으리라. 돈이 아무리 많아도 아빠를 돌아오게 할 수는 없다. 그래서 아빠가 더 그립다.

나는 눈가의 눈물을 닦고 페이스북 메신저 창을 열었다. 거기에는 지난 몇 년 동안 아빠와 나눈 대화가 그대로 저장되어 있다. 내가 마지막으로 글을 올린 때는 8월이었다. 읽으려 하지 않아도 눈은 저절로 그 글에 가 있다.

8월 19일

안녕, 아빠. 아빠가 우리 곁을 떠난 지 이제 5년 하고 이틀이 지났어. 헤아릴 수 없이 많은 이유로 아빠가 보고 싶어. 아빠가 우리 곁에 없다는 게 너무 슬퍼. 며칠 전 내 남친 홀든에게 차였는데, 기대어 울 수 있는 어깨가 있으면 얼마나 좋을까 하고 생각했어. 또 녀석의 멍청한 얼굴을 한 대 후려칠 사람이 있으면 하고 바랐지. 내가 직접 그렇게 할 수도 있지만 그러려면 녀석을 다시 봐야 하잖아. 우리는 2년 동안 사귀었어. 홀든은 나와 사귀는 게 지루해졌나 봐. 내가 부족했던 것 같아. 홀든은 '우리 둘 사이에 약간의 공백이 필요해서'라고 했는데, 그 말은 다른 여자를 만나고 싶어 한다는 의미일 수도 있지 않을까. 잘 모르겠어. 더는 신경 쓰고 싶지 않아. 단지 마음이 아플 뿐이지. 정말 마음이 아파. 내 안에 나를 야금야금 갉아먹는 뱀장어라도 들어 있는 것 같은 느낌이야.

아빠가 나한테 한 이 말 기억하고 있어.

"절대로 한 사람을 네 인생의 유일한 사람으로 삼지 마라."

나는 데이트를 시작하면서 아빠의 이 말을 명심하려고 애썼어. 하지만 고등학생 정도 되는 아이들은 대부분 딱 한 사람이 자신의 유일한 사람이 되기를 원하는 것 같아. 어쩌면 나도 그랬을지 몰라. 나는 누군가에게 특별한 존재가 되고 싶었던 것 같아. 그래, 나 또한 누군가의 모든 것이 되고 싶었겠지. 그 사람이 한눈팔지 못할 정도로 말이야. 하지만 나는 분명히 홀든에게 부족했어. 이 일로 세상이 끝나지 않는다는 거 나도 알아. 아직 나는 열일곱 살이야. 얼마든지 다른 사람 만나 새 출발을 할 수 있어. 안 그래, 아빠?

언젠가 아빠는 이렇게도 말했어.

"세상은 넓어. 넓은 세상으로 나아가."

이 말도 늘 명심하고 있어. 하지만 이 마을을 떠나는 게 너무 겁나. 세상에 나가서 하고 싶은 일이 있는데도 두려워. 물론 두려움에 지배당하는 건 어리석다고 생각해. 하지만 생각처럼 안 돼. 아빠가 곁에 있으면 좋겠어. 엄마는 요즘 상태가 더 안 좋은데…….

더 읽어 내려가길 그만뒀다. 오늘 밤 아빠와 이야기하고 싶었다. 아빠에게 글을 쓰는 것은 허공에 대고 외치는 것과 다름없다. 하지만 이따금 도움이 된다.

10월 16일

아빠, 안녕. 있잖아, 나는 이제 공식적으로 어른이 돼. 내 열여덟 번째 생일에 우리 함께 하와이에 가자고 아빠가 말했던 거 기억하지? 나는 똑똑히 기억해. 물론 그럴 수 없다는 거 알아. 어른이 됐다는 게 이상해. 그 사실이 점점 더 낯설게 느껴져.

나는 무슨 말을 어떻게 해야 할지 몰라 타이핑을 멈췄다. 하지만 누군가에게 말해야 한다. 여기서 그 누군가가 엄마일 수는 없다. 엄마는 이 SNS 속 글들을 전혀 읽지 않는다. 어떤 글도 엄마가 읽은 흔적이 없다. 엄마가 이 글들을 읽었다면 내게 물어보았으리라. 이를테면 내가 남자뿐만 아니라 여자도 사랑할 수 있는 양성애자임을 커밍아웃한 것, 첫 섹스를 한 것, 홀든에게 차였던 것 등을 말이다. 내 비밀을 알았다면 엄마는 걱정했을 것이다. 온라인 세상의 아빠에게 고백하는 한 안전하리라.

나는 아빠에게 계속 말했다.

10월 16일

아빠, 안녕. 있잖아, 나는 이제 공식적으로 어른이 돼. 내 열여덟 번째 생일에 우리 함께 하와이에 가자고 아빠가 말했던 거 기억하지? 나는 똑똑히 기억해. 물론 그럴 수 없다는 거 알아. 어른이 됐다는 게 이상해. 그 사실이 점점 더 낯설게 느껴져. 아빠, 믿기지 않는 일이 있어. 알고 싶어? 나 로또에 당첨됐어. 정말이야. 내가 가장 좋아하는 책 《변화하는 바다》의 책갈피 사이에 5,800만 달러짜리 로또 복권이 끼어 있다고. 놀랐지? 그런데 복권을 어떻게 해야 할지 모르겠어. 미성년자 신분으로 복권을 샀기 때문에 복권을 돈으로 바꿀 수 없대. 까딱하면 범죄자가 될 수 있다는 거야. 그래서 지금 이 문제를 해결할 방법을 찾으려 애쓰고 있어. 하지만 잘 안 돼. 복잡하기만 하고.

아빠, 나 어떻게 해야 해? 마을 사람들 모두 당첨자가 누군지 알고 싶어서 난리야. 나 대신 복권을 돈으로 바꿔 줄 믿을 만한 사람을 찾을 때까지 내 비밀을 지키고 싶어. 하지만 그럴 만한 사람이 누군지 모르겠어. 엄마는 믿을 수 있다고 아빠는 말하겠지. 하지만 엄마는 지금 무척 허약한 상태야. 오래전부터 육체적으로나 정신적으로 예전 같지 않아. 그래서 엄마가 그 복권으로 어떻게 할지 감이 잡히지 않는단 말이야.

아빠가 곁에 있으면 얼마나 좋을까…….

글을 마무리하려다가 다른 누구에게도 말할 수 없고 오직 아빠에게만 말할 수 있고 또 말해야 할 사건이 떠올라 다시 타이핑을 이어 갔다.

아빠, 오늘 밤 나 홀든과 키스했어. 두 달 전 내 마음을 짓밟아 놓은 홀든이란 멍청이와 말이야. 사실은 그 애와 두 번 키스했어. 뭐, 나쁘지는 않았지. 그런데 하고 나니까 내가 무슨 짓을 한 건가 싶더라고. 아무래도 로또 복권 때문에 머리가 이상해졌나 봐. 그런데 이런 생각도 들어. 홀든에게 다시 한 번 기회를 줘야 하지 않을까 하는. 아빠는 어떻게 생각해?

아빠의 오지 않을 답장을 기다리지 않았다. 잠시 머뭇거리다가 《변화하는 바다》를 양팔로 꼭 끌어안은 채 침대로 기어들어 가서 머리끝까지 이불을 끌어 올렸다.

14

이튿날 아침 일찍 엄마가 내 방 문을 쾅쾅 두드리며 나를
깨웠다.

"포르튜나 제인, 어서 일어나! 매디슨에 갈 거야. 쇼핑하
러 갈 시간이라고!"

나는 횡설수설하며 돌아누웠다. 엄마는 계속 문을 두드
렸다.

"엄마, 일요일이잖아. 나, 더 잘 거야. 엄마만 가!"

"제인, 나 들어간다."

엄마가 문을 밀어젖혔다. 어젯밤 정신없는 바람에 문을
잠가 놓지 않은 모양이다.

나는 자리에서 벌떡 일어났다.

"잠깐, 엄마 거기 있어!"

나는 침대에서 뛰쳐나가 문을 쾅 닫았다. 내가 왜 이러는지 나도 모르겠다. 방 안에 있어서는 안 될 물건이 있는 것은 아니다. 내 침대 밑에 숨겨야 할 남자아이도 여자아이도(엄마가 신경이나 쓸까?) 없고, 술도 마약도 없다. 그저 엄마를 방 안에 들이고 싶지 않을 뿐이다. 엄마가 들어오면 집 안 곳곳에 쌓인 쓰레기 더미도 덩달아 들어올 것 같다.

문 너머에서 엄마가 길게 한숨을 내쉬었다. 무언가를 숨겨 놓고 내쉬는 한숨 소리 같다. 엄마와 나 사이에 생긴 거리는 부분적으로 내 잘못인 걸 안다. 나는 문 안쪽에서 문 손잡이를 잡고 서 있다. 침대에서 뛰어 내려온 탓에 숨이 가빴다. 엄마와 나는 서로에게 말할 수 없는 온갖 이야기로 가득한 책을 받치는 한 쌍의 북엔드인 셈이다.

"8분 뒤에 나갈게."

내가 소리쳤다. 한참 동안 침묵이 흘렀다. 엄마가 여전히 문밖에 서 있는지 궁금했다. 그때 엄마가 부드럽게 말했다.

"나는 트럭에 있을게. 나올 때 재킷 가져와. 오늘은 어제보다 훨씬 춥구나."

내 머릿속에는 셀 수 없이 많은 것이 들어 있다. 나는 돌아서서 청바지와 두꺼운 스웨터, 운동화를 챙기며 흘깃 시계를 봤다. 아침 6시 54분이다. 일요일에 일어나기에는 이른 시간이다. 스마트폰을 주머니에 밀어 넣고 욕실로 향했다. 평소 나는 뜨거운 물로 오랫동안 샤워를 한다. 어젯밤처럼 비를 맞은 뒤에는 더 오래 샤워를 하곤 한다. 하지만 오늘 아침에는 얼굴에 물을 끼얹는 정도로 끝냈다. 양치질도 대충 했다. 엄마가 트럭 경적을 울렸다. 나는 《변화하는 바다》를 다시 책장에 꽂은 뒤 지갑을 챙기고 방문을 잠갔다. 그러고는 혼잡한 집 안에서 도망치듯 현관 쪽으로 걸어갔다. 엄마가 며칠 전 쓰레기 더미에서 건진 웨딩드레스가 거실과 주방 사이의 출입구에 걸려 있다. 마치 누군가의 꿈이 빈 껍데기로 버려진 듯 보여 안타까운 마음이 들었다.

이런 때 커피 한 잔 마시면 좋을 텐데……. 주방에서 재즈를 들으며 아침 식사를 준비하는 아빠가 있으면 더 바랄 게 없겠다. 나는 잠시 눈을 감고 가스 누출 화재가 난 아파트에서 돌아가시기 전날 낡은 주방에 있던 아빠를 떠올렸다. 아빠는 우리 세 식구를 위해 오믈렛과 와플을 만들었다. 나는 갑작스레 흘러내리는 눈물을 훔쳐 냈다.

엄마가 다시 경적을 울렸다. 나는 한숨을 내쉬고 거실의 불을 껐다.

엄마가 모는 트럭은 94번 고속도로를 따라 속도를 높였다. 매디슨을 향해 서쪽으로 가는 중이다. 아름다운 가을 날이다. 빗물이 고여 얕은 호수처럼 보이는 들판을 빼고 어젯밤의 거센 폭풍우가 남긴 흔적은 거의 찾아볼 수 없다. 나는 시럽이 든 프렌치 바닐라 커피를 연거푸 홀짝거렸다. 주유소에 들른 틈에 편의점에서 샀다. 트럭이 도로를 달리는 동안 우리는 거의 말을 하지 않았다. 내가 라디오를 켜자 내셔널 퍼블릭 라디오 방송의 아나운서 목소리가 차 안을 가득 채웠다. 엄마는 그 목소리가 듣기 싫은지 라디오를 껐다. 엄마는 라디오를 즐겨 들었는데, 지금은 침묵이 좋은 모양이다. 어쩌면 침묵으로 스스로를 위로하는지도 모른다. 타인의 추억으로 스스로를 위로하듯 말이다. 엄마가 음악이나 옛 추억을 친구로 삼는다면, 나머지 다른 것들은 필요 없을지도 모른다. 엄마를 도울 방법을 찾아봐야겠다는 생각이 들지만 이렇게 이른 아침에는 그 어느 것도 내 능력을 넘어서는 일인 듯하다.

"어디 가는 거야?"

매디슨 시내가 시야에 들어올 즈음 내가 물었다. 주 의회 의사당의 돔 지붕이 두 개의 호수 사이에 끼어 있는 듯 보였다. 트럭은 도시의 동쪽에서 안으로 들어가고 있다. 아침 햇살이 모노나호에 황금빛과 분홍빛으로 붓질을 한다. 오늘은 농산물 직거래 장터가 열리는 날이다. 그래서 의사당 광장은 호박과 잼과 온갖 제철 농산물을 사려는 사람들로 붐빌 것이다.

"윌리 거리에 있는 세인트 비니스에 가는 거야."

엄마가 도로에서 눈을 떼지 않은 채 말했다.

"그곳에 들른 뒤 함께 점심 먹을 겸 농산물 직거래 장터에서 네 할머니를 만날 생각이야."

할머니를 만나는 것은 기쁜 일이다. 그 전에 들르는 세인트 비니스는 매디슨 최대의 중고품 할인점이자 엄마가 가장 좋아하는 가게 중 하나다. 해마다 이맘때쯤 세인트 비니스에서는 핼러윈 의상을 판매했다. 그곳은 늘 진귀한 보물로 가득하다. 엄마는 그곳에서 쓸데없이 많은 돈을 쓸 것이다. 나는 인터넷에서 세인트 비니스를 찾아봤다.

"세인트 비니스는 9시에나 문 열어. 그러니까 거의 한 시간이나 남았지. 아침 먹을래?"

엄마는 여전히 도로에서 눈을 떼지 않았다. 세인트 비니스의 방향을 가리키는 표지판이 보였다.

"요깃거리를 사서 가면서 먹어야겠어. 세인트 비니스가 문을 열자마자 맨 먼저 입장하는 손님이 되고 싶으니까."

엄마는 그렇게 하고도 남을 사람이다. 나는 퉁명스럽게 대꾸하고 엄마에게 윌리 거리의 한 장인 제과점으로 가는 길을 가르쳐 줬다.

엄마와 나는 세인트 비니스의 계단에 나란히 앉아 페이스트리를 먹었다. 우리 옆에는 풍파에 찌든 붉은 얼굴에 흰

머리의 노숙자가 건물 모퉁이에 몸을 기댄 채 앉아 있었다. 코트를 겹겹이 껴입은 모습이 불쌍해 보였다. 나는 나중에 먹으려고 사 놓은 햄과 치즈 크루아상을 남자에게 건넸다. 남자는 고맙다는 뜻의 미소를 지었다. 더 줄 수 있으면 좋겠다는 생각이 들었다. 만약 로또 복권을 돈으로 바꿀 방법을 찾아낸다면 나는 노숙자 쉼터나 자선 단체를 세울 수도 있고, 이런저런 좋은 일을 할 수 있을 것이다. 어제 홀든과 이야기한 것처럼 말이다.

만약…… '만약'이란 말이 중요하다. 내가 그런 일을 할 수 있는 유일한 조건은 '만약 내 복권 당첨금을 대신 받아다 줄 사람을 찾아낸다면'이다.

나는 엄마를 흘깃 바라봤다. 엄마는 중고품 할인점 창문 안을 들여다보며 손목시계의 시간을 확인했다. 문이 열리기를 기다리는 동안 엄마는 초조해하며 발을 동동거렸다.

그런 모습을 보자 엄마가 내 비밀을 지켜 줄 것 같지 않다는 생각이 더 강하게 들었다. 어마어마한 돈이 걸린 비밀을 엄마는 감당할 수 없을 것이다.

나는 엄마를 믿을 수 없다. 엄마는 아니다. 그렇다면 할머니와 홀든이 남는다. 두 사람에 대해서는 나중에 생각하자. 이른 아침부터 생각하기에는 벅찰 정도로 두 사람에게는 알 수 없는 것들이 너무나 많다.

정각 9시에서 2분이 지나자 엄마가 가게 문을 향해 돌진할 태세를 갖췄다. 그때 한 여자가 세인트 비니스의 문을 열었다. 엄마가 냅다 달려가서 여자를 살짝 밀치고 안으로 들어가며 어깨 너머로 소리쳤다.

"서둘러, 포르튜나 제인! 카트 갖고 와!"

나는 엄마가 시키는 대로 카트를 밀고 가게 안으로 들어갔다. 가게 안에는 헌옷을 비롯해 미식축구팀 그린베이 패커스의 기념품, 헌책, 각종 중고 가구, 고장 난 가전제품 등이 어지럽게 진열되어 있다. 나는 삐걱거리는 은색 카트를 밀며 엄마를 따라 온갖 잡동사니들로 가득 차 있는 세인트 비니스를 누볐다. 이윽고 엄마는 도자기 조각상과 커피 머그잔들로 뒤덮인 선반들 사이의 통로에 들어섰다.

방긋 웃는 아기가 그려진 머그잔에 엄마의 시선이 꽂혔다. 엄마는 곧 그 머그잔 쪽으로 돌진했다. 그러더니 내 귀에도 들릴 만큼 큰 소리로 중얼거렸다.

"집중하자, 조이 린(엄마의 이름). 나는 가엾은 웨딩드레스들을 구해 내려고 여기에 온 거야."

웨딩드레스라니, 맙소사!

당장에라도 카트를 내팽개치고 소리를 지르고 싶다.

엄마는 앞장서서 엄청나게 넓은 핼러윈 코너로 향했다. 우리 학교 식당보다 더 넓은 공간이다. 형형색색의 졸업 댄스파티용 드레스들이 옷걸이를 뒤덮고 있다. 나는 반짝이 장식과 비단 천을 손으로 쓰다듬었다. 엄마는 성큼성큼 걷다가 웨딩드레스 코너에서 우뚝 멈췄다. 웨딩드레스는 영국 BBC의 제빵 경연 프로그램인 〈그레이트 브리티시 베이크 오프〉에 나온 터져 버린 머랭처럼 통로 전체에 진열되어 있다.

나는 청록색의 홀터넥 드레스*를 살짝 잡아당겼다. 드레스는 고집을 피우듯 옷걸이에서 빠져나오지 않았다. 1997년에 만든 실크 드레스인데 옷감이 질겨 보였다. 다시 세게 잡아당겼다. 드레스가 포기한 듯 바닥에 떨어졌다. 청록색을 마주하자 파도와 바다가 떠올랐다. 홀든의 눈동자도 떠올랐다. 나는 홀든과 졸업 댄스파티에 참석하는 장면을 상상했다. 졸업 댄스파티가 끝난 뒤 함께 시간을 보낸 호숫가의 파티에 가는 상상도…….

이때, 문자 메시지 알림음이 울렸다.

> **브랜** 어디야? 어젯밤 폭풍우 장난 아니었는데, 아직 살아 있어?

---

* 팔과 등이 드러나고 가슴 부분이 양 갈래의 끈으로 이어져 목 뒤로 묶는 스타일의 드레스

> **제인**
> 그럭저럭 살아 있어. 폭풍우가 몰아치는 동안 호수에 갇혀 있었어.

> **브랜**
> 홀든이랑?

> **제인**
> 응. 하지만 별일 없었어.

> **브랜**
> 네 말 못 믿겠어. 지금 어디야?

> **제인**
> 엄마랑 매디슨에 와 있어. 미스 하비샴*이 엄마한테 빙의해 있어.

나는 청록색 드레스를 제자리에 걸고 웨딩드레스들을 파헤치는 엄마를 배경으로 셀카를 찍어 브랜에게 보냈다.

> **브랜**
> 잠깐. 네 엄마 지금 웨딩드레스를 사시려는 거야? 너 나한테 말하지 않은 게 또 뭐 있어? 네 엄마 결혼하시는 거냐고. 아니면 홀든이 너한테 결혼하자고 했어? 그런 거야? 네가 그 녀석과 결혼할 리 없는데…….

> **제인**
> 어떻게 알았어?

---

* 찰스 디킨스의 《위대한 유산》에 나오는, 결혼 당일 신랑에게 버림받고 웨딩드레스를 입은 채 살아가는 여자

브랜

하하. 나한테 관찰력이 있다고
네가 말했잖아.

정말 그래. 하지만 네가 묻기 전에 하는
말인데, 홀든과 나 사이에 아무 일도 없
었어. 우리는 그냥 잠시 시간을 함께 보
냈을 뿐이야.

제인

그 말은 전혀 사실이 아니지만, 내 습관적인 키스 욕구를
문자 메시지로 설명해서 브랜을 놀라게 할 이유는 없었다.

브랜

음…… 아무래도 너 지금 거짓말하는
것 같은데. 그냥 넘어가 줄 테니까 말
할 준비가 되면 알려 줘.

고마워. 참, 로또 당첨자에 관한
새로운 단서 같은 거 있어?

제인

브랜에게 이런 식으로 묻는 나 자신이 정말 싫다. 절친
이라면서 어떻게 이럴 수 있나 싶다. 생각할수록 아주 뻔뻔
스러운 짓이다. 브랜이 새로운 단서를 찾았을 리 없다. 나
는 서명하지 않은 복권을 고이 간직한 채 친구인 브랜에게
계속 거짓말하고 있다.

복권을 돈으로 바꾸게 되면 속죄하는 의미로 브랜에게 무언가 굉장한 걸 해 주어야 하지 않을까 싶다.

브랜
> 아직 없어. 누군가가 단서가 될 만한 걸 흘리기를 바라며 페이스북 채팅방을 지켜보고 있어. 또 완다스에 이메일을 보내기도 했지. 근데 아직 답장을 받지 못했어.

"제인! 도와줘!"

통로 끝에서 엄마가 소리쳤다. 그와 동시에 엄마가 건드린 옷걸이가 쓰러지면서 십여 벌의 웨딩드레스가 엄마를 덮쳤다.

> 엄마한테 가 봐야겠어. 엄마가 웨딩드레스 더미에 파묻혀 있어.

제인

나는 엄마의 손이 밖으로 비어져 나온 드레스 더미를 재빨리 찍어 브랜에게 보냈다.

브랜
> 😊 차로 데리러 갈 일이 생기면 바로 알려 줘.

우리가 3시간 이상 여기에 있게
되면 구해 달라고 전화할게.   제인

나는 웨딩드레스 더미에서 엄마를 끌어냈다. 엄마는 거
대한 케이크에서 튀어나온 알몸의 댄서처럼 숨을 가쁘게
몰아쉬며 팔을 휘저었다. 엄마는 웨딩드레스를 죄다 카트
에 실었다. 가게에 있는 웨딩드레스를 몽땅 살 태세다.

"엄마, 이 웨딩드레스를 전부 살 수는 없어."

나는 웨딩드레스 더미에서 80년대에나 유행했을 법한
드레스를 잡아당겨 가격표를 살폈다.

"이건 20달러고……."

다른 가격표도 확인했다.

"이건 25달러야. 엄마가 찾아낸 웨딩드레스 열다섯 벌의
가격은 총 300달러나 돼."

나는 카트에서 드레스를 조심스레 꺼내 옆에 있는 옷걸
이에 걸었다.

엄마가 낙담한 듯 한숨을 내쉬었다.

"알아. 하지만 우리는 이 드레스 전부 필요해."

내 입에서 헛웃음이 나왔다.

"필요하지 않아, 엄마. 우리한테 이 드레스 전혀 필요가
없어."

"필요해! 이 드레스들은 비정한 사람에게 상처를 입은 누군가의 슬픈 추억이 담긴 것들이야."

"지금 돈 얼마 갖고 있는데?"

엄마가 팔짱을 꼈다.

"얼마를 갖고 있든 상관하지 마."

"어떻게 상관 안 할 수 있어? 나는 30달러밖에 없어. 엄마는?"

"50달러."

엄마의 목소리에 힘이 들어가 있다. 엄마는 80달러로 웨딩드레스를 몽땅 살 수 있다는 터무니없는 망상에 사로잡혀 있는 것 같다.

"이따 트럭에 기름도 넣고 점심도 먹어야 해."

"걱정하지 마. 점심은 네 할머니가 살 거야."

"엄마, 우리가 이 드레스를 전부 살 수 없다는 거 알잖아."

엄마의 얼굴에 고민하는 기색이 잠시 머물다 사라졌다.

"하지만 제인, 우리는 이 드레스들이 필요해."

엄마에게 뭐라고 대꾸하려는데, 지저분한 스웨트 셔츠에 찢어진 청바지를 입은 이십 대 백인 여자가 내 어깨를 톡톡 두드렸다.

"실례해요. 이 웨딩드레스 전부 사실 거예요?"

"네."

엄마가 카트를 자기 쪽으로 끌어당기며 말했다.

"아뇨, 사실 거면 골라 보세요."

나는 그렇게 말하고 카트에 있는 드레스를 한 벌씩 꺼내 옷걸이에 걸었다.

"고마워요. 곧 결혼하거든요. 이 드레스 가운데 한 벌을 가져가 수선해서 입으려고요."

여자가 드레스를 살피면서 말했다. 여자의 입가 양쪽이 살짝 올라가 있다. 여자는 고마움을 나타낼 때 그렇게 미소 짓는 모양이다.

"봐, 엄마. 이 드레스들로 아름다운 추억을 만들려는 사람도 있어. 그런 사람을 위해 남겨야 해. 엄마가 드레스를 몽땅 가져가면 안 된다고."

"이 드레스는 가져가겠어."

엄마가 옷걸이에서 드레스 한 벌을 낚아채며 중얼거렸다. 나는 엄마에게서 드레스를 받아 들고 살펴봤다. 기다란 레이스 소매에 목깃이 높은 드레스다.

"네 아빠와 결혼할 때 이런 드레스 입었어."

엄마의 목소리는 귀에 잘 들리지 않을 정도로 작았다. 거실에 걸렸던 엄마와 아빠의 결혼사진을 떠올려 보면 엄마의 말은 사실이다. 그 사진은 다른 사람들의 사진 밑에 묻힌 채로 아직도 거실에 있을 것이다.

나는 눈에 맺힌 눈물을 닦았다. 적어도 그 드레스만은 엄마가 가지고 가도록 해야겠다고 생각했다.

"예쁘네. 그거 사, 엄마."

엄마는 고마워하는 표정으로 나를 바라봤다. 그러고는 내 팔을 잡더니 흥분한 목소리 말했다.

"제인, 저것 좀 봐! 대체 누가 저걸 여기에 갖다 놨을까?"

엄마가 가게 뒤편을 가리켰다. 그곳에는 두 아이를 그린 유화가 걸려 있었다. 여자아이는 드레스를, 남자아이는 정장을 입고 있다. 자식을 맹목적으로 사랑하는 부모가 화가에게 의뢰해 그린 그림이 분명하다. 그런데 어쩌다 이곳까지 흘러왔을까?

엄마는 헌 웨딩드레스를 카트에 던져 넣고 서둘러 유화 쪽으로 달려갔다. 엄마와 나 사이의 화목한 분위기는 금세 깨졌다. 엄마는 다시 자기 세계로 돌아갔다. 남들의 추억이 깃든 물건들로 공허한 내부를 메우는 일로 뛰어든 것이다.

우리는 그림과 웨딩드레스를 비롯해 옛날 사진이 가득 들어 있는 커다란 지퍼락과 십자수를 놓아 만든 벽걸이 천 등을 챙겼다. 엄마는 점원에게 물건값을 할인해 달라고 말했다. 돈이 좀 남았다.

"몇 블록 건너 유품 파는 집에 들러 봐야겠어."

물건들을 트럭에 실으며 엄마가 기대에 찬 목소리로 말

했다.

"너도 가고 싶지?"

절대로 가고 싶지 않다. 중고품 할인점에서 물건을 사거나 쓰레기더미에서 물건을 건지는 일과 누군가가 죽은 집에 들어가서 왠지 모르게 우울해 보이는 유품을 주워 담는 일은 완전히 다르다. 간혹 멋진 물건이나 업사이클 제품을 얻을 수 있지만, 죽은 주인의 엉덩이 자국이 그대로 남아 있는 망가진 벨벳 팔걸이의자를 보면 섬뜩한 느낌이 든다.

"아니, 가고 싶지 않아. 나는 농산물 직거래 장터로 갈 거야. 할머니 만나러 갈 거라고. 오는 길에 나한테 문자 보내줘. 그럼 할머니 아파트에서 만날 수 있을 테니까."

"의사당까지는 한참 걸어가야 해."

엄마가 트럭 운전석에 올라 말했다.

"태워다 줄까?"

"의사당까지 1.5킬로미터 정도밖에 안 돼. 혼자 걸어갈 수 있어."

엄마가 걱정을 얼굴 가득 드러내며 고개를 끄덕였다.

"좋아. 그럼 이따 봐!"

엄마는 '유품 세일!'이라고 적힌 화살 모양의 종이 표지판이 가리키는 쪽으로 트럭을 몰았다.

나는 스마트폰을 꺼내 할머니한테 가는 중이라고 문자

메시지를 보냈다. 그러고는 스마트폰에 연결된 이어폰을 끼고 음악을 크게 튼 뒤 윌리 거리를 따라 남쪽으로 걸어 갔다.

15

할머니는 의사당 광장의 카페 밖에서 나를 기다렸다. 할머니 어깨 너머로 10월의 햇살을 받아 반짝이는 모노나호가 보였다. 손님과 노점들로 활기 넘쳐 보이는 데인 카운티 농산물 직거래 장터가 거대한 화환처럼 의사당 건물을 빙 둘러싸고 있다. 장터는 보통 토요일 아침에 열리는데, 다행히도 이번 주말에는 하루 더 연장해서 운영된다. 커다란 꽃다발을 든 사람이 있는가 하면 호박이 가득 실린 마차를 몰고 가는 사람도 있고 농산물을 높이 쌓은 바구니를 든 사람도 있다. 짝을 이룬 사람들이 페이스트리를 먹거나 커피를 마시며 손에 손을 잡고 걸었다. 팔팔한 에너지가 느껴지면서 황홀한 기분이 들었다. 데인 카운티 농산물 직거래 장터는 레이크스보로에서 열리는 추수 감사절 축제의 어른 버전인 것 같다. 우리 도시에서 열리는 어떤 행사보다도 활력이 넘쳐 흥분된다.

"제인, 안녕!"

할머니가 테이블에 앉은 채 내게 손을 흔들었다. 할머니는 울긋불긋한 카프탄 드레스*에 굽이 나무로 된 노란색 신발을 신고 있다. 오늘도 어김없이 짧은 흰머리가 삐죽삐죽 솟아 있다. 진보적인 데다 환경 운동에 관심 있는 미술관 안내자 같다.

할머니가 자리에서 일어나 나를 껴안았다. 나는 할머니 품에 덥석 안겼다.

"안녕하세요, 할머니."

나는 목소리에 감정을 섞지 않으려고 애썼다. 할머니 앞에서 울지 않으려는 것이다. 이따금 말할 수 없는 상실감이 엄습해 할머니와 함께 살던 때를 그립게 만드는데, 요즘에는 더 그렇다.

"앉아서 뭐 좀 먹으렴."

할머니가 품에서 나를 놓아주며 테이블의 커피 두 잔을 가리켰다.

---

* 길고 넓은 소매가 달린 헐렁헐렁한 치마

"너를 위해 클럽샌드위치를 주문했단다. 여전히 네가 가장 좋아하는 거지?"

"네, 그래요. 고마워요, 할머니. 그런데 오늘 할머니 댁에서 점심 먹기로 한 거 아닌가요? 엄마가 유품 파는 집 몇 군데 들른 뒤에 할머니 댁으로 온댔어요."

할머니가 눈을 휘둥그레 떴다.

"이렇게 날씨가 좋은 날 우리 집에 온다고? 내가 정말 싫어하는 게 뭔지 아니? 날씨 좋은 날 집 안에 틀어박혀 내가 세상에서 가장 사랑하는 딸인 네 엄마한테 집이 너무 궁색하다느니 썰렁하다느니 하는 잔소리를 듣는 거야. 자기 집은 어떤지 모르는 듯 말이야. 네 엄마에게 이곳으로 오라고 문자를 보내야겠다."

나는 커피를 한 모금 홀짝였다.

"할머니도 알고 계셨어요?"

"알긴 뭘 알……"

카페 종업원이 음식이 담긴 접시 두 개를 들고 다가왔다. 종업원은 테이블에 음식을 내려놓고 내게 미소를 지은 뒤 물러났다.

할머니는 생각에 잠긴 표정이다. 할머니에게 무슨 생각을 하느냐고 묻지 않았다. 우리 둘 다 엄마가 할머니를 만나면 무슨 말을 할지 알고 있다. 엄마에 대해 할머니와 이야기를 나눴던 적이 있다.

"네 엄마에게 도움이 필요하단 생각 안 해 봤니? 할머니가 할 수 있는 일이 있을까? 네 엄마가 일터에 나가 있는 동안 우리 둘이서 집 안의 쓰레기를 전부 치울 수 있지 않을까?"

내 대답은 언제나 이랬다.

"엄마와 저를 생각해 주셔서 고마워요. 그런데 할머니가 하실 수 있는 일은 없어요. 할머니와 제가 갑자기 쓰레기를 몽땅 치우면, 아마 엄마는 죽을 거고 저는 졸지에 고아가 되고 말 거예요."

할머니가 엄마에게 문자 메시지를 보내는 동안, 나는 샌드위치를 크게 한 입 베어 물었다. 우적우적 씹으면서 몇 분 동안 주위 사람들을 관찰했다.

"아파트 생활은 어때요?"

샌드위치를 절반쯤 먹다 던진 물음에 할머니가 빙긋 웃었다.

"아주 멋지지."

할머니는 자신이 사는 15층 건물을 가리켰다. 할머니 집에서는 모노나호가 한눈에 내려다보인다. 정확히 말해 할머니가 원하던 히피 공동체는 아니지만 할머니는 자기 방식대로 열심히 살고 있다.

"일출이 정말 아름다워. 그리고 같은 층에 사는 독신 신사 몇 명과 친구처럼 지내기도 한단다."

나는 눈을 휘둥그레 떴다.

"전에 할머니께서 그러셨어요. '밥 먹는 자리에서 똥 누지 마라*.'라고요."

"쉿! 그런 아름답지 못한 말은 입에 담지 말거라, 포르튜나 제인."

할머니가 웃으며 주의를 줬다.

"네가 놀려도 이게 내가 젊음을 유지하는 비결이란다."

"놀리긴요. 저는 할머니가 시대에 맞추어 사시는 것 같아 기뻐요."

"듣던 중 반가운 소리구나. 나이 들어 집 안에 콕 틀어박힌 채 뜨개질 같은 거나 하면서 지내는 게 얼마나 따분한지 아니? 이따금 이성도 만나고 해야지. 그건 그렇고 네 연애는 어떠니?"

"글쎄요, 특별히 말씀드릴 게 없어요."

요즘 할머니한테 홀든과의 일에 대해 말한 적은 없다. 홀든과 한창 뜨겁게 사귈 때는 할머니한테 우리가 섹스한다는 사실까지 포함해 미주알고주알 다 말했었다. 홀든에

---

* 지금 누리고 있는 멋진 생활을 망치는 짓은 하지 말라는 의미

게 차인 날 밤에는 할머니에게 전화해 엉엉 울기도 했다. 내가 홀든과 다시 만나고 있다고 하면 할머니는 뭐라고 말할까?

할머니가 내 손을 부드럽게 쓰다듬었다.

"나는 늘 여기에 있으니까 내가 필요하면 언제든 와서 말하렴. 나는 십 대 아이들에게 섹스를 금기시하고 억압하는 건 좋지 않다고 생각한단다. 도움이 되기는커녕 오히려 해로워."

"저도 같은 생각이에요. 그런데 할머니, 오늘은 다른 이야기를 하는 게 좋을 것 같아요. 세상 돌아가는 이야기 같은 거요."

나는 할머니가 읽던 신문을 힐끔거렸다. 1면에 기사 복장의 여자 사진이 실려 있다. 사진 밑에는 여자가 자신이 일하는 중세 테마 식당에서 성별 제한 규정에 변화를 이끌어 냈고, 이제 르네상스 박람회의 마상 창 시합 대회에 참가하고 있다는 기사가 딸려 있다. 그 기사를 읽으려고 신문에 손을 뻗는데, 할머니가 먼저 신문을 집어 들었다.

할머니가 신문을 홀홀 넘기며 말했다.

"너한테 이걸 보여 주고 싶었어. 레이크스보로에 관한 기사야. 네 친구의 말을 인용한 것 같구나."

할머니는 지면을 훑어보다 한 기사에 시선을 멈췄다. 나는 다시 한 입 베어 먹은 샌드위치가 목에 걸려 캑캑거렸다. 할머니에게서 신문을 받아 들고 기사를 읽었다.

작은 도시, 거액의 복권 당첨자

지난 수요일, 작은 도시인 레이크스보로에 위치한 '완다스 퀵고 숍'에서 자그마치 5,800만 달러나 되는 슈퍼 복권 당첨자가 탄생했다. 마을 사람들은 주민 가운데 억만장자가 탄생했다는 소식이 들리기를 목 빠지게 기다린다. 로또 당첨자를 찾기 위해 애쓴다는 십 대 소년 브랜든 킴은 이렇게 말한다.

"가장 친한 친구와 함께 여기저기 알아보고 다녔는데, 아직까지 당첨자에 대한 단서를 찾지 못했어요."

또 다른 주민은 누구인지 모를 당첨자에 관해 강경하게 말하기도 한다. 익명을 원하는 한 주민은 이렇게 말한다.

"당첨자가 나타나지 않은 게 납득이 되지 않습니다. 경찰이 개입해야 한다고 생각해요. 그래야 우리 모두 괜한 걱정을 하지 않게 될 테니까요. 당첨자가 그 많은 돈을 숨기려 한다면 그건 아주 이기적인 행동이라고 생각합니다."

나는 기사를 읽다가 멈췄다. 우리 마을 사람들이 어떻게 생각하는지 듣고 싶지 않다. 나는 할머니를 바라봤다.

"맞아요, 내 친구 브랜이에요. 브랜은 당첨자가 누군지 알아내려고 노력해요."

"당첨자에겐 너무나 큰 행운이야. 그런데 그 많은 돈이 마을을 통째로 망가뜨릴 수도 있어. 아무래도 그럴 것 같은 생각이 드는구나."

할머니가 차를 한 모금 홀짝였다. 나는 고개를 가로저었다. 할머니에게 복권에 관해 말할 때가 있다면 지금이라고 생각했다. 할머니라면 복권을 돈으로 바꾸어 내게 주거나 나와 나누어 가질 수 있다. 서로에게 좋은 일이다. 어쩌면 문제가 간단히 해결될지도 모른다.

나는 숨을 깊이 들이쉬며 다시금 할머니를 바라봤다.

"할머니한테 그 복권이 있다면 어떻게 하시겠어요?"

할머니는 무슨 재수 없는 소리냐는 듯 나를 째려봤다.

"나한테 그런 게 있을 리 없어! 너도 알다시피 난 로또 복권을 아예 사지 않으니까. 그건 바보들이 내는 세금이야. 네 엄마한테 천 번도 넘게 쓸데없는 짓은 그만두라고 말했지만, 계속 복권을 사더구나."

"할머니한테 당첨 복권이 있으면 어떻게 하실 거냐고요."

"어떻게 하긴 뭘 어떻게 해? 당장 내버릴 거야! 그런 말도 안 되는 일은 상상도 한 적이 없단다."

"5,800만 달러를 내버릴 수 있어요? 절대로 그러지 못할 걸요."

할머니가 코웃음을 쳤다.

"왜 못 해? 난 내버릴 수 있어. 아니지. 네 말이 맞을 수도 있겠구나. 그 돈을 내버리지 않을 수 있어. 복권을 돈으로 바꾸는 즉시 몽땅 자선 단체에 기부하면 되잖아."

나는 잠시 눈을 동그랗게 뜨고 할머니를 바라봤다.

"그 돈을 조금도 갖지 않을 거예요?"

"한 푼도 안 가질 거야."

"말도 안 돼요."

할머니가 어깨를 으쓱했다.

"왜 말이 안 돼? 나는 인생에서 돈이 그다지 중요하지 않다고 생각한단다. 누군가가 내게 그 많은 돈을 주면 고맙다는 말은 하겠지만 사양할 거야."

선택지에 답이 나왔다. 나는 할머니에게 복권을 돈으로 바꾸어 달라고 부탁해서는 안 된다. 마음속으로 할머니를 목록에서 지웠다. 그렇다면 홀든만 남는다. 안 돼, 안 돼, 안 된다. 마땅한 사람이 하나도 없다.

나는 샌드위치를 마저 먹었다. 막 다른 이야기를 하려는 찰나 엄마가 절단된 머리를 들고 다가왔다. 물론 진짜 사람 머리는 아니다.

가발을 씌울 때 쓰는 대머리 여자 마네킹 같다. 페인트가 벗겨진 눈에 반달 같은 눈썹이 붙어 있어 무섭게 보였다. 엄마는 우리 대화에 마네킹 머리를 끼우려는 듯 테이블에 내려놓았다. 할머니와 나는 눈빛을 주고받았다.

"이걸 그냥 버렸더라고. 세상에 어떻게 그럴 수 있는지 모르겠어."

엄마가 자리에 앉으며 말했다. 할머니와 나는 아무런 대꾸도 하지 않았다.

"유품 파는 집에서 구해 왔지. 주인 말로는 60년 동안 간직했대. 친정어머니한테 물려받았다던데. 한번 상상해 봐. 그 여자들은 데이트를 할 때, 결혼할 때, 파티에 갈 때 자기들이 썼던 가발을 이 머리에 씌워 두었을 거 아니야. 그런데 어떻게……."

엄마가 꿈꾸는 듯한 표정으로 말끝을 흐렸다.

"엄마, 이 플라스틱 머리 말이야. 좀 께름칙하지 않아?"

그 흉측한 물건을 테이블 밑으로 밀어 넣고 싶었다. 아니면 쓰레기통에 넣든지…….

"이건 그 자체가 역사야, 포르튜나 제인."

할머니가 내게 윙크하며 말했다. 할머니의 목소리는 유

난히 부드럽다. 나는 할머니가 엄마한테 다정하게 대하려 애쓴다는 걸 안다. 하지만 할머니의 그런 노력은 효과가 별로 없다.

"이런 걸 구해 내다니, 우리 딸은 생각이 참 깊어. 점심 먹을래?"

엄마는 가방에서 모조 보석 한 꾸러미를 꺼내 테이블에 늘어놓았다. 촌스러울 정도로 요란스럽게 생긴 목걸이와 귀걸이에 달린 분홍색, 파란색, 노란색, 초록색 모조 보석들이 햇빛을 받아 반짝거렸다.

"괜찮아. 아직 배 안 고파. 내가 애써 구해 낸 다른 것도 보여 줄게."

할머니와 나는 다시 눈빛을 주고받았다. 그러고는 엄마가 유품 파는 집에서 '구해 낸' 브로치, 핀, 사진 등을 멍하니 바라봤다. 엄마가 그것들에 얽힌 사연을 말하는 동안 나는 모노나호에서 카이트 서핑*을 즐기는 사람들을 바라봤다. 거침없이 호수를 가로지르는 저 사람들은 무척 자유로운 데다 두려움을 전혀 모르는 것 같다. 저 사람들과 자리를 바꿀 수 있다면 얼마나 좋을까.

---

*대형 연이 끄는 수상 보드 스포츠

페이스북 레이크스보로 채팅방
일요일, 오후 9시

에이미 펨벌리 여러분, 아직도 복권 당첨자가 나타나지 않은 것 같아요. 혹시 당첨자가 다른 주 사람 아닐까요? 아니면 두려워서 나타나지 않는 걸까요? 우리가 당첨자라면 어떻게 할까? 이런 주제로 이야기를 나누면 어떨까 합니다. 허심탄회하게 말해 주세요. 여러분은 그 돈으로 무엇을 할래요?

메건 윌리엄스 내가 먼저 말할게요. 내가 5,800만 달러의 복권에 당첨됐다면 우리 마을에 아이들을 위한 레크리에이션 센터를 짓겠어요. 체육관도 있고, 부모님들이 시간을 보낼 공간도 있고, 그 밖에 각종 재미있는 많은 활동을 할 수 있는 센터 말이에요.

에이미 펨벌리 아주 멋진 생각이네요! 그런 곳이 생기면 우리 아이들도 꼭 보낼래요!

리사 호킨스 그런 시설은 특히 겨울에 필요해요! [댓글 20개 이상 달림]

칸디 테일러 지역 사회를 위한 시설을 짓겠다는 생각, 마음에 들어요. 하지만 나는 그 돈으로 학자금 대출을 갚고 엄마의 병원비를 대는 데 쓰겠어요. 그런 다음 주위 사람들에게 '안녕!' 하고는 열대 지방으로 이사할 거예요.

에이미 펨벌리 좋아요. 로또 당첨자가 모든 사람의 병원비를 대 주는 것 같은 선행을 하면 어떨까 싶네요. 정말 좋을 것 같

224

지 않아요?

제이 윌킨스 꿈들 깨세요. 당첨자는 나타날 용기조차 없는 사람이에요. 그런 사람이 부자가 되면 지역 사회를 위해 좋은 일을 할 것 같아요? 그리고 왜 해야 하죠? [댓글 78개 달림]

존 샌더스 나라면 당첨금을 마을 밖의 양계장들에서 나는 냄새를 막는 장벽 같은 걸 세우는 데 쓰겠어요. 아휴, 오늘 밤은 냄새가 더 심하네요.

제이 윌킨스 시골에서는 어쩔 수 없어요. 냄새가 싫으면 마을을 떠나든지 해야죠.

마고 루이스 당첨금으로 뭘 할지로 돌아가죠. 여러분 마음이 얼마나 넓은지 모르지만 한번 들어 보세요. 우리 네 살짜리 아이가 첫 번째 암 치료를 받고 막 돌아왔어요. 우리는 보험이 없어요. '고펀드미'* 계정은 있지만요. 우리 아이에게 메시지를 보내 주셨으면 해요. 내가 메시지를 우리 아이한테 읽어 주게 말이에요. 고마워요!

톰 호프먼 '고펀드미' 이야기가 나와서 말인데, 싱글 맘인 내 절친이 집을 잃기 직전이에요. 이 친구한테는 정말 도움이 필요해요. 여기에 링크 달아 놓을게요.

에이미 펨벌리 로또 당첨자가 이 글을 보고 도와줬으면 좋겠어요.

---

* 개인적인 일에 모금 캠페인을 하는 크라우드펀딩 자선 단체

제이 윌킨스 퍽도 그러겠네요. 그 사람은 스크루지 맥덕*처럼 돈을 깔고 앉아 있을 거예요. 그래야 돈을 지킬 수 있을 테니까요.

메리 풀턴 슬프게도 당신 말이 맞을 것 같네요. [댓글 58개 달림]

---

* 디즈니 만화의 구두쇠 캐릭터

16

월요일 아침, 자전거를 타고 학교에 도착했다. 우리 반 아이들이 벌써 스쿨버스에 타고 있다. 우리는 '바위 위의 집*'에 갈 예정인데, 늦잠을 자는 바람에 늦고 말았다.

"제인!"

홀든이 차창 밖으로 몸을 내밀고 소리쳤다.

"어서 올라타! 네 자리 맡아 놨어!"

나는 이어폰을 빼고 홀든에게 손을 흔들었다. 우리는 토요일 밤, 그러니까 우리가 호수에서 키스하고 주차장에서 다시 키스한 그날 밤 이후로 이야기다운 이야기를 나누지

---

* The House on the Rock, 위스콘신주에 있는 개인 박물관

못했다. 홀든에게 5,800만 번이나 문자 메시지를 보내고 싶었지만 마음뿐이었다. 브랜도 이미 버스에 타고 있는데, 옆자리에 누군가 앉아 있었다.

"미안해. 네 자리를 맡아 놓으려 했는데 못 했어."

곁을 지나는 나를 향해 브랜이 말했다.

"괜찮아. 자리 있어."

내가 브랜의 어깨를 살짝 잡았다 놓으며 말했다. 버스 자리가 이미 다 찼기 때문에 나는 홀든의 옆자리에 앉을 수밖에 없다. 자리에 앉고서야 내가 홀든에게서 받은 스웨트 셔츠를 입고 있다는 사실을 알아차렸다. 당황스럽다. 변명하자면 그 옷이 내 침대 옆 바닥에 있었고, 오늘은 월요일이라서 어쩔 수 없었다.

"안녕."

홀든이 내 마음속 깊은 곳에서 무언가를 끌어내듯 낮은 목소리로 말했다.

"토요일엔 즐거웠어."

홀든이 손을 내 허리로 뻗어 나를 자기 쪽으로 바짝 끌어당겼다. 나는 몸을 움츠려 홀든의 팔에서 벗어났다. 우리는 아직 남들 앞에서 그런 행동을 해서는 안 된다. 우리는 이제 사귀는 사이가 아니니까. 거의 만나지도 않는다. 그런데 이런 구실이 홀든에게 무슨 의미가 있을까?

"나도 재미있었어. 갑작스러운 폭풍우에 갇혔던 건 빼고."

속삭이듯 말하자 홀든이 빙그레 웃으며 백팩에서 그라놀라 바 두 개를 꺼냈다.

"아침은 먹었어?"

"정말 사려 깊으시네."

홀든에게서 그라놀라 바 하나를 받아 들며 대꾸했다. 몇 좌석 앞에 앉은 브랜이 나를 돌아보더니 홀든을 노려봤다. 나는 어깨를 으쓱해 보이고는 그라놀라 바의 포장지를 벗겼다.

역사 선생님이 버스에 올라와 출석을 부를 테니 조용히 하라고 말했다. 출석 확인이 끝나자 버스는 기다렸다는 듯 부르릉거리며 출발했다.

나는 홀든에게 이어폰 한쪽을 건네고 함께 스마트폰으로 음악을 들었다. 버스를 타고 가는 1시간 반 동안 홀든은 하와이 여행 때 찍은 사진을 내게 보여 줬다. 나는 질투심을 억누르려고 했지만 쉽지 않았다. 홀든은 미소를 지으며 가족과 함께 다녀온 고래 관찰 여행에 대해 말했다. 언젠가는 나도 반드시 그곳에 갈 것이다.

"홀든, 자리 바꾸지 않을래?"

브랜이 우리 쪽으로 다가오더니 홀든에게 물었다.

"킴, 그냥 네 자리에 앉아 있어!"

버스 앞쪽에서 역사 선생님이 소리쳤다. 브랜이 눈을 희번덕거렸다.

"나는 이 자리가 아주 편해. 제인도 편하지?"

나는 홀든을 감당하지 못할 것 같다. 사실은 버스에 올라탄 뒤 지금까지 홀든과 키스하고 싶은 충동과 싸우고 있다.

"그래, 홀든. 브랜과 자리 좀 바꿔 줘. 브랜과 할 이야기가 있거든."

내가 홀든에게 말했다.

"네가 원한다면야 어쩔 수 없지."

홀든은 마지못한 듯 억지웃음을 지었다. 그러고는 어깨를 으쓱한 뒤 내 앞을 지나 통로로 나갔다. 나는 홀든이 떠난 자리로 옮겨 앉아 차가운 창문에 뺨을 갖다 댔다.

"대체 뭐 하는 거야?"

브랜이 옆자리에 앉자마자 따져 물었다. 나는 피곤한 표정으로 한숨을 내쉬었다. 내가 뭘 했지? 늦잠을 자는 바람에 현장 학습을 놓칠 뻔했던가? 홀든과 시시덕거렸나? 내가 억만장자라는 사실을 가장 친한 친구에게 숨기느라 진땀을 뺐나? 나는 고개를 가로저었다.

"모르겠어. 지금 그 이야기는 하지 말자."

사실대로 말하는 건 쉽지 않은 일이다. 홀든은 다시 자리를 바꾸어 이제는 우리 바로 뒤에 앉아 있다. 홀든 주위에는 불쾌한 농담을 아무런 거리낌 없이 내뱉는 크로스컨트리 클럽 아이들이 있다.

브랜이 한쪽 눈썹을 치켜올렸다.

"너희 둘이 아무런 사이도 아니라고 말했으면 좋겠어."

"맞아. 우리는 아무런 사이도 아니야. 그저 이런저런 일이 있었을 뿐이야. 그나저나 조사는 어떻게 돼 가지? 다음 단계는 뭐야?"

화제를 바꿀 방법은 단 한 가지, 브랜이 당첨자 조사에 관해 이야기하도록 하는 것뿐이다. 곧장 브랜은 노트를 꺼내 신중하게 구상한, '행운의 당첨자를 찾아낼 15단계 계획'을 자세히 설명했다. '바위 위의 집'까지 가는 내내 나는 뺨을 창문에 댄 채 브랜의 말을 한 귀로 듣고 한 귀로 흘렸다.

'바위 위의 집'은 묘하다. 상상을 초월할 정도로 희한한 곳이다. 우리 반 아이들 대부분은 TV 드라마〈아메리칸 갓즈American Gods〉를 통해 이 집에 대한 정보를 알고 있다. 하지만 드라마든 책이든 작은 미니어처 서커스단 피규어와 도자기 인형, 공기 압축 기계 등 온갖 것들로 가득한 수백 개의 방을 전부 보여 주지는 못했다. 내가 아주 어렸을 때 엄마와 아빠와 함께 이곳에 온 적이 있다. 아주 멋지면서 무섭다고 생각했던 기억이 난다.

"'바위 위의 집'은 1960년에 대중에게 공개되었어요."

'바위 위의 집' 앞에 서 있는 우리에게 역사 선생님이 큰 소리로 말했다.

"알렉스 조던의 아버지가 이 땅을 구입했어요. 몇몇 사람은 16킬로미터 떨어진 곳에 살던 프랭크 로이드 라이트*를 화나게 하기 위해 이 땅을 샀다고 말해요. 알렉스는 '바위 위의 집'을 멋진 곳으로 만드는 데 평생을 바쳤어요. 오늘 이곳을 마음껏 돌아다녀 봐요. 길을 헤맬 수도 있어요. 몇 시간 뒤 점심시간에 만나기로 해요. 어떤 것도 망가뜨리지 않도록 조심하고요. 그리고 문제지를 나누어 줄 테니까 답을 적어요. 나중에 문제지를 거두어서 점수를 매길 거예요."

선생님은 스테이플러로 철한 두꺼운 문제지를 나누어 줬다. 나는 문제 하나를 흘깃 바라봤다. 알렉스 조던은 생애의 대부분을 어디에서 살았을까?

"쉬운데."

내 옆에서 브랜이 속삭였다.

---

* 미국의 유명 건축가

"어젯밤 알렉스 조던에 관해 찾아봤거든. 조던은 매디슨 출신으로, 이 집에서 나흘 밤을 보냈을 뿐이야."

"좀 이상해. 물건들로 가득한 이곳을 생각해 봐. 여기는 집이 아니야. 박물관이라고."

내 말에 브랜이 고개를 끄덕였다.

"맞아."

우리 집과 비슷하다는 생각이 들었다. 하지만 그런 말은 하지 않았다.

역사 선생님이 단조로운 목소리로 계속해서 말했다. 선생님은 우리에게 안전을 지키라고 당부하고 길을 잃으면 어떻게 해야 할지를 가르쳐 줬다. 머릿속에 이런 궁금증이 꿈틀거렸다. 내가 로또 복권을 돈으로 바꿀 방법을 찾는다면 이 '바위 위의 집' 같은 것을 살 수 있을까? '바위 위의 집'과 비슷한 건축물을 직접 지을 수 있을까? 오랜 세월이 흐른 뒤 내 유산은 어떻게 될까?

"알렉스 조던은 부자였어요?"

내가 선생님에게 큰 소리로 물었다. 아이들이 속닥거리다 말고 선생님을 바라봤다. 홀든이 나지막이 코웃음을 쳤다.

"당연히 부자였지. 이곳을 봐, 제인."

마치 그것도 질문이라고 하느냐는 듯한 표정이다.

"나도 그게 궁금해서 물어보려던 참이었어. 아주 좋은 질문이야."

브랜이 바짝 다가와 내 귀에 대고 속삭이고는 어깨로 내 어깨를 툭 쳤다. 브랜을 안아 주고 싶다. 선생님이 손을 들자 아이들은 웃음을 그쳤다.

"이 '바위 위의 집'은 엄청나게 넓긴 하지만, 조던이 부자였는지 아니었는지는 말하기 어려워요. 조던은 은둔자로 유명했는데, 그는 이곳을 사람들이 구경하도록 개방했어요. 당연히 조던은 이곳의 대부분을 만드는 돈을 댔지요."

도대체 이곳에는 얼마나 많은 관광객이 몰려올까?

"자, 여러분! 더 물어볼 게 없으면 가서 마음껏 즐겨요. 그리고 거듭 말하지만 함부로 손을 대서 망가뜨리면 안 돼요. 꼭 명심해요."

선생님이 두 손을 흔들며 큰 소리로 말했다. 아이들이 뿔뿔이 흩어지면 선생님은 몰래 담배를 피우러 주차장으로 달려갈 것만 같다.

"망가뜨리지 않도록 조심할게요!"

홀든이 소리쳤다. 그러자 모두 웃음을 터뜨렸다. 홀든과 크로스컨트리 클럽 아이들, 나머지 아이들 대부분은 '무한대실'로 향했다.

엄밀히 말해 '무한대실'은 무한대로 펼쳐진 방이 아니다.

바닥에 카펫이 깔린 기다란 복도인 셈인데, 양쪽에 3,000개의 작은 나무틀 창문이 죽 이어져 있고 천장에 매달린 수많은 선풍기가 맹렬히 돌고 있다. 이 복도는 끝부분에 이르러 점점 좁아진다. 멀리서 보면 공중으로 튀어나온 뱃머리 같다. 받침대도 기둥도 없어 무너지면 어쩌나 싶기도 한데, 나처럼 밀실 공포증이 있는 사람한테는 지옥이나 마찬가지다.

우리 반 아이들이 용감하게 '무한대실'의 끝을 향해 나아갈 때, 브랜과 나는 그 입구에 서 있다. '무한대실'이 10월의 바람에 흔들리자 "꺄악!" 하고 비명을 지르는 아이도 있다.

"나는 절대로 들어가지 않을래. 돌아다니며 구경이나 하자."

내가 브랜에게 말했다.

"나도 같은 생각이야. 그렇지 않아도 홀든과 그 패거리가 멍청한 짓을 할 것 같아서 내키지 않았어. 그 애들과는 되도록 멀리 떨어져 있는 게 좋아."

나는 '무한대실' 끝 쪽을 바라봤다. 그곳에서 홀든과 그의 친구들이 발을 세게 굴러 나무와 나무 사이에 걸쳐 있는 줄 같은 것을 흔들려 하고 있다. '바위 위의 집' 직원이 무서운 표정으로 아이들을 바라보더니 성큼성큼 그쪽으로 걸어갔다. 어떤 일이 벌어지는지 굳이 지켜보고 싶지 않다. 홀든의 진짜 여친이라면 나 또한 그들과 함께 웃으며 발을 구르고 있을 것이다. 정말 그럴까? 홀든에게 영향을 받아 내가 원하지도 않은 일을 하게 될까?

하지만 나는 지금 브랜과 함께 '무한대실' 입구에 서 있다. 그래서 홀든은 화가 나 있을지도 모른다. 아무래도 홀든과 나는 로맨틱 코미디 영화에 나오는 커플이 아니었던 것 같다. 이런 일을 놓고 홀든과 사소한 다툼을 수없이 벌였던 기억이 난다.

'무한대실' 깊숙이 들어간 아이들을 한 번 더 바라보다 브랜과 나는 그곳을 벗어났다. 그러고는 수십 개의 스테인드글라스 불빛과 먼지투성이 벨벳 소파, 이런저런 셀 수 없이 많은 물건을 지나쳐 구불구불한 길을 걸었다. 흘러간 옛 노래나 1800년대 실물 크기의 복제 모형 타운 같은 코너에서는 묘한 향수가 느껴졌다. 브랜은 1800년대 마을 약국 진열대에 놓인 19세기 '기적의 치료제' 앞에서 걸음을 멈췄다.

"에이, 징그러워! 이 촌충은 여자들이 살을 빼는 용도로 샀대."

브랜이 병 속의 100년 된 기생충을 가리키며 말했다.

"토할 것 같아. 계속 앞으로 가 보자."

내가 서둘러 앞으로 가면서 말했다.

우리는 어둠 속으로 들어갔다. 브랜이 남성복 가게에 있는 전시물의 설명문을 읽는 동안 나는 마음속으로 꿈틀꿈틀 파고드는 걱정을 막으려고 애썼다. 심장이 두근거렸다. 내게는 이 모든 것에서 벗어난 조용한 시간이 필요하다.

"화장실 좀 가 봐야겠어."

나는 브랜에게 말하고 '바위 위의 집' 안내 지도를 들여다봤다.

"이 근처에 있을 텐데."

"갔다 와. 한 시간이 지나도 나타나지 않으면 수색대를 보낼게."

나는 웃고 나서 오른편 복도로 걸어갔다. 그러면서 '바위 위의 집'이 무서운 이유가 무엇인지 생각했다.

첫째, 얼마나 땅속 깊은 곳에 내려와 있는지 모르기 때문이다. 참고로 내게는 밀실 공포증이 있다.

둘째, 내 감각을 압도하는 곰팡이 냄새와 오케스트라의 기계음이 불협화음을 일으키기 때문이다.

셋째, 무엇보다 우리 엄마의 뇌 속으로 걸어 들어가는 듯한 느낌 때문이다. 엄마의 마음을 물질화할 수 있다면 '바위 위의 집'처럼 생겼을 것이다. 끔찍하다.

우리 집처럼 여기도 너무 많은 물건이 한때 집이었던 공간을 채우고 있다. 엄마가 이곳에 오면 어떨까? 환영받는 기분이겠지? 온갖 쓰레기를 소멸로부터 구하기로 결심한 이 집 주인에게 엄마는 동지애 같은 걸 느낄까? 아니면 나처럼 그저 압도당하기만 할까?

"제인!"

누군가 뒤에서 부르는 소리에 돌아보니 홀든이다. 홀든은 한 손을 내 허리 아래에 살짝 갖다 댔다.

나는 틀니로 가득한 진열장을 바라보다 고개를 들었다. 머리가 어지러워 진열장 앞에 멈춰 서 있었다. 브랜은 어디에도 보이지 않았다. 내가 얼마나 오랫동안 이곳에 서 있었는지 모르겠다.

"홀든이구나."

"틀니를 아주 좋아하나 보지?"

홀든이 반쯤 미소 지으며 농담조로 물었다. 나는 웃으며 어두운 생각을 떨쳐 내고자 애썼다.

"어떻게 보면 매혹적인 것 같아. 나도 이런 걸 한번 수집해 볼까?"

홀든은 내가 농담을 하는지 어떤지 모르겠다는 표정을 지었다. 나는 홀든에게 눈을 크게 떠 보였다.

"당연히 농담이지."

"그럴 줄 알았어."

홀든이 안도하는 목소리로 말했다. 농담하기를 좋아하는 홀든이지만 다른 사람의 농담을 잘 받아들이지 못한다는 사실을 깜박했다. 잠시 침묵이 흘렀다.

"문제지는 채우고 있어?"

홀든이 자기 문제지를 들어 올리며 물었다. 답이 드문드문 채워져 있다.

"아직 손도 안 댔어. 혹시 브랜 봤어?"

홀든은 브랜과 내가 있었던 곳을 손으로 가리켰다.

"아까 저기서 브랜을 지나쳤어. 너한테 전화하려는 것 같던데."

나는 스마트폰을 꺼냈다. 전화 온 표시가 없다. 곧 브랜과 만나겠지 생각하고 나는 홀든과 다음 코너 쪽으로 어슬렁어슬렁 걸어갔다.

"뱅크스랑 헌트, 네 크로스컨트리 친구들은 어디 있어? 그 애들이 너를 혼자 돌아다니게 놔두다니, 아무래도 이상한데."

홀든이 내 어깨를 툭 쳤다.

"네가 내 친구들을 좀 좋아했으면 해. 나쁜 애들이 아니란 거 너도 알잖아."

"안다고? 그 애들과 마주 선 적도 없는데?"

내 말에 홀든이 빙긋 웃었다.

"걔들은 저기서 서로 갑옷을 입어 보라고 입씨름하고 있어. 나는 너를 찾느라 돌아다녔고. 기분 어때?"

걷는 동안 홀든의 손이 자꾸만 내 손에 닿았다. 홀든에게 몸을 돌려 키스하고 싶은 어리석은 충동이 일었다.

"괜찮아. 이곳의 모든 게 소름이 끼치긴 하지만 말이야."

"정말 그래. 마음도 안정이 안 되고 말이야."

홀든이 내 말에 동의했다.

"그런데 우리는 아직 절반도 못 봤어."

"농담이지? 지금까지 본 것보다 앞으로 볼 게 더 많다는 거야?"

내가 얼굴을 찌푸리며 물었다.

"그래."

"어렸을 때 여기에 와 본 적이 있는데, 그때는 지금보다 훨씬 작았던 것 같아. 그런데 여기 비밀 출구 같은 거 있나? 바람 좀 쐬고 싶어."

"저쪽으로 가 보자. 너한테 보여 줄 게 있어. 네가 아주 좋아할 거야."

홀든이 미소를 지으며 내 손을 잡았다. 우리는 오싹한 서커스 용품, 눈동자가 멍해 보이는 도자기 인형, 혼을 빼놓을 듯 이상하게 생긴 물건들로 가득한 방들을 차례로 통과했다. 홀든은 내 손을 꼭 쥔 채 자연스러운 일인 듯 엄지손가락으로 내 엄지손가락을 쓰다듬었다. 홀든은 우리가 몇 달 동안 헤어지지도 않았고 내 마음을 산산조각 내지도 않았던 것처럼 행동했다. 그리고 자신이 나를 여전히 좋아하며 이틀 전 나와 두 번 키스한 사실을 상기시키듯 다정하게 굴었다. 홀든한테 복권을 돈으로 바꾸어 달라고 해도 괜찮을까? 홀든을 믿어도 될까? 이런, 대체 내가 무슨 생각을 하는 거지?

"우리 어디 가는데?"

문득 반 친구들을 한참 동안 아무도 보지 못했다는 생각이 들었다. 머릿속에서 희미하게나마 경보음이 울리는 것 같다. 하지만 이곳은 엄청나게 넓다. 가다 보면 친구들을 만나게 될 것이다. 혹시 주위의 수많은 무서운 물건들에 홀려서 계속 헤매는 것은 아닐까? 나는 속으로 제발 그런 일은 일어나지 않기를 빌었다.

"저거야."

홀든이 갑자기 걸음을 멈추고 위쪽을 가리켰다.

"와!"

나는 탄성을 질렀다. 우리 위로 엄청나게 큰 고래가 공중을 향해 솟아 있다. 고래의 검은 배가 번쩍거리고, 쩍 벌어진 입에는 거대한 이빨이 날카롭게 드러나 있다. 다행히도 고래는 진짜가 아니다. 알렉스 조던이라면 박제된 고래를 어딘가에 숨겨 놓고도 남을 인물인데도 말이다.

"대왕오징어와 싸우고 있는 거래. 잘 보여?"

홀든은 물밑에서 숏구쳐 올라 고래를 감싸고 있는 커다란 촉수를 가리켰다. 그러고는 다시 내 손을 잡고 고래 주위를 나선형으로 도는 계단을 따라 올라갔다. 그 위에서는 여러 각도로 고래와 대왕오징어가 싸우는 장면을 볼 수 있다.

"놀라울 정도로 멋져. 위스콘신주 시골구석에서 이런 고래를 구경하리라고는 상상도 못 했어."

내가 고래를 내려다보며 말했다.

"네가 좋아할 줄 알았어."

홀든이 씩 웃어 보였다.

"고래 옆이라서인지 오늘따라 네 스웨트 셔츠가 아주 잘 어울리는 걸."

나는 '고래 관찰자'라고 적힌 내 스웨트 셔츠를 보며 웃었다.

"이 고래는 더할 나위 없이 완벽해. 사진 좀 찍어 줄래?"

나는 홀든에게 스마트폰을 건넸다.

"정말 고래 관찰이네."

홀든이 스마트폰을 받아 들며 말했다. 나는 거대한 고래 앞에 서서 양팔을 벌리고 방긋 웃었다.

"고래 관찰 끝!"

홀든은 우스꽝스러운 사진을 몇 장 더 찍고 나서 내게 스마트폰을 돌려줬다.

"고마워."

나는 한쪽 팔을 뻗어 홀든의 허리에 둘렀다.

"네가 기뻐하니까 좋다."

내가 기뻐하니까 좋다니, 제길. 나는 거대한 고래 옆에서 홀든에게 키스했다. 우리 반 아이들이 봐도 상관없다는 식의 과감한 행동이다.

"제인."

홀든이 입술을 떼고 나지막이 말했다.

"한 가지 물어볼 게……."

그런데 홀든이 무엇을 묻고 싶은지 내가 알아챌 새도 없이 아이들의 시끄러운 목소리가 방 안을 가득 채웠다.

"홀든, 너 여기 있구나!"

홀든의 크로스컨트리 클럽 친구 중 하나인 뱅크스가 소리쳤다.

"여태 너를 찾아 여기저기 헤매고 다녔어. 나를 따라와. 옛날 차들로 가득한 방을 보여 줄 테니까."

뱅크스가 우리에게 다가오며 말했다. 홀든과 나는 손을 잡은 채 바짝 붙어 서 있다. 뱅크스가 눈썹을 치켜올리자 홀든이 내 손을 놓았다. 그때 호루라기 소리가 요란하게 들렸다. 브랜이다. 중학생 때부터 사용하던 호루라기를 입에

문 브랜이 계단 아래에서 내게 손을 흔들었다.

"이만 가 봐야겠어."

문득 여러 사람 앞에서 알몸을 노출한 느낌이 들었다.

"나중에 채팅하고 싶으면 문자 줘. 이 고래 보게 해 줘서 고마워."

"나는 네가 반드시 진짜 고래를 만날 거라고 믿어. 이따 밤에 이야기하자."

홀든이 친구들에게 이끌려 반대쪽으로 가면서 손을 흔들었다. 나는 방금 내게 무슨 일이 일어났는지도 모르고, 홀든이 오늘 밤 늦게 무슨 말을 할지 감도 잡지 못한 채 계단 아래로 내려갔다. 홀든에게서 무슨 말을 듣게 될지 사뭇 기대된다.

17

화요일과 수요일이 금세 지나간 것 같다. 이틀 동안 무엇을 했나 싶다. 학교에 가고 축구 연습을 한 기억밖에 없다. 우리 팀은 간신히 연습장을 확보했지만 동문회 축구팀이 연습장의 절반을 차지하는 바람에 불편했다. 브랜과 나는 축구 연습이 끝난 뒤 마을을 돌아다니며 브랜의 표현대로 '단서를 찾아' 나섰다.

브랜은 아직 아무런 단서도 찾지 못했다. 진전이 없는 게 천만다행이다. 천만다행이라고? 브랜이 내 비밀을 발견하지 못한 걸 기뻐하다니, 내가 브랜의 절친 맞나?

이틀 동안 나는 집에 돌아오는 대로 복권을 확인했다. 복권은 서명이 없는 상태로 《변화하는 바다》에 끼워져 있었다. 나는 여전히 복권을 어떻게 해야 할지 몰랐다. 홀든은 매일 내게 문자 메시지를 보내고, 우리는 몇 시간 동안 채팅을 했다. 하지만 홀든은 학교에서는 통 나와 어울리려고 하지 않았다. 우리의 관계를 천천히 발전시키려고 일부러 그러는지 알쏭달쏭하다.

지금은 내 생일을 일주일 남짓 앞둔 목요일 저녁이다. 브랜과 나는 호박 농장의 카페 계산대 뒤에 앉아 김이 모락모락 피어오르는 사과주스를 마셨다. 브랜은 조사의 다음 단계에 대해 말했다. 내 신경은 스마트폰에 가 있다. 홀든에게서 문자 메시지가 오길 바랐다. 그러면서도 스마트폰을 확인하지 않으려고 애썼다. 오늘의 마지막 행사인 건초마차 타기를 하러 사람들이 죄다 들판으로 나간 바람에 카페는 텅 비어 있다.

"흔적이 거의 사라졌어."

브랜이 실망스러운 목소리로 말했다.

"완다스에 가서 현장을 한 번 살펴볼 수 있다면 뭔가 새로운 정보를 얻을 수 있을 텐데."

"완다 부인이 네 이메일에 답장했어?"

브랜이 고개를 가로저었다.

"답장이랄 것도 없어. 아주 짧게 썼더라고. '안녕, 브랜. 나는 해변에서 아주 멋진 시간을 보내고 있단다. 돌아가면 네가 로또 당첨자를 찾을 수 있도록 도와주마.' 이게 전부야."

"이제 어떻게 할 거야?"

발을 맞은편 의자에 올려놓으며 물었다. 브랜이 뭐라고 대답했지만 카페 문에 달린 종이 딸랑거리는 바람에 잘 들리지 않았다. 사과주스나 호박을 사려는 가족 단위의 손님들이기를 기대하며 고개를 들었다. 그런데 브랜의 엄마였다. 브랜의 엄마와 눈이 마주친 순간 우리는 얼른 자리에서 일어섰다. 나는 걸레를 집어 들고 계산대 맞은편 테이블 쪽으로 달려가 일하는 체했다.

"지금은 휴식 시간 아닌가?"

브랜의 엄마가 웃으며 말했다.

"너희 오늘 일을 아주 잘했어. 휴, 10월의 밤들이 얼마나 바쁜지 몰라. 사람들에게 물풍선을 던지는, 옥수수밭 미로 속 얼간이들한테 제발 좀 그만하라고 소리쳐 줄 수 있겠니?"

브랜의 엄마가 한숨을 내쉬었다. 옥수수는 키가 180센티미터가 넘고, 옥수수밭 미로의 한가운데에는 옥수수 바다를 한눈에 내려다볼 수 있는 3미터 높이의 전망대가 우뚝 서 있다. 옥수수밭 미로는 사람들에게 물풍선 테러를 하고서 숨어들기에 딱 알맞은 곳이다. 그런 장난꾸러기들은 전망대에서도 잘 보이지 않는다.

"그건 못 해요!"

브랜과 내가 동시에 소리쳤다. 해가 진 후 옥수수밭 미로에는 갑자기 튀어나와 사람들을 놀라게 하고 돈을 받아내는 '핼러윈 유령'들로 가득하다. 나는 유령이라는 말만 들어도 온몸에 소름이 돋는다. 호박 농장 관광 시즌 초에 딱한 번 미로 탐험을 했는데, 그때 다시는 이런 무서운 놀이 따위에 도전하지 말자고 스스로에게 다짐했다.

"너희 둘 다 가서 좀 말리라고."

"그럼 누가 이 카페를 지켜?"

브랜 모자가 서로를 타박하듯 말을 주고받았다.

"엄마가 지키면 되잖아."

"건초 마차 타기를 하러 나간 가족이 돌아오기 전에 그 녀석들을 쫓아내야 해. 그 가족이 흠뻑 젖지 않도록 말이야."

"그래요, 우리가 처리할게요."

브랜과 나는 곧장 밖으로 나갔다. 브랜의 엄마는 피곤한 기색으로 내게 손을 흔들어 보이다 곧장 스마트폰을 들여다봤다.

밖은 아름다운 10월의 늦은 저녁이다. 황혼의 마지막 빛이 하늘을 복숭앗빛으로 물들였다. 나뭇가지들이 서서히 잿빛으로 바뀌고 있다. 기러기 떼가 한 줄로 지평선을 가로질러 날아가고, 동쪽 하늘에 옅은 달이 떠올랐다. 마치 핏기 없는 손톱처럼 보였다. 나는 이런 밤이 좋다. 브랜과 나는 미로 속으로 들어갔다. 앞쪽에서 물풍선이 철퍼덕하고 무언가에 부딪치는 소리와 함께 외마디 비명 소리가 들렸다.

"이렇게 장난치는 녀석들 정말 싫어."

브랜이 말했다. 나는 바스락거리는 옥수수 사이에서 유령들이 튀어나오지 않기를 기도했다. 그들이 나타나면 내 입에서 비명이 터져 나올 게 뻔했다.

"어렵겠는걸."

모퉁이를 돌며 브랜에게 말했다.

"네 엄마는 우리가 뭔가 할 수 있다고 생각하시나 봐. 저 애들한테서 물풍선을 빼앗길 바라시나?"

브랜이 어깨를 으쓱했다.

"적어도 쟤들 사진은 찍을 수 있어. 그리고 시즌 동안 입장을 금지시킬 수 있지."

우리는 곧 미로 속의 한 갈림목에 이르렀다. 나는 브랜에게 각자 다른 방향으로 가자고 제안했다. 여기서 브랜과 헤어지면 무서운 유령이 내게 불쑥 덤벼들어도 의지할 사람이 없다. 그 대신 더 빨리 카페로 돌아올 수 있다.

"나는 왼쪽으로 갈 테니까 너는 오른쪽으로 가."

브랜이 말했다. 나는 오른쪽 길로 가며 브랜에게 손을 흔들었다.

걷는 동안 점점 길어지는 그림자에 대해 생각하지 않으려고 했다. 해가 지고 나서 얼마나 더 쌀쌀해졌는지도 굳이 따지지 않으려고 애썼다. 그런데 망할 전망대가 보이지 않았다. 여기 어딘가에 있어야 하는데 말이다. 아무래도 길을 잘못 든 것 같다. 뒤에서 들려오는 목소리들이 나를 얼어붙게 만들었다. 연쇄 살인범 가면을 쓴 사람이 나타나면 어떡하지? 이런 곳은 범죄자가 숨기 딱 좋은데, 진짜 연쇄 살인범이 나타난다면? 너무 무서워서 옥수수밭 속으로 뛰어들었다. 옥수숫대가 얼굴을 마구 때렸다. 이런 곳에 몸을 숨기면 안전할까? 잘 모르겠다. 수많은 막대기 속에 들어와 있는 것 같다. 그나마 어두워서 누구든 나를 쉽게 알아차리지는 못할 것 같았지만 목소리들이 점점 더 커졌다.

두 사람이 미로의 모퉁이에 나타났다. 나는 그들을 보려고 옥수숫대들을 살짝 헤쳤다. 얼마나 반가운지 모르겠다. 둘은 연쇄 살인범이 아니다. 홀든과 뱅크스다!

둘을 향해 뛰쳐나가 "안녕!" 하고 인사할까? 그러고는 이렇게 말하면 어떨까? '옥수숫대 사이에서 놀고 있었어. 너

희는 여기서 뭐 하는 거야?'

그건 아무래도 어색할 것 같다. 차라리 가만히 있는 게
나을 듯하다. 무엇을 결정하고 행동하기에는 너무 늦었다.
어느새 두 사람은 내가 숨어 있는 곳 바로 옆에 와 있다. 둘
의 목소리가 내 귀에 들어왔다.

"그럼 제인과 다시 사귀는 거야? 너희 헤어진 거 아니
었어?"

뱅크스가 물었다. 뱅크스는 물풍선이 가득 든 양동이를
들고 있다. 그러고 보니 뱅크스와 홀든은 나와 브랜이 혼
내 주려는 얼간이들의 일행이다. 아마도 둘은 물풍선을 보
충하러 가는 길인 모양이다. 내 이름을 듣지만 않았다면 나
는 옥수수밭에서 뛰쳐나가 물풍선에 대해 따졌을지도 모
른다. 얼어붙은 듯 꼼짝하지 않고 둘의 대화에 귀를 기울
였다.

홀든이 웃으며 말했다.

"말하자면 좀 복잡해. 내 말 무슨 뜻인지 알겠지? 실은
최근 들어 우리 사이에 몇 가지 이벤트가 있긴 했어."

뱅크스가 알아들었다는 듯 웃었다. 그런 뱅크스를 한 대
쥐어박고 싶다. 둘은 다시 걷기 시작했다. 둘의 말소리를
엿들으려면 조용히 따라가야 했다. 다행히 바람이 불어와
옥수숫대를 헤치고 나아가는 게 그리 어렵지 않았다.

"어쨌든 제인과 재결합하려는 거야?"

뱅크스가 물었다. 아주 적절한 질문이다.

"글쎄, 잘 모르겠어. 그냥 하루에 한 번 만나고 있을 뿐이야. 나는 제인이 브랜과 함께 벌이고 있는 조사에 관심이 많아. 그래서 제인과 좀 더 가까워져야겠다고 생각했지. 제인이 알고 있는 걸 알아내려면 말이야."

홀든의 말이 날카로운 칼이 되어 내 급소를 찔렀다. 홀든은 그저 그 조사에 대해 알고 싶어 내게 접근한 걸까?

나는 월요일 '바위 위의 집'에서의 일을 떠올렸다. 그때도 홀든은 그 조사 내용이 알고 싶었던 걸까? 하지만 그때 홀든은 로또 당첨자에 대해서는 별로 묻지 않았다. 아니다. 홀든은 틀림없이 나를 좋아하기 때문에 내 곁에 있었을 것이다. 과연 그럴까? 아, 모르겠다. 헷갈린다. 멍청한 홀든 때문에 골치 아프다.

나는 이제 홀든이 싫다. 정말이다. 이제 그만 홀든을 잊어야겠다고 생각한다. 정말이다.

홀든과 나의 관계에 대해 생각하면 생각할수록 홀든이 내게 맞는 사람이 아닌 이유가 더욱 확실해진다. 홀든이 내 사람이라고 생각하며 지난 2년을 보냈다니, 끔찍하다.

홀든이 없어도 상관없다. 내게는 사랑하는 사람들이 있다. 브랜이 있다. 엄마도 있다. 할머니도 있다. 나는 혼자가 아니다. 세상이라는 바다에 닻을 내리는 데 있어 이제 홀든 따위는 필요 없다. 이성적으로는 알겠다. 마음이 문제다. 마음은 제멋대로 행동하는 야생 동물이다.

뱅크스의 비웃는 소리에 내 신경이 둘의 대화에 다시 꽂혔다.

"걔들은 절대로 로또 당첨자 못 찾아. 당첨자는 모든 것이 준비될 때까지 나타나지 않을 테니까."

"나한테 로또 당첨자를 찾아낼 좋은 방법이 있어."

홀든의 말이 끝나기 무섭게 둘은 제자리에 멈춰 섰다. 나도 걸음을 멈추고 쪼그려 앉아 저들이 무슨 말을 하는지 신경을 바짝 곤두세웠다.

"어떻게 할 건데?"

"내일 밤 완다스에 몰래 들어가서 감시용 비디오테이프를 훔쳐 올 거야. 그러면 누가 당첨 복권을 샀는지 알게 될 테니까. 당첨자를 알아낼 수 있다고. 그 많은 돈이면 뭘 할 수 있는지 알아?"

감시용 비디오테이프. 이 말을 듣자 실연에 관한 이런저런 생각이 머릿속에서 온데간데없이 사라졌다. 뱅크스는 내가 정말 알고 싶은 질문을 던지지 않았다. 무슨 테이프라고? 나는 감시용 비디오테이프가 있을 리 없다고 생각했다. 홀든은 그 테이프를 입수해 어떻게 할까? 내가 당첨 복권을 산 사람이라는 사실을 홀든은 알아낼 수 있을까? 절대로 그럴 리 없다.

감수하고 싶지 않은 일이다. 내가 홀든보다 먼저 완다스에 침입한다면? 그러면 된다. 완벽하다. 더할 나위 없이 완벽하다. 이미 범죄자가 아니었다면 나는 이렇게까지 막 나갈 생각은 못 할 게 분명하다.

홀든과 뱅크스가 내게서 멀어지는 동안, 나는 자리에서 일어서려다 옥수숫대에 어깨를 찔리고 말았다. 비명이 터져 나오려는 순간 입술을 꽉 깨물고는 둘이 시야에서 완전히 사라진 후 브랜을 찾아 나섰다.

물풍선을 가진 얼간이들이 모여 있는 전망대 부근에서 브랜과 마주쳤다. 홀든과 뱅크스는 전망대에 올라가 있다. 홀든이 내게 손을 흔들었다.

"하지 마!"

내 쪽으로 물풍선을 던지는 뱅크스를 향해 크게 소리쳤다. 나는 잽싸게 몸을 피했으나, 브랜이 물풍선에 맞았다. 물풍선에 재킷이 젖어 버린 브랜이 큰 소리로 욕설을 내뱉었다.

"너희 모두 여기서 나가!"

브랜은 소리친 뒤 둘의 사진을 찍었다. 뱅크스가 다시 물풍선을 우리 쪽으로 던지려고 하자 홀든이 팔을 잡아 막

왔다.

물풍선 하나가 날아와 내 머리를 스쳐 지나갔다. 다른 아이가 던진 것이다. 홀든은 물풍선을 던지지 말라며 아이들을 설득했다. 아이들이 전망대 계단을 내려왔다. 홀든은 물풍선이 든 양동이를 내 발 옆에 놓았다.

"너를 위해 가져왔어."

홀든이 윙크하며 말했다.

"네가 오늘 밤 여기서 일하는 줄 몰랐어. 알았으면 오지 않았을 텐데. 네가 곤란해지는 건 원치 않으니까."

홀든의 말을 믿을 수 없다. 나는 팔짱을 낀 채 미로 밖의 길 쪽을 가리키며 말했다.

"잘 가. 너희는 다음 시즌까지 출입 금지야."

홀든이 웃으며 손을 흔들었다.

"나중에 이야기하자, 제인! 문자 해."

나는 물풍선을 집어 들어 그들의 등을 향해 던졌다. 물풍선은 철퍼덕 소리를 내며 옥수숫대에 맞았다.

"문자 해, 제인!"

터진 물풍선 조각을 치울 때 브랜이 홀든의 목소리를 흉내 내며 말했다.

"다시는 안 보내."

나는 아까 엿들은 홀든의 말을 브랜에게 들려줬다. 홀든이 나와 어울린 이유와 완다스에 몰래 들어가겠다는 홀든의 계획도 빼놓지 않았다. 홀든의 배신 대목에서 브랜은 분개하여 씩씩거렸다. 감시용 비디오테이프 이야기에 이르자 브랜의 눈이 휘둥그레졌다.

"나도 알고 있었어! 비디오테이프가 있다는 거 알고 있었다고!"

브랜이 불안한 듯 왔다 갔다 했다.

"우리 어떻게 하지?"

나는 브랜의 팔을 잡아 진정시키려 했다.

"내일 홀든보다 먼저 완다스에 몰래 들어가서 비디오테이프를 가져올까 해. 너도 함께 갈래?"

브랜의 얼굴이 밝아졌다.

"그러니까 네 말은 내가 이 이야기에 관한 정보를 더 얻고, 홀든을 이기길 원하느냐는 거지? 두 번 물어볼 필요도 없어. 함께 가자!"

내가 대꾸할 새도 없이 좀비처럼 차려입은 핼러윈 유령이 가짜 전기톱을 들고 우리 쪽으로 달려왔다. 우리는 안전한 호박 농장 카페로 달려가면서 물풍선들을 어깨 너머로 던졌다.

* * * * *

제인 벨웨더가 준비한 도둑질 계획

우리가 홀든보다 먼저 비디오테이프를 훔치려면 범죄 또는 도둑질, 뭐 그런 짓을 저지르는 법을 배워 두는 게 좋다.

다행히 인터넷에는 성공한 범죄들에 관한 꽤 유용한 정보가 많다. 내가 지금까지 배운 내용은 이렇다.

첫째, 어딘가로 침입하려면 꼭 빠져나갈 방법도 마련하도록 하라. 수많은 범죄자가 어리석게도 나가는 방법을 알지 못해 붙잡힌다.

둘째, 반드시 좋은 팀을 구성하도록 하라. 내부자가 있으면 도움이 되지만 내게는 없다. 브랜은 지금 집에서 조사 중이다. 그래서 브랜이 준비할 거라고 생각한다.

셋째, 계획이 성공할 수 있는 모든 면과 실패할 수 있는 모든 면을 열 번 이상 살펴보라.

넷째, 빤히 보이게 사라지거나 군중 속으로 사라지는 건 주의를 돌리는 좋은 방법이다. 2006년, 브라질 리우데자네이루에서 카니발이 열리는 동안 네 명의 도둑이 한 미술관에서 5,000만 달러 상당의 미술품을 훔쳤다. 그들은 군중 속으로 사라졌고, 아직 붙잡히지 않았다. 이제 레이크스보로 추수 감사절 축제는 끝났다. 마을 사람들이 모일 일이 또 있을지 모르겠지만 모두 바쁠 때 우리가 움직인다면…….

다섯째, 반드시 충분한 장비를 확보하라. 훔치려는 물건과 그 물건이 있는 장소에 따라 로프, 유리 절단기, 돌을 깨는 도구, 잔해를 치울 자루 등이 필요하다.

그나저나 솔직히 말해 보자. 완다스에 몰래 들어가 감시용 비디오테이프를 훔치는 데 〈미션 임파서블〉이나 〈오션스8〉에서와 같은 기술은 필요 없을 것이다.

18

금요일 저녁, 사람들이 두 동창 팀 간의 축구 경기를 보기 위해 모여 있다. 레이크스보로 허니 배저스 대 칼스버그 코브라스의 경기였다. 집 창문마다 코브라를 잡아먹는 오소리 모습이 그려진 레이크스보로 허니 배저스를 응원하는 깃발이 걸려 있다. 나도 함께 이 경기를 보아야 하지만 안타깝게도 오늘 저녁은 경기도 못 보고 허니 배저스도 응원하지 못한다.

오늘 저녁 브랜과 나는 도둑이 될 것이다. 아니면 도둑과 비슷한 그 무엇이 될 것이다.

완다스에 몰래 들어가기에 딱 적당한 기회다. 시내는 거의 텅 비어 있다. 거리에 세워진 차는 세 대뿐이고, 돌아다니는 사람은 아무도 없다. 식당과 미용실에는 이런 팻말이 붙어 있다. '경기 보러 갑니다. 내일 엽니다.' 해는 이미 졌다. 남들 눈에 띄지 않고 완다스에 들어갈 수 있을 만큼 주위는 충분히 어두웠다.

어디선가 뉴스 아나운서의 목소리가 들리는 것 같다. '완벽한 소도시의 완벽한 10월 밤입니다. 그러니까 범죄를 저지르기에 완벽한……' 초조한 마음으로 완다스를 향해 가면서 이런 상상을 하다니, 웃음이 절로 터져 나왔다.

"왜 웃어?"

브랜이 작은 목소리로 물었다.

"아무것도 아니야. 그냥 재미있는 일이 생각났어."

"범죄는 절대로 재미있는 일이 아니야."

브랜이 공익 광고 아나운서처럼 가식적인 목소리로 말했다. 나는 다시 웃었다. 이상하게 초조할 때는 웃음이 나왔다.

"허니 배저스와는 상관없는 일이야."

내 말에 브랜이 웃었다. 그러고는 내 백팩을 가리켰다.

"백팩 안에 뭐 들어 있어? 테이블 같은 거 자르는 톱도 있나?"

"글쎄……. 이것저것 닥치는 대로 챙겨 왔어."

"울타리 다듬는 기계도 갖고 왔어?"

브랜이 백팩 밖으로 비어져 나온 물건을 가리키며 물

었다.

"도둑질하는 동안 어떤 난관에 부딪힐지 모르잖아. 뭐든 준비할 필요가 있어."

우리는 완다스에 너무 빨리 도착했다. 마을이 좁으니 빨리 도착할 만도 하다는 생각이 들었다. 하지만 나는 아직 도둑질할 마음의 준비가 되어 있지 않다. 브랜이 어두운 창문 안을 자세히 들여다봤다.

"평소랑 똑같아. 닫혀 있는 것만 빼고."

나는 다시 백팩을 고쳐 멨다. 정말 이런 일을 벌여도 될까? 그렇지 않아도 내 마음 한구석에서는 로또 복권을 산 것으로 이미 법을 어겼다는 죄책감이 꿈틀거리는데, 이제는 완다스에 침입한다? 죄책감이 점점 부풀어 올라 터질 것만 같았다. 하지만 비디오테이프가 홀든 손에 들어가도록 내버려 둘 수는 없다. 홀든이 그 테이프로 무슨 짓을 벌일지 누가 알겠는가?

홀든을 떠올리자 속이 뒤틀렸다. 슬픔과 함께 후회와 분노의 감정이 마음을 짓눌렀다. 그만 생각하자. 깨끗이 지워 버리자.

"가자."

나는 백팩에서 자물쇠 여는 도구가 든 상자를 꺼내며 말했다.

"내가 문을 열게. 그럼 넌 불법 침입죄는 벗어나게 돼."

나는 자물쇠 여는 법을 잘 알았다. 걸핏하면 열쇠를 방 안에 둔 채 문을 잠근 경험 덕분이다. 상자에서 얇은 금속 조각을 꺼내 자물쇠 구멍에 넣었다. 브랜이 다가와 손을 내밀었다.

"제인, 정말 열 줄 알아? 나한테 맡겨. 나도 자물쇠 여는 방법을 알아봤어."

누가 더 자물쇠를 잘 여는지 겨루어 볼 새도 없이 딸랑거리는 종소리와 함께 문이 열렸다.

"뭐야? 잠기지 않았잖아. 진짜 도둑, 아니 더 나쁜 범죄자가 이 안에 있으면 어떡해?"

안에 있는 사람이 홀든이라면? 홀든일지 모른다. 홀든일수 있다. 홀든이 벌써 비디오테이프를 보았다면? 나는 그에게 뭐라고 말할까? 당첨 복권을 산 사람이 나라는 사실을 홀든이 정말로 알아낼 수 있을까?

"이건 〈오션스11〉이 아니야."

브랜이 속삭였다.

"우리가 지향하는 쪽은 〈오션스8〉이야. 나는 케이트 블란쳇*이고."

＊〈오션스8〉에서 루 밀러 역을 맡은 배우

브랜이 내 짝퉁 레이벤 선글라스, 중고품 할인점에서 산 회색 작업 바지, 검은색 티셔츠, 자주색 뜨개질 모자(변명하자면 내 옷장에서 꺼내 온 것이다.)를 힐끔 쳐다보고는 콧방귀를 뀌었다. 나는 다시 백팩을 고쳐 멨다.

"멧 갈라*를 앞두고 케이트는 아주 기막힌 계획을 세웠어."

브랜이 요란스레 웃었다.

"걱정하지 마. 자, 들어가자! 눈 크게 뜨고 다녀야 돼."

우리는 주위를 한 번 살피고 가게 안으로 들어갔다. 손전등 불빛이 물건 가득한 금속 선반 아래로 커다란 그림자를 만들었다. 나는 끼고 있던 선글라스를 접어 주머니에 넣었다.

브랜과 눈이 마주쳤다. 온통 검은색이다. 검은색 진에 검은색 터틀넥 스웨터, 그 위에 검은색 스노보딩 재킷을 입은 브랜은 도둑질에 어울리는 옷 입는 법에 대해 어디선가 주워들은 게 분명했다.

우리는 어두운 공간을 살금살금 헤치고 나아가 웡웡거리는 냉장고 곁을 지나갔다.

---

* 뉴욕 메트로폴리탄 박물관이 개최하는 자선 모금 행사로, 〈오션스8〉에 등장함

"원하는 건 뭐든 가져갈 수 있다고 생각하니 기분이 묘한데. 치토스부터 챙길까?"

"우리는 좀도둑이 아니야."

내 농담에 브랜이 나지막이 대꾸했다.

"그렇다고 프로 도둑도 아니지, 뭐."

말이 끝나기가 무섭게 가게 뒤쪽에서 서랍을 쾅 닫는 소리가 들려왔다. 화들짝 놀라 브랜의 팔을 잡았다.

"뒤쪽이야."

나는 입 모양으로 말하며 뒤쪽을 가리켰다. 그러고는 손전등 불빛을 아래로 내렸다. 브랜은 선반에서 눈 치우는 삽을 꺼내 높이 쳐들었다.

"그걸로 머리를 내리치려는 거야?"

"조용히 해."

나는 웃음소리가 새 나가지 않도록 입을 가렸다. 다시 시끄러운 소리가 들렸다. 누군가가 서류 캐비닛을 뒤지는 듯 요란한 소리였다. 브랜과 나는 얼굴에서 웃음기를 거뒀다. 웃다가는 자칫 큰일 날 수 있다. 뒤쪽에 있는 사람이 홀든이 아니라면? 진짜 범죄자일 수 있다. 주인이 없는 것을 알고 완다스에 침입했을지도 모른다. 무기를 가지고 있을 수 있다. 한 명 이상일 수도 있다.

나는 홀든일 거라는 생각을 떨쳐 내려 애썼다. 홀든이

아니기를 바라기 때문이다. 나는 홀든이 거액의 돈이나 당첨된 복권에 대해 정보를 얻고 싶어서 나를 좋아하는 게 아니기를, 순수하게 나를 좋아해 주기를 간절히 바란다. 이런 마음을 품은 내가 싫다.

발끝으로 살금살금 물품 보관소와 화장실을 지나 가게 뒤쪽에 있는 작은 사무실 쪽으로 향했다. 불빛이 문 밑으로 새어 나왔다.

"셋에 들어간다."

나는 브랜에게 속삭이고는 문 위에 손을 댔다.

"하나, 둘, 셋……."

브랜의 카운트다운에 맞춰 나는 문을 열었다. 그리고 안으로 뛰어들었다.

이런 제길! 역시 홀든이다.

홀든은 작은 나무 책상 위로 몸을 숙인 채 90년대 것으로 보이는, VCR*가 달린 텔레비전을 통해 영상을 보고 있었다. 작은 텔레비전 화면에서는 후드티에 옅은 분홍색 재킷을 입은 소녀가 로또 복권을 사고 있다. 소녀는 카메라를 등지고 있지만, 나는 소녀가 누구인지 안다. 돌아선 소녀의 얼굴이 나, 제인 벨웨더의 얼굴과 일치하는지 확인할 필

---

* 비디오테이프에 영상을 녹화하고, 재생할 수 있는 장치

요가 없는 것이다. 또 소녀가 손에 쥔 복권에 특별하면서도 익숙한 숫자인 '6, 28, 19, 30, 82'가 적혀 있다는 사실도 굳이 확인할 필요가 없다. 물론 방범용 녹화 영상으로 그 숫자들을 알아볼 수는 없지만 말이다.

브랜과 내가 뛰어들자마자 홀든이 몸을 홱 돌렸다.

"아니, 제인하고 브랜이잖아. 너희가 왜?"

홀든의 목소리에 놀란 기색이 가득했다.

"여기서 뭐 하는 거야?"

나는 홀든에게 인사도 하지 않은 채 손가락을 뻗어 VCR의 버튼을 잽싸게 눌렀다. 플라스틱으로 된 비디오카세트가 툭 튀어나왔다. 나는 그것을 집어 책상에 대고 힘껏 내리쳤다. 비디오카세트가 산산조각 났다. 나는 과자 포장지를 찢어 여는 아이처럼 단 한 번의 빠른 동작으로 카세트 안에서 테이프를 뽑아냈다.

"제인, 대체 뭐 하는 짓이야?"

브랜이 당황한 목소리로 소리쳤다.

"그건 당첨 복권이 팔린 날의 녹화 영상이야."

박살 난 비디오카세트를 바라보는 홀든의 눈이 휘둥그레졌다. 홀든은 내 행동의 의미를 알아내기 위해 머릿속에서 부지런히 퍼즐 조각을 맞출 것이다. 홀든이 무슨 말을 할지 생각할 시간이 없다. 경찰 사이렌 소리가 어두운 밤을 가르며 달려오고 있기 때문이다. 홀든이 책상에 놓인 스마트폰과 백팩을 챙겼다.

"너희가 경찰에 신고했어?"

"아니! 네가 신고한 거 아니야?"

나는 홀든에게 되물으며 테이프를 마구 찢고 끊었다. 그렇게 하면 테이프에 담긴 내용은 물론 홀든이 본 것까지 없앨 수 있다는 듯.

"내가 왜 나를 경찰에 신고하겠어? 누군가가 가게에 들어오는 너희 둘을 본 게 틀림없어."

홀든이 경멸조로 말했다. 사이렌 소리가 더 가깝게 들렸다.

"가자!"

나는 놀라서 할 말을 잃은 듯 입을 벌리고 서 있는 브랜에게 말했다. 그러고는 브랜을 사무실 밖으로 데리고 나왔다. 홀든이 완다스를 빠져나오는 우리 뒤를 바짝 쫓아왔다. 나는 끊기고 찢긴 비디오테이프를 백팩에 쑤셔 넣었다. 그러다 챙겨 올 필요가 없었던 커다란 가위에 손가락이 잘릴 뻔했다.

경찰차 두 대가 사이렌을 울리며 다가오는 순간, 우리는 앞문을 뛰쳐나왔다. 홀든이 저 앞에서 골목길을 달렸다.

"제인, 달리자!"

브랜이 내 손을 꽉 잡았다. 우리는 홀든과 반대되는 방향을 택했다. 그러고는 경찰들에게 붙잡히지 않기를 바라며 쏜살같이 달렸다.

19

우리는 브랜의 집 현관문으로 뛰어들었다. 그리고 브랜
의 방에 들어갈 때까지 계속 달렸다. 나는 숨을 거칠게 몰
아쉬며 방바닥에 털썩 주저앉았다.

브랜네 가족은 시내 중심가, 교회를 개조한 건물에 사는
데, 브랜의 방은 가파른 탑 안에 있는 다락방이다. 길게 이
어진 계단을 황급히 뛰어오른 바람에 심장이 터질 것 같다.
나는 방에 들어서자마자 폐 속 깊이 공기를 빨아들이고는
창밖을 내다봤다. 높은 곳이라서 완다스 밖의 경찰차 두 대
를 포함해 레이크스보로 전체가 훤히 내려다보였다.

브랜이 침실 문을 쾅 소리 나게 닫았다. 경찰차 사이렌
소리가 멀어졌다.

"제인, 어떻게 된 거야?"

브랜이 재킷의 지퍼를 내리며 말했다. 그러고는 모자를 바닥에 내던졌다. 잔뜩 화가 난 표정이다.

"뭐가?"

나는 태연한 척하려 애쓰며 백팩을 바닥에 내려놓았다. 비디오테이프가 백팩에서 비어져 나와 있다. 방에서 자고 있던 주황색 고양이 퍼시가 앞발로 테이프를 건드렸다. 브랜이 테이프를 쥐고 흔들어 댔다.

"뭐냐고, 정말. 왜 비디오테이프를 망가뜨려서 못 보게 한 거지? 너와 홀든 사이에 무슨 일이 벌어지는 거야? 왜 이 상하고 역겨운 냄새가 풍기는 것 같지? 그리고 왜 자꾸 산만하게 행동해? 괜찮아?"

나는 길게 한숨을 내쉬었다. 브랜 말이 옳다. 문제가 켜켜이 쌓여만 가는 것 같다. 나는 고개를 가로저었다.

"안 괜찮아."

나는 두 손으로 얼굴을 감쌌다. 완전히 지쳐 버렸다.

"주말을 너무 힘들게 보냈어."

브랜이 내 옆에 털썩 주저앉았다.

"너, 로또 당첨자 맞지?"

나는 브랜을 똑바로 바라봤다. 아니라고 말하고 싶다. 여기서 도망치거나 계속 거짓말을 하고 싶다. 하지만 그럴 수 없다. 더 이상 못 하겠다.

"어떻게 알았어?"

"제인, 열두 살 때부터 너를 알고 지냈어. 이제는 나를 좀 믿을 때가 됐잖아?"

브랜이 얼굴을 감싼 내 두 손을 떼어 냈다.

"조사 한번 제대로 했네. 꼭 베테랑 수사관 같아."

나는 이렇게 말하고 잠시 뜸을 들였다가 덧붙였다.

"맞아. 로또 당첨자는 바로 나야."

"하하하!"

브랜의 입에서 웃음이 터져 나왔다.

"정말이야? 네가 수백만 달러 부자가 되는 거라고?"

나는 고개를 끄덕였다.

"나 대신 복권을 돈으로 바꿔 줄 누군가를 찾아낼 수 있다면, 네가 말한 대로 될 거야. 당첨된 복권을 샀지만 나는 아직 미성년자 신분이니까. 로또 위원회에서 이 사실을 알면 나는 부자가 되는 대신 범죄자가 돼."

브랜이 천천히 숨을 내쉬었다.

"그럼 복권을 네 엄마한테 주지 그래?"

나는 "끙!" 하고 신음 소리를 내고는 두 다리를 앞으로 쭉 뻗었다. 일이 그렇게 쉬우면 얼마나 좋겠는가?

"우리 엄마가 사들인 쓰레기를 보고도 그런 소리가

나와?"

"쓰레기? 그건 너무 많긴 해."

브랜은 우리 집 물건 더미를 떠올린 듯 이마를 찡그렸다.

"엄마는 그 돈으로 중고품 할인점 물건을 죄다 사들일 게 뻔해. 우리 집에는 웨딩드레스로 채워진 헛간이 있어. 사진이 박힌 컵 받침 박물관도 있지. 다른 것도 있겠지만 그건 엄마 말고 아무도 몰라."

"슬픈 광대 그림들로 가득한 창고도 있잖아?"

"창고는 모르겠고, 그런 그림들로 가득한 지하실은 분명히 있어."

"인형도 엄청 많던데. 소름 끼치는 인형이 왜 그렇게 많은지 모르겠어. 뭐 하는 데 쓰는 거야?"

"입 다물어. 그런 식으로 말하지 마. 듣기 싫으니까. 내 앞에선 엄마 얘기도 하지 마."

우리는 마주 보고 웃었다.

"너는 그 돈으로 좋은 일을 많이 할 수 있어. 물론 네 엄마도 도울 수 있고."

브랜이 부드럽게 말했다.

"알아. 엄마한텐 도움이 필요하지. 그 돈으로 엄마를 도울 수 있어. 하지만 나는 복권을 돈으로 바꿀 방법을 아직 찾는 중이야. 우리 할머니는 복권이라면 질색하셔. 아무튼 엄마는 아니야. 네가 열여덟 살이면 좋을 텐데."

"글쎄 말이야. 이거 난감하네."

우리는 잠시 말이 없다. 편안하면서도 익숙한 침묵이다. 우리 둘 다 생각에 잠길 때면 이렇게 집처럼 편안한 침묵이 찾아온다.

"나한테 화 안 났어?"

내가 나지막이 물었다. 브랜이 머리를 내 어깨에 기댔다.

"화 대신 짜증이 나. 우리가 함께 기뻐하고 축하할 일을 곧장 할 수 없으니까. 그리고 내가 뉴스 카메라 앞에서 바보처럼 당첨자를 찾아낼 거라고 말한 게……."

"엄밀히 말하면 네가 당첨자를 찾아낸 거야."

내 말에 브랜이 웃었다.

"그렇다고 볼 수도 있겠지. 이 얘기를 인턴사원 지원에 써먹을 수는 없겠지만 말이야. 나, 너한테 화 안 났어. 너는 내 절친이잖아. 이런 일을 겪으면 스트레스가 이만저만 아닐 거야. 나는 너를 잘 알아. 한 걸음 뒤로 물러나서 곰곰이 생각을 정리할 필요가 있어. 마구 뛰어들어 혼자서 문제를 해결하려고 하지 마."

무거운 짐을 내려놓은 듯 홀가분한 기분이다. 나를 너무

나 잘 아는 친구의 말은 그 자체가 하나의 선물이다.

"역시 넌 내 친구야. 그런데 너 설마 돈 때문에 나를 죽이지는 않겠지?"

브랜이 웃었다.

"그건 내 방식이 아니야. 무엇보다도 내가 너를 죽이면 소피가 나를 죽일 거야."

"웃지 마. 그런 일은 생각보다 흔하게 일어나. 나는 로또 당첨자들의 비극적 이야기를 모아 놨어. 너도 읽어 보면 깜짝 놀랄걸. 몇몇 이야기는 도저히 믿기지가 않아."

나는 백팩 안에서 노트를 꺼내 브랜에게 건넸다.

"나도 그런 이야기 읽어 봤어."

브랜은 내가 수집한 사례를 죽 훑어봤다. 브랜의 입에서 휘파람 소리가 나지막이 흘러나왔다.

"모두 끔찍한 이야기네. 혹시 데이비드 에드워즈에 대해 들어 봤어?"

"내 당첨금의 절반쯤 되는 돈을 당첨금으로 받은 전과자였어. 고급 승용차, 마약, 엉터리 사업에 돈을 다 날려 버렸지. 그래서 쓰레기장이나 마찬가지인 창고에서 살았고. 내 말 맞지? 로또 당첨자로서 회복 불가능한 실패를 한 전형적인 사람이야."

"이 사례도 인상적이네. 윌리엄 버드 포스트 3세 말이야.

그의 형은 살인 청부업자를 고용해 그를 죽이려 했어. 그는 1,600만 달러 복권에 당첨된 지 1년 뒤 파산했고. 에휴."

"다들 끔찍해."

내가 페이지를 휙휙 넘기며 말했다.

"이번 일을 비밀로 하는 게 얼마나 큰 스트레스인지……. 정말 힘들어. 마을 사람들이 알게 되면 나를 미워할 거야."

"네가 돈을 찾을 준비가 될 때까지 사람들이 모르면 그만이야. 그리고 나 믿어. 돈을 차지하려고 살인 청부업자를 고용해 친구인 너를 죽이는 짓은 하지 않을 테니까. 내가 도와줄게. 복권을 어떻게 바꿀지 방법을 찾아보자."

친구 하나는 정말 잘 둔 것 같다. 너무 감동한 나머지 브랜을 껴안으려는 찰나 내 스마트폰이 삑삑거렸다. 나는 문자 메시지를 읽다가 스마트폰을 떨어뜨릴 뻔했다.

"이런 제길!"

"뭔데 그래?"

브랜이 내게서 스마트폰을 받으며 물었다.

"홀든이야. 나랑 이야기하고 싶대. 내가 복권 당첨자라는 걸 안다는데."

브랜이 메시지를 읽으며 얼굴을 찌푸렸다.

"홀든은 엄포를 놓으려는 거야. 만나지 마."

브랜의 말이 맞다. 하지만 홀든에게서 그동안의 모든 일에 대한 해명을 들을 수 있을지 모른다. 문제를 해결할 기회일 수도 있다. 그리고 일이 생각만큼 나쁘지 않을 수도 있다. 우리가 함께했던 시간을 돌이켜 보면 한 번쯤 홀든의 말을 들어 봐도 괜찮지 않을까?

나는 메시지를 다시 읽었다.

"홀든을 만나러 갈게. 홀든이 뭘 아는지 알아보려는 거야."

"꼭 홀든을 만나야겠다면 나도 갈게. 심리적 지원 차원에서."

브랜이 방송국 사람들과 인터뷰할 때 내가 했던 말을 그대로 따라했다. 어떻게 할까? 나는 잠시 곰곰이 생각했다. 브랜과 함께 가지 못할 이유가 없는 것 같다.

"좋아. 함께 가 준다니, 고마워. 너는 역시 내 절친이야. 복권을 돈으로 바꾸게 되면 네 몫도 챙겨 줄게."

브랜이 미소를 지었다.

"오버하지 마. 홀든과의 문제나 해결해."

20

　자동차를 몰고 우리 집으로 가는 동안 나와 브랜은 말이
없다. 머릿속에서 가능한 시나리오들이 마구 뒤섞여 소용
돌이쳤다. 하지만 그 시나리오들에 대해 떠들어 봐야 홀든
이 무엇을 아는지 알아낼 때까지는 아무런 소용이 없다.

　브랜이 운전하는 차가 주차장 진입로로 들어설 때 나는
숨을 길게 내쉬었다. 엄마의 트럭은 보이지 않았지만, 홀든
의 차는 벌써 와 있었다. 홀든이 우리를 보고는 차에서 내
려 손을 흔들었다. 참 뻔뻔스럽다.

　"너, 괜찮아? 굳이 이러지 않아도 되는데……."

　브랜이 걱정스럽게 말했다.

　"괜찮아. 긴장해서 그래. 그리고 화가 나서……."

나는 손가락으로 대시 보드를 톡톡 두드렸다.

"내가 같이 가 줄까?"

브랜이 홀든을 노려보며 물었다. 홀든은 이제 망가진 정원 문 옆까지 나와 있다. 나는 두근거리는 가슴을 진정시키려고 다시 숨을 깊이 들이쉬었다.

"아니, 괜찮아. 일단 차 안에서 기다려. 먼저 홀든과 둘이서 이야기할게."

"좋아. 무슨 일 생기면 소리쳐."

나는 브랜의 팔을 꼭 잡았다.

"고마워."

"너는 할 수 있어. 아자, 아자!"

마음먹은 대로 할 수 있을지 모르겠다. 어쨌든 나는 차에서 내려 현관 쪽으로 씩씩하게 걸어갔다. 홀든을 지나쳐 현관 계단 한쪽에 앉을 때까지 한마디도 하지 않았다.

홀든은 온통 검정 옷이다. 까마귀 같다. 머리칼을 모아 위로 올려 뒤에서 묶은 헤어스타일이다. 그럭저럭 봐 줄 만했다. 홀든이 마당의 쓰레기를 요리조리 피해 다가와 내 옆에 앉았다. 그러고는 무언가 걱정거리가 있는 듯 양쪽 다리를 위아래로 요란스럽게 떨었다.

"무슨 말을 하고 싶은데?"

나는 엉덩이를 살짝 들어 홀든에게서 조금 떨어져 앉

았다.

"제인, 너 로또 당첨자 맞지?"

홀든이 반짝이는 눈으로 나를 바라봤다.

"그게 나인지 어떻게 알았어?"

홀든이 비웃는 표정을 지었다.

"어렵지 않았어. 너도 완다스에 침입했잖아. 그리고 비디오카세트를 산산조각 냈지. 솔직히 말해 봐. 당첨 복권을 산 사람이 너지? 아니야?"

아니라고 말할 방법은 없다. 홀든이 완다스에서 일어난 일을 전부 보았기 때문만은 아니다.

"그래, 나야."

홀든이 숨을 길게 내쉬고는 쓰러질 것처럼 계단을 짚은 팔에 몸을 기댔다.

"이런 젠장. 제인, 자그마치 5,800만 달러야. 알아?"

"알아."

나는 고개를 빳빳이 쳐들었다. 물론 나도 그 많은 돈이 세상에 존재한다는 게 믿기지 않는다. 하물며 그 돈이 내 것이 될 수 있다니…….

"그 돈으로 뭘 할 거야? 황금 변기를 살 거야?"

나는 코웃음을 쳤다. 호수에서 별생각 없이 내뱉은 말이 지금은 그때와 사뭇 다른 느낌으로 들렸다.

"글쎄, 모르겠어. 나는 당장 복권을 돈으로 바꿀 수 없어. 미성년자 신분으로 복권을 샀으니까 말이야. 나 대신 복권을 돈으로 바꿔 줄 사람을 찾아봐야 할 것 같아."

"내가 바꿔 줄 수 있어!"

홀든이 벌떡 일어나 힘주어 말했다. 물론 나는 고개를 내저었다. 며칠 동안 복권을 돈으로 바꾸는 문제를 생각해 왔지만 홀든은 아니다.

"너를 어떻게 믿어? 너는 나를 찼잖아. 기억하지?"

"그것과 무슨 상관인데?"

"무슨 상관이냐고? 좋아. 일단, 나는 너한테 잘못한 게 없어. 빚진 것도 없고. 나는 너를 진심으로 믿었어. 그런데 너한테 차였지. 그런 내가 너한테 복권을 맡길 수 있겠어?"

"하지만 우리는 다시 잘 지내고 있잖아. 호수에서의 일, 생각 안 나? '바위 위의 집'에서 있었던 일도 말이야."

"네가 옥수수밭 미로에서 뱅크스와 나누는 이야기를 들었어. 우연히 말이야. 그때 뭔 말 했는지 기억나? 브랜이 로또 복권에 대해 알고 있는 걸 알아내기 위해 나와 어울릴 뿐이라고 말했잖아. 그렇지?"

홀든이 길게 한숨을 내쉬었다.

"제인, 우리가 영원히 함께하리라고 생각했던 거야? 우리는 아직 열일곱 살이야. 고등학생이고. 그런 것은 오래

못 가."

내 2년 동안의 삶이 홀든에게는 그저 '그런 것'일 뿐인가? 어처구니가 없다.

"이제 알았어."

내가 차갑게 말했다.

"네가 주식 중개인 캠프인지 뭔지에 갔다가 완전히 딴사람이 되어 돌아올 줄은 생각 못 했어. 요즘 몇 주 동안 나는 네가 예전 모습으로 돌아왔다고 생각했지. 하지만 너한테는 부자가 되려는 욕망 외에 더 중요한 건 없는 것 같네."

홀든은 내게서 시선을 돌리고 머리를 쓸어 넘겼다. 그러고는 잠시 갈등하는 모습을 보였다. 마치 내가 원하는 사람이 되고 싶어 고민이라도 하는 것 같다. 최근 홀든과 함께 시간을 보내면서 나는 한때 내가 사랑에 빠졌던 소년이 다시 내 곁에 있다는 사실을 기쁜 마음으로 받아들였다. 그런데 지금 내 옆에 있는 그 소년은 물질 만능주의에 푹 빠진 얼간이에 지나지 않는다.

"나도 내가 변할 거라고는 생각 못 했어, 제인."

홀든이 조용히 말했다.

"네가 가진 것에 행복해하면서 살아."

나는 동정하는 말투로 받아쳤다. 입 밖에 내놓지 않는 질문을 생각하자 눈물이 났다. 왜 나는, 아니 우리는 서로에게 만족하지 못할까?

"특별히 불행한 적은 없어."

"네 입으로 불행하다고 말했잖아. 나와 헤어지던 날 밤에……."

결국 나는 말을 제대로 마치지 못한 채 눈물을 훔쳤다. 우리를 지켜보던 브랜이 경적을 두 번 울렸다. 나는 브랜에게 손을 흔들어 괜찮다는 걸 알렸다. 홀든도 브랜과 나 사이에 오가는 무언의 소통을 지켜보고는 브랜에게 손을 흔들었다. 브랜은 홀든을 향해 가운뎃손가락을 들어 보였다.

"나는 그냥 깔끔하게 헤어지려고 그렇게 말했던 것 같아."

홀든이 어깨를 으쓱한 뒤 이어서 말했다.

"모르겠어. 설명하자면 복잡해. 나는 너를 사랑했고, 지금도 사랑해. 하지만 지난밤 호수에서 말했듯 나는 지금보다 더 많은 걸 원해. 우리 가족은 몇 대에 걸쳐 이 마을에서 살아왔어. 대대로 가업을 이어 오며 세인트 폴 성당에서 결혼식을 올리고 아이를 낳고 가족 모임을 열고 그러면서 살아왔지. 우리 가족은 앞으로도 그런 식의 사이클이 반복될 거라고 믿고 있어. 여기에 잘못된 건 하나도 없다고 생각해. 하지만 나는 그런 식의 똑같은 삶을 더 이상 견딜 수 없어."

나는 홀든의 입장에서 생각하려고 애썼다. 아주 오랫동

안 홀든을 사랑했기 때문에 그럴 수밖에 없다.

"지금보다 더 많은 걸 원하는 게 나쁜 건 아니라고 생각해. 나도 이 마을과 지금의 삶 이상의 뭔가를 원해. 하지만 원하는 걸 얻기 위해 사랑하는 사람을 화나게 해도 된다고는 생각지 않아."

"그건 내가 하려는 게 아니야."

"그럼 네가 하려는 게 뭔데?"

홀든이 고개를 가로저었다.

"네가 이해 못 할 줄 알았어. 내 말 들어 봐, 제인. 나한테 복권을 줘. 내가 돈으로 바꿔 네게 500만 달러를 줄게. 그 정도면 평생 돈 걱정 없이 살아갈 수 있으니까."

"참 관대하기도 하셔라. 남은 5,300만 달러로 뭘 하실 건데요?"

"세금을 떼고 나면 3,000만 달러쯤 돼."

홀든이 일어나서 계단을 발로 찼다. 나는 눈을 부라렸다.

"좋아, 3,000만 달러라고 쳐. 그 돈으로 뭘 할 거야?"

홀든이 어깨를 으쓱했다.

"일단 우리 부모님을 도와줄 거야. 우리 가게는 지금 아주 어려워. 부모님의 빚을 갚아 주든가 부모님께 충분한 돈을 드려서 일을 그만두게 하고 싶어. 부모님께 300만 달러를 드릴 생각이야."

"300만 달러를 드려도 2,700만 달러나 남는데. 안 그래?"

홀든이 고개를 끄덕였다.

"그렇지. 그걸로 내가 꿈꾸어 온 삶을 살아가는 거야."

"7월의 주식 중개인 캠프 이후로 네가 꿈꿔 온 삶을 살아가겠다는 얘기네."

내 목소리는 담담하고 밋밋했다.

"아무튼 제인, 너는 화나겠지만 네겐 내가 필요해. 생각해 봐. 이렇게 하면 너는 안전하게 충분한 액수의 돈을 챙길 수 있어. 그리고 그 돈으로 엄마를 돕거나 하와이 마우이섬에 가거나 그 밖에 뭐든 원하는 걸 할 수 있지. 물론 나도 도와주는 거지. 그러니까 서로에게 좋은 일이라고."

과연 나한테 좋은 일일까? 홀든의 말이 내가 선택할 수 있는 유일한 길일까? 다른 길은 없을까? 아, 모르겠다. 나는 홀든에게 너무 화가 나서 진지하게 생각할 수 없다.

"네가 지난 석 달 동안 꿈꿔 온 환상적인 삶을 살도록 내가 너를 도와줄 거라고 생각해? 네가 캠프에서 만난 룸메이트 펜턴처럼 될 수 있도록?"

"펜턴이 아니라 핀이야."

"어쨌든 간에."

나는 팔짱을 끼고 현관 계단을 달려 올라가 홀든과 최대한 멀리 떨어졌다. 그러고는 곰곰이 생각했다. 내게는 복권을 돈으로 바꿔 줄 누군가가 필요하다. 그런 사람을 구하지 못하면 복권은 아무런 쓸모가 없다. 그렇더라도 복권을 홀든에게 줘도 될까? 그러는 게 좋은 생각일까?

홀든이 다가와 바로 옆에 앉았다.

"몇 년 뒤 내가 뉴욕에 살거나 네가 마우이섬에 집을 마련할 무렵에 우리는 다시 결합할 수 있어. 생각해 봐, 제인. 아니, 블루."

블루blue는 참치와 비슷한 검은참다랑어bluefin의 준말이다. 우리가 막 데이트를 시작하던 무렵 홀든이 내게 붙여 준 별명이다. 홀든은 내 이름 포르튜나에 참치라는 단어가 들어 있는 데다 내가 가장 좋아하는 색이 푸른색이고 해양 생물학을 좋아하기 때문에 '블루'가 어울린다고 했다. 결국 내 별명은 블루가 되었는데, 나는 홀든 별명을 청새치란 뜻의 '말린marlin'이라고 지었다. 생선 이름이라 우스꽝스럽지만 내 별명과 관련 있는 듯해 마음에 들었다.

어쨌든 지금 홀든은 별명까지 들먹이며 나를 이용해 혼자 부자가 되려고 한다. 정말이지 비열하기 짝이 없는 생각이다.

"내가 너와 다시 결합하고 싶어 하는지 어떻게 알아?"

홀든이 웃었다.

"제인, 그 점에 대해 생각해 보지 않은 척하지 마. 나는
다 알아."

홀든이 손가락으로 내 손등을 쓰다듬자 나는 몸을 부르
르 떨었다. 홀든의 손길은 여전히 나를 무기력하게 만들었
다. 하지만 내가 어떻게 다시 홀든을 믿을 수 있겠는가?

"홀든, 내가 너를 사랑한 건 과거형이야. 사랑한 건 옛
날의 너였다고. 나는 현재의 너와는 아무것도 하고 싶지
않아."

내 손을 따라 움직이던 홀든의 손가락이 멈췄다. 홀든이
나지막이 욕설을 내뱉었다.

"좋아. 우리 관계가 끝났다고 치자. 하지만 복권을 돈으
로 바꾸는 데 있어서 너한테 나만 한 사람은 없어. 내가 유
일한 사람이라고."

"아니, 너는 유일한 사람이 아니야."

"그럼 어떡할 건데? 복권을 네 엄마한테 주려고? 그러면
어떻게 될지 우리 둘 다 잘 알잖아."

홀든은 쓰레기로 가득한 마당과 물건들이 높이 쌓인 현
관을 손가락으로 가리켰다.

내가 엄마의 문제를 생각하는 것과 홀든이 큰 소리로 말
하는 것은 완전히 다르다. 물론 우리 집 곳곳에 쌓여 있는
온갖 물건들은 엄마가 앓는 질병 같은 것이다. 그리고 그

물건들은 세상 사람들이 훤히 볼 수 있다. 그렇더라도 홀든이 이러쿵저러쿵 말하는 꼴은 보고 싶지 않다.

"네가 지겨워."

"하지만 너한테는 내가 필요해."

홀든이 자리에서 일어섰다.

"잘 생각해 봐. 이틀 줄 테니까. 그때까지 내 말대로 하지 않으면 미성년자 신분으로 복권을 샀다고 너를 경찰에 신고하겠어."

"무슨 증거로? 너는 아무런 증거가 없어. 내가 비디오테이프를 발기발기 찢고 동강동강 끊어 버렸거든."

홀든이 고개를 젓고는 자기의 스마트폰을 흔들었다.

"나한테는 이게 있어."

내가 로또 복권을 쥐고 있는 사진이다. 숫자를 분간할수는 없지만, 그 사진만으로 나는 곤란한 처지에 빠질 수있다. 누군가 나 대신 복권을 돈으로 바꿔도 경찰은 그 사진으로 나를 찾아낼 수 있을 것이다.

"지금 나 협박하는 거야? 이게 네 계획이니?"

"네가 옳은 길을 가도록 너를 도우려 한다고 생각해."

"엿 먹어, 홀든."

나는 일어서며 욕설을 내뱉었다. 홀든이 움찔하더니 나를 사납게 노려봤다. 아무리 보아도 옳은 길을 가도록 나를 도울 사람 같지 않다.

"일요일 자정까지 답해 줘. 사랑해, 제인."

홀든은 그렇게 말하고 자기 차로 돌아갔다. 홀든이 우리 집 진입로를 빠져나가는 동안 나는 망가진 장난감 덤프트 럭을 집어 홀든에게 던지려는 나 자신과 싸웠다. 브랜이 차에서 내려 내게 다가왔다. 뜨거운 눈물이 내 뺨을 타고 흘러내렸다.

"괜찮아? 녀석이 뭐랬어?"

브랜이 물었다. 나는 말을 더듬거리며 홀든의 제안에 대해 설명했다.

"오늘 밤에 결정하지 마. 어쩌면 뭔가 해결책을 찾아낼 수 있을 거야. 우리 집에서 자고 갈래?"

나는 고개를 가로저었다. 너무 지쳐서 내 침대에 아무렇게나 누워 있고 싶다.

"집에 가서 샤워하고 곧바로 잘 거야. 내일 전화할게."

브랜은 나를 한 번 끌어안고는 차를 몰고 떠났다. 나는 멀어져 가는 브랜의 차를 바라보면서 생각을 정리하려 애썼다.

내 전 남친은 복권을 돈으로 바꾸는 데 있어서 자기만 한 사람은 없다고, 자기가 유일한 사람이라고 말했다.

하지만 그는 나를 협박하고 있다. 그래서 그에게는 아무것도 베풀고 싶지 않다.

그런데 내게 다른 선택이 있을까? 가슴이 찢어질 듯 아프다. 언제 이 아픔이 가라앉을까? 만약 일이 좋지 않게 끝난다면?

복권을 돈으로 바꾸려면 홀든이 필요하지만, 그가 돈을 조금이라도 갖는 것을 나는 원하지 않는다. 그럼 어떻게 해야 할까?

"일단 집에 들어가서 샤워나 하자. 그런 다음 천천히 생각하자."

나는 나 자신을 타이르며 집으로 들어갔다.

21

이튿날 토요일, 나는 꽤 늦게까지 잤다. 복권에 대한 걱정으로 밤을 새우다시피 했기 때문이다. 나는 비틀거리며 침대에서 나와 복도를 걸어갔다. 엄마 방의 문 앞을 요리조리 잘 피해 지나갔는데도 신발더미가 우르르 무너져 내렸다. 엄마는 보이지 않았다. 그런데도 엄마 방의 문이 끼익 소리를 냈다.

"엄마야?"

나는 방문을 살짝 밀어 열었다. 방 안의 전등을 켜자 숨이 턱 막혔다. 몇 년 동안 나는 이 방에 들어온 적이 없다. 아빠가 돌아가시고 이 집으로 이사 온 뒤로 엄마와 나는 각자의 공간을 차지하고 살았다. 할머니의 방이 내 방과 엄마 방 사이에 있어서 우리는 그럭저럭 거리를 유지해 왔다. 나는 엄마의 공간을 침범하지 않았고, 엄마 또한 내 공간을 침범하지 않았다.

우리 집 곳곳을 보면 엄마가 얼마나 쓸쓸하고 슬픈 삶을 사는지 알 수 있다. 엄마 방도 그렇다. 엄마가 얼마나 외롭고 비통한 삶을 사는지를 보여 주는 공간이다. 엄마 방을 보면서 좀 더 일찍 들여다보아야 했다는 생각이 들었다.

나는 방 안을 둘러봤다. 시간을 거슬러 올라가는 것 같은 기분이었다. 모든 것이 내슈빌에서 살았을 때 엄마와 아빠의 침실 모습과 똑같아 보였다. 벽을 전과 똑같은 청록색으로 칠했고, 침대보도 똑같은 회색이다. 벽에 걸린 사진도 전과 다름없었다. 내가 아기였을 때부터 열두 살 때까지 찍은 사진도 있다. 엄마 화장대는 보석함과 사진과 책으로 가득 차 있다. 아빠가 쓰던 거울 달린 탁자도 전처럼 창문 아래 놓여 있는데, 그 위에는 반쯤 빈 향수병과 책갈피를 끼운 책이 쌓여 있다. 방바닥은 신문지더미와 상자들이 차지해 발 디딜 틈이 없을 정도다. 나는 물건을 넘어뜨리지 않도록 조심하며 탁자로 가서 향수병을 집어 허공에 향수를 뿌렸다.

아빠가 방에 있다. 아빠의 팔이 학교에서 힘든 하루를 보낸 내 어깨를 살며시 감쌌다. 밖에서 함께 산책하던 중

날씨가 춥다며 아빠가 스웨터를 입혀 준 때처럼 몸이 따뜻해졌다.

아빠의 유령과 함께 있는 시간이 더 오래 지속되기를 바라며 숨을 깊이 들이쉬었다. 그러고는 향수병을 내려놓고 침대로 다가갔다. 침대도 전혀 정리되어 있지 않다. 한쪽에 아빠가 누운 흔적이 있다. 마치 아빠가 누워 있다가 방금 침대에서 내려간 것 같다. 엄마가 아빠의 베개를 그대로 두어서 더 그런 느낌이 들었다.

갑자기 슬픔이 가슴 가득 밀려왔다. 나는 침대를 벗어나 옷장 문을 열었다. 옷의 절반은 엄마 것이고 나머지 절반은 아빠 것이다. 엄마가 아빠의 물건을 하나도 버리지 않고 간직한 사실을 이제야 알았다. 돌아가신 아빠의 옷을 왜 옷장에 보관하고 있을까?

답은 뻔하다. 아빠가 없기 때문이다. 엄마는 그렇게 해서라도 아빠를 곁에 두고 싶은 것이다. 하지만 아빠를 기억하기 위한 이 공간도 엄마의 병을 치유하는 데 도움이 되지는 않는다. 나는 손을 뻗어 아빠의 헌 스웨터를 쓰다듬었다. 팔꿈치 부분에 가죽을 덧댄 짙은 파란색 스웨터다. 옷장 안에는 30벌이 넘는 스웨터와 티셔츠가 있다. 엄마는 아빠의 이 헌 스웨터를 그 어느 것보다 중요하게 여길 것이다.

나는 옷걸이에서 아빠 스웨터를 꺼내 티셔츠 위에 입었다. 마치 갑옷을 입은 듯한 느낌이다. 불타는 건물로 들어가서 불을 끄려는 소방관 아빠의 품에 안긴 것 같기도 하다.

나는 옷장 문을 닫고 방을 나와 내 방으로 돌아왔다. 그때 스마트폰이 "딩동!" 하고 울렸다.

> **브랜** 잘 버티고 있어? 네가 걱정돼.

> 괜찮아. 생각할 시간이 좀 필요해서 집에 있어. **제인**

> **브랜** 이제부터 뭐 할 거야? 난 종일 일해. 일 때문에 나갈 수도 없어.

> 모르겠어. 뭘 할지 정해지면 문자 보낼게. **제인**

나는 스마트폰을 내려놓고 나서 내게 물었다. 뭐 할 거지? 온종일 마음 졸이며 집에만 틀어박혀 있을 수는 없다.

홀든에게 받은 '고래 관찰'이라는 글이 적힌 스웨트 셔츠를 내려다봤다. 문득 할 일이 떠올랐다. 이 끔찍한 옷을 불태울 곳을 찾는 일이다. 나는 스웨트 셔츠를 백팩에 쑤셔 넣었다. 그러고는 홀든에게 받은 혹등고래 그림의 에나멜 핀을 백팩에서 떼어 쓰레기통에 던진 뒤 스마트폰과 라이터를 챙겨 들었다.

방을 나가기 전 나는 복권이 제자리에 안전하게 놓여 있는지 확인했다. 복권은 여전히 책장에 꽂힌 《변화하는 바다》에 끼워져 있다. 복권을 가져가야 할까? 그러다 잃어버리면 어떡해? 강도를 만나 빼앗길 수도 있어.

강도라고? 이봐, 제인. 여기는 뉴욕이 아니라 레이크스 보로야. 강도 짓을 할 사람은 없다고.

그래, 그런 사람은 없다. 복권을 가져가야겠다. 홀든의 말을 생각하면 복권을 몸에 지니고 다니는 편이 더 안전할 것 같다.

나는 《변화하는 바다》도 백팩에 넣었다. 그러고는 나를 넘어뜨릴 물건이 없기를 바라며 물건 더미를 요리조리 피해 아래층으로 내려갔다.

나는 주방으로 가다가 걸음을 멈췄다. 덩치 큰 쓰레기 버리는 날에 발견한 웨딩드레스가 거실 한쪽 벽에 걸려 있고, 그 옆에는 세인트 비니스에서 가져온 드레스도 걸려 있었다. 그런데 지금은 그게 다가 아니다. 웨딩드레스의 수가 눈에 띄게 늘어나 있다. 다섯 벌이나 더 늘었다. 대부분 찢어졌거나 얼룩이 져 있다.

우리 집은 영락없이 미스 하비샴의 응접실 같다. 나는 엄마가 드레스에 둘러싸인 채 상한 웨딩 케이크를 먹으며 내게 소리치는 날이 올 거라고 생각했다. 모든 웨딩드레스가 내 일을 망칠 것 같은 불길한 예감이 들었다.

나는 엄마가 수집광임을 일찌감치 알아챘다. 하지만 엄마나 나나 수집광이란 말을 한 번도 입에 담지 않았다. 나는 광적으로 무언가를 수집하는 것이 병이라는 점도 알고 있었다. 사람들이 왜 무언가를 모으는 데 집착하는지 그 이유를 조사해 보기도 했다. 대부분 정신 질환과 관련이 있었다. 다행히 치료가 가능했다. 엄마도 가능할까? 엄마가 매디슨의 중고품 할인점에 다시 들러 수백 달러를 주고 샀을 웨딩드레스들로 가득한 이 거실은, 엄마가 얼마나 깊이 병들었는지를 보여 주는 장소 중 하나다.

엄마는 내 도움을 받으려 할까? 누군가가 한때 소중히 여겼던 물건을 모아 거기에 얽힌 추억을 구해 내겠다는 엄마의 집착과 열정이 남에게 해롭나? 엄마가 엉망으로 만든 집 안 꼴이 눈에 거슬릴지언정 비위생적인 것은 아니다. 그렇다면 그것이 그렇게 큰 문제인가?

나는 이 질문에 답할 여유가 없다. 내 문제만으로도 너무 벅차다. 적어도 오늘은 그렇다.

오래된 페트병에 물을 가득 채웠다. 그러고는 찬장에 남

아 있는 마지막 그래놀라 바를 백팩에 넣었다. 식품 보관함
에는 쌀 한 봉지와 오래된 라면 한 봉지만 있을 뿐이다. 그
것들도 백팩에 넣었다. 내가 오늘 얼마나 오래 밖에서 지낼
지는 아무도 모른다.

　나는 온갖 종류의 시나리오로 머릿속을 가득 채운 채 집
을 빠져나와 10월 말 아침의 차가운 공기 속으로 들어갔다.
잔디에 이슬이 내린 탓에 운동화가 젖었다. 하지만 해가 뜨
면 발이 따뜻해질 것이다. 엄마가 '구해 낸' 자전거 더미에
서 내 자전거를 끄집어냈다. 그러고는 힘차게 페달을 밟아
빠른 속도로 집에서 멀어졌다.

　자전거 길을 따라 80킬로미터쯤 달리면 시내를 벗어나
시골로 들어서게 된다. 먼 옛날 빙하가 녹으면서 만들어진
시골길을 나는 아주 좋아한다. 자전거 페달을 밟아 마을 한
복판을 가로질러 시골길이 시작되는 곳으로 향했다. 페달
을 밟는 발의 움직임이 점점 빨라졌다. 후드티 모자를 쓰고
있어 누가 나를 알아볼 리 없다. 그런데도 아는 사람과 마
주칠까 봐 계속 빨리 달렸다. 시내 중심가의 신호등에서 왼
쪽으로 돌아가려 할 때 이상하게 신경이 쓰였다. 누군가와
마주칠 것만 같다. 그저 운 좋게 아무도 마주치지 않기를
바랄 뿐이다.

오늘은 아무래도 운이 썩 좋은 것 같지 않다. 신호가 바뀌기를 기다리는데 차 한 대가 와서 내 옆에 멈췄다. 차의 운전석을 향해 고개를 돌렸다. 순간 홀든의 눈과 마주쳤다.

이런.

홀든이 뭐라고 말하며 창문을 내렸다. 홀든의 말 따위 듣고 싶지 않다. 홀든에게 드는 감정은 이제 분노뿐이다. 신호가 바뀌든 말든 상관 않고 자전거 핸들을 왼쪽으로 획 돌린 뒤 힘껏 페달을 밟았다. 그러다가 머리 없는 사슴 사체를 지붕에 얹은 스테이션왜건과 부딪칠 뻔했다. 운전자가 급하게 브레이크를 밟고는 경적을 크게 울렸다.

나는 사과하는 의미로 손을 흔들었다. 그러고는 홀든이 따라오기 전에 쏜살같이 달려 중심가를 벗어났다. 이윽고 시골로 이어진 길 위에 들어섰다.

흙과 자갈이 단단하게 다져진 길로 들어서자 내 안의 무언가가 하늘 높이 날아오르는 것 같았다. 계속해서 동쪽을 향해 달렸다. 머리 위로 나무들이 주황색과 붉은색의 환한 터널을 이루고 있었다. 바람이 불면서 나무들이 부딪치는 소리가 들렸다.

나는 더 세게, 더 빨리 페달을 밟았다. 걱정과 두려움과 불안 같은 감정에서 달아나듯 쉬지 않고 앞으로 나아갔다. 이것은 나를 헤치려는 사람들, 내가 가진 것을 빼앗으려는 사람들, 내게서 무엇을 얻을 수 있는지 계산하고 나를 이용하려는 사람들한테서 벗어나려는 몸부림이다.

불쑥 길을 가로질러 뛰어가는 회색 다람쥐를 보고 깜짝 놀라 멈춰 섰다. 숨을 헉헉거리며 땅에 발을 디뎠다.

복권을 돈으로 바꾸고도 이렇게 계속 달려야 할까? 누구를 믿어야 할지 모른 채 무작정 달아나야만 하나?

물을 한 모금 마시고 주변을 돌아봤다. 어느 때보다 멀리 온 것 같다. 스마트폰을 꺼냈다. 신호가 잘 안 잡히다가 간신히 잡혔다.

> **브랜** 제인, 괜찮아? 별일 없지?

브랜을 기다리게 할 수는 없다. 나는 모든 사람에게서 완전히 사라질 수 있다. 하지만 할머니와 브랜에게서는 사라질 수 없다. 나는 다시 물을 꿀꺽꿀꺽 마시고 브랜의 메시지에 답장을 보냈다.

> 이런저런 생각을 하며 시간을 보내고 있어.
> 잠시 자연 속으로 사라지려고 해. **제인**

> **브랜** 네가 그러는 거 내가 싫어하는 줄 잘 알잖아.

삶이 너무 힘들 때나 무언가 진지하게 생각할 일이 있을 때면 나는 자연 속으로 사라지곤 했다. 브랜 가족의 호박 농장에서 일자리를 얻기 전 나는 걸핏하면 몇 시간 동안 우리 집 주위의 들과 숲을 걸었다. 사방이 캄캄해도 집에 돌아가지 않고 몇 킬로미터를 걷고 또 걸은 날도 있었다. 브랜은 그것이 얼마나 무모한 행동인지 아느냐며 잔소리를 퍼붓곤 했다. 하지만 내 마음은 들과 숲을 돌아다녀야만 비로소 평온을 되찾았다.

제인

내가 해양학자가 되면 몇 주씩 잠수 타는 일이 많을 거야. 안 그래?

브랜

그것과는 달라. 해양학자한테는 배와 승무원이 있어. 하지만 위스콘신주 남부의 들이나 숲에 있는 네게는 아무것도 없어. 그래서 위험하다고.

제인

나 정말 괜찮아. 그러니까 걱정하지 마.

브랜

내 한숨 소리 안 들려? 지금 네가 어디쯤 있는지 정도는 알려 줘. 그래야 너한테 연락이 없으면 수색대라도 보낼 수 있으니까.

무슨 수색대를 보내? 아무튼 걱정해 줘서 고마워. 나는 자전거 길을 따라 동쪽으로 가고 있어. 오늘 밤 늦게라도 집에 돌아갈 거고, 그때 다시 문자할게. **제인**

브랜 조심해. 그리고 로또 복권 문제는 걱정하지 마. 우리가 해결할 수 있으니까.

정말 해결할 수 있을까? 그러면 좋겠어. 홀든을 보면 쓰레기통이든 뭐든 상관없이 처넣어 버려. 나 대신에 말이야. **제인**

브랜 알았어. 그럴게.

스마트폰의 전원을 껐다. 이제부터 한동안 인간과의 접촉은 없을 것이다. 스마트폰을 백팩에 넣은 뒤 다시 자전거에 올랐다. 어디로 갈지는 모르겠지만 앞에는 몇 킬로미터의 길이 죽 뻗어 있다.

해가 머리 위에 있을 무렵 페달 밟는 것을 멈췄다. 몇 시간을 달렸는지 모를 정도로 자전거를 오래 탄 탓에 다리가 아팠다. 소변도 마렵다. 그래서 길에서 벗어난 자그마한 공원을 향해 페달을 밟았다. 공원에는 테이블 몇 개, 화장실 하나, 작은 놀이터, 운동 공간이 있었다.

놀이터에서 한 가족이 테이블에 앉아 샌드위치를 먹고 있다. 아장아장 걷는 여자아이가 귀엽다. 여자아이는 엄마와 아빠, 그리고 놀이터 사이를 왔다 갔다 하며 뛰놀았다. 엄마와 아빠 머리 위로 낙엽을 던지고 달아나며 까르르 웃기도 했다. 나도 어렸을 때 엄마와 아빠에게 그랬던 기억이 떠올랐다. 아빠는 내슈빌 집 뒤뜰에서 떡갈나무 나뭇잎을 긁어모아 엄청나게 큰 낙엽 더미를 만들었다. 그러면 나는 미끄럼틀을 타고 내려가 낙엽 더미에 파묻혔다. 엄마와 아빠가 서로에게 낙엽을 던지던 모습이 눈앞에 아른거렸다. 엄마의 웃음소리도 들렸다. 나는 낙엽을 더 집으려고 엄마, 아빠 뒤로 달려갔다. 어느 순간 아빠가 엄마의 등을 양손으로 밀었다. 엄마가 낙엽 더미에 넘어져 반쯤 묻혔다. 아빠도 엄마 위로 넘어졌다. 나는 아빠 위로 넘어졌다. 공중으로 퍼지는 웃음소리, 낙엽을 헤치는 소리, 나를 감싼 엄마와 아빠의 따뜻한 팔, 그리운 고향 집…….

나는 놀이터에서 행복하게 웃는 부부가 나를 볼세라 얼른 뒤돌아섰다. 저 가족을 불안하게 해서는 안 된다.

공원을 걷는 내내 엄마와 아빠에 대한 그리움 때문에 마음이 아팠다. 바람에 휙 쓸려 가면 좋으련만 그리움은 쉽게 가시지 않았다. 다른 생각으로 가리려고 해도 소용없었다. 로또에 당첨되어 돈이 많아도 예전에 가족과 함께 누렸던 행복을 다시 누릴 수는 없을 것이다.

두 손이 얼음장처럼 차가워지고 바람이 살갗을 뚫고 파고들 때까지 공원을 돌아다녔다. 그러다 공원 화장실에서 볼일을 본 뒤 피크닉장과 놀이터로 돌아왔다. 조금 전에 보았던 가족은 어디로 갔는지 보이지 않았다. 나는 피크닉장 한쪽에 있는 커다란 화로에 홀든에게서 받은 스웨트 셔츠를 던져 넣었다. 그러고는 종이 몇 장을 셔츠 위에 올려놓은 뒤 집에서 가져온 라이터로 불을 붙였다.

불꽃이 타닥거리며 튀었다. 불타고 싶지 않은 셔츠가 몸부림을 치는 것 같다. 셔츠의 모자와 소매 그리고 '고래 관찰'이라는 글에 불이 붙을 때까지 우두커니 서서 바라봤다. 시뻘건 불이 홀든과 내가 함께 했던 시간을 굶주린 듯 삼켰다. 그제야 나는 돌아섰다.

22

해 질 무렵 나는 집으로 돌아왔다. 엄마의 트럭이 진입로에 세워져 있고, 뒤뜰에서는 연기가 피어올랐다. 라디오에서 흘러나오는 컨트리 음악을 따라 부르는 엄마의 노랫소리가 들려왔다. 이건 엄마가 술에 취해 있다는 신호다. 엄마는 술에 취하지 않고는 여간해서 노래하지 않는다. 나는 녹슨 장난감이나 놀이 기구 등에 부딪쳐서 다치지 않도록 조심하며 한 바퀴 크게 돌아 뒤뜰로 갔다.

엄마는 아빠의 재킷을 입고 화로 옆에서 음악에 맞추어 춤을 추고 있다. 엄마의 절친 도리스 아주머니가 화로 옆 접이식 의자에 앉아 위스키를 병째 마시고 있다.

"제인이구나!"

엄마가 나를 손가락으로 가리키며 소리쳤다. 나는 너무 피곤해서 누구와도 어울리고 싶지 않았다. 그런데 엄마와 도리스 아주머니라니! 더 피곤해지는 것 같다. 하지만 엄마에게 다가갔다.

"요즘 어떻게 지내세요?"

내가 인사를 건네자 도리스 아주머니는 내게 위스키병을 건넸다. 나는 병을 받아 한 모금 마셨다. 목구멍 안으로 불을 집어넣는 것 같다.

"곧 네 생일이지? 생일 축하한다, 내 딸!"

엄마가 맥주병을 치켜들고 말했다.

"네가 벌써 어른이 다 되었다는 게 믿어지지 않아."

엄마는 엉거주춤한 자세로 두 팔을 벌려 나를 껴안았다. 엄마의 품이 세상에서 가장 안전하고 따뜻한 공간이라고 믿고 싶다. 비록 엄마는 술에 취해서 나를 껴안고 있지만 말이다. 엄마 품으로 깊이 파고들어 로또에 대해 털어놓고 싶다. 그렇게 하면 홀든으로 인한 근심과 걱정이 허공으로 훌훌 날아갈 것 같다.

하지만 그럴 수 없다. 그렇게 하지 말아야 한다. 엄마와 나는 옛날의 우리가 아니다.

"어젯밤 누군가 완다스에 침입했다는 소식, 너도 들었니?"

도리스 아주머니가 그렇게 묻고는 스마트폰을 들어 올렸다.

"방금 뉴스에서 봤거든. 침입자들이 아무것도 가져가지는 않아서 경찰은 수사하지 않으려나 봐."

"정말이에요? 누가 어떻게 침입했는지 궁금하네요."

나는 태연하게 말했다.

"아마 당첨된 복권과 관련 있을 거야. 틀림없어."

엄마는 나를 품에서 풀어 주고는 계속 말했다.

"당첨자는 아직 나타나지 않았어. 당첨자한테 무슨 문제가 있는 것 같아. 그나저나 나한테 그 복권이 있으면 좋겠다. 스토리지 솔루션스를 몽땅 사 버리게 말이야."

도리스 아주머니가 엄마를 향해 웃으면서 위스키병을 흔들었다.

"그 복권이 나한테 있으면 가게를 너한테 준 뒤 오토바이를 타고 알래스카로 떠날 거야."

"그 복권이 있으면 내가 구해 낼 수 있는 물건이 얼마나 많을까? 물건으로 가득한 창고를 몇백 개는 갖게 되겠지."

엄마와 도리스 아주머니는 복권 당첨금으로 자신들이 누릴 수 있는 것에 대해 신나게 떠들어 댔다. 내가 생각한 그대로다. 엄마는 내게 도움이 안 된다.

"그렇게들 하세요. 저는 이만 물러날 테니 두 분은 계속

백일몽이나 꾸시라고요. 굿나잇!"

나는 그렇게 말하고 돌아섰다.

"제인, 잠깐만! 도리스 아줌마가 가져온 거 보여 줄게."

엄마는 접이식 의자 사이에 놓인 상자를 집어 들었다.
뚜껑을 열자 반짝거리는 크리스마스트리가 나타났다.

"엄마, 나는 남의 크리스마스 물건 따위 관심 없어. 그만
자러 갈게. 피곤해."

"좋을 대로 해. 이런 상자가 트럭 한 대 분량이나 있어.
그러니까 내일 나와 함께 하나하나 살펴보자."

"기대할게."

나는 나지막이 중얼거렸다. 엄마는 내가 빈정대는 줄도
모르는지 활짝 웃었다.

나는 엄마와 도리스 아주머니가 술에 취해 상자를 뒤지
며 내지르는 환호성을 더는 듣지 않으려고 애썼다. 어서 빨
리 두 사람 곁을 떠나는 수밖에 없다. 나는 내 방으로 터덜
터덜 올라가며 스마트폰을 확인했다. 홀든과의 모든 일은
실수였던 것 같다. 어쩌면 홀든은 나를 협박하는 게 아닐지
모른다. 아니다, 그는 나를 협박했다. 홀든은 정말로 나쁜
놈이다. 홀든 때문에 내 마음은 여전히 아팠다.

침실 문을 여는 순간 나는 무언가 잘못되었음을 알아차
렸다. 창문이 활짝 열려 있다. 차가운 바람이 불어와 커튼

이 휘날렸다. 걸음이 멈춘 것은 그 때문만이 아니다. 깨끗하게 정돈된 내 방, 내 안식처가 엉망이 되어 있다.

오, 이런! 안 돼! 안 돼! 안 돼!

마치 영화의 한 장면 같다. 모든 것이 뒤집혀 있고 그야말로 난장판이다. 책상 위에서 종이들이 춤을 췄다. 빨래 바구니도 뒤집혀 있고, 화장대와 옷장은 텅 비어 있다. 옷이 아무렇게나 여기저기에 흩어져 있다. 하지만 그 때문에 갑자기 현기증이 난 것은 아니다. 내 책들……. 오, 안 돼! 안 돼! 책장에 꽂혀 있던 모든 책이 침대 위에 널브러져 있다.

그 책 어디 있지?

가슴이 빠른 속도로 두근거렸다. 나는 필사적으로 책 더미를 파헤쳤다. 내가 가장 좋아하는 소설들, 그러니까 《재난》, 《학의 후손》, 《하늘을 나는 소녀들》, 《나이팅게일》, 《시인 X》, 《밤의 서커스》, 《피와 물과 페인트》, 《상실의 기술》을 비롯해 수백 권의 책이 어지럽게 흐트러진 채 책장이 마구 찢겨 있다. 그 가운데에는 중고 서점에서 구입한 생물학 책들도 있다. 표지 안쪽에 '멀리 힘차게 나아가 위대한 푸른 세계의 많은 것을 탐사할 제인에게'라는 데이비스 선생님의 격려 글이 적힌 《해양 생물학 개요》도 갈기갈기 찢겨 있다.

나는 침대 한쪽으로 책을 밀쳐 놓고 한 권씩 살펴봤다.

《변화하는 바다》는 눈에 띄지 않았다. 책 더미를 파헤쳐도 없다. 바닥의 옷 더미 속에도 없다. 이는 로또 복권이 행방불명되었다는 의미다.

나는 침실에서 나와 욕실로 들어갔다. 이런, 망할! 누군가가 욕실의 수납함과 내 개인 물건까지 샅샅이 뒤졌다. 화장품이며 칫솔이 바닥에 떨어져 있다.

대체 누가 이런 짓을 했단 말인가? 푸른색의 네모난 종이쪽지가 욕실 거울에 붙어 있다. 글씨체를 보니 홀든이 쓴 것이다. 종이가 푸른색인 것은 내가 좋아하는 색이기 때문이다. 홀든은 나를 놀리려고 푸른색 종이쪽지를 붙인 것이다.

제인, 나는 이 돈을 가질 거야. 어떻게 해서든. 네겐 열두 시
간 남았어.

글을 읽는 순간 급소를 얻어맞은 것 같았다. 홀든이 내 방에 침입했다는 게 믿기지 않았다. 홀든이 내 책을 마구 흐트러뜨리고 발기발기 찢었다는 게 믿기지 않았다.

홀든은 이렇게 하면 내가 자기에게 복권을 순순히 내줄 거라고 생각했나? 홀든은 자기가 복권을 훔칠 수 있다고 생각했나? 나는 돈이 사람을 미치게 할 수 있다는 사실을 안다. 완전히 다른 사람으로 만든다는 사실도 안다. 홀든은 이제 다른 사람이 되었다. 타락할 대로 타락한 인간이 되었다.

하지만 나는 이런 일을 두고 경찰에 신고할 수 없다. 엄마에게 이야기할 수도 없다. 홀든이 무엇을 찾으려 했는지 설명해야 하기 때문이다. 뜨거운 눈물이 솟구쳤다. 나는 욕실 바닥에 무너질 듯 주저앉았다. 욕조와 변기 사이에 몸이 낄 때 나는 깨달았다. 아직 백팩을 메고 있다는 사실을 말이다.

자전거를 타고 나가기 전 《변화하는 바다》를 백팩에 넣은 사실도 깨달았다.

야호!

나는 함성을 지르며 재빨리 백팩을 벗어 책을 꺼냈다. 로또 복권은 여전히 그곳에 있다. 《변화하는 바다》에 끼워져 있다.

하하!

홀든, 멍청이 같은 녀석!

복권 당첨금 때문에 평생 동안 곤란을 겪을 수 있겠다는 생각이 들었다. 홀든을 다른 사람으로 바꾸어 놓았듯 복권 당첨금이 다른 유형의 폭력이나 광기도 불러일으키지 않을까? 더는 상상도 하고 싶지 않다. 이참에 아예 끝내 버리자.

엄마가 피운 불에서 풍기는 연기 냄새가 내 방의 열린 창문으로 들어왔다. 나는 내가 해야 할 일이 무엇인지 안다. 엄마에게 부탁하느냐, 홀든에게 넘기느냐를 놓고 고민할 일은 더 이상 없다.

다 필요 없다!

복권을 불태워 버릴 것이다. 그러면 홀든의 허무맹랑한 꿈도 사라지고, 내 인생 또한 정상으로 돌아올 것이다.

백팩에서 라이터를 꺼냈다. 돈을 불태우면 불법이지만, 잠재적 돈을 태우는 건 불법이 아니다. 맞나?

화장실 세면대에 서서 라이터를 켰다. 주황색 불꽃이 솟아올랐다. 손에 쥔 슈퍼 복권과 비슷한 색이다. 숨을 깊이 들이쉬었다. 이것은 올바른 선택이다.

나는 천천히 라이터 불을 복권 쪽으로 옮겼다.

나는 정말로 복권을 태워 버릴 것이다.

나는 정말로 5,800만 달러의 기회를 한 방에 날려 버릴 것이다.

라이터 불을 복권에 가까이 댔다.

복권을 태운 순간을 평생 후회하며 살까?

지금 복권을 태우면, 남들이 내 돈을 훔치거나 돈 때문에 나를 배신할지도 모른다는 평생의 걱정에서 벗어나 자유롭게 살게 될까?

라이터 불이 복권 바로 아래에서 혀를 내밀고 있다. 지금 내가 할 일은 복권에 불을 붙이는 것이다. 불을 붙이면 10초도 채 안 되어 복권은 영원히 사라질 것이다. 내 인생에서 영원히 사라지리라. 5,800만 달러가 연기와 함께 재가 되는 것이다.

나는 라이터 불을 복권에 더 바짝 갖다 댔다. 라이터 불이 굶주린 듯 혀를 날름거렸다. 5,800만 달러를 단숨에 먹어 치우려고 군침을 흘렸다.

불이 복권에 닿을락 말락 했다. 복권 가장자리에서 가느다란 연기가 났다. 그 순간 나는 라이터를 떨어뜨렸다.

이런!

더 타기 전에 서둘러 복권을 화장실 세면대의 고여 있는 물에 넣었다.

나는 복권을 태울 수 없다.

나는 복권을 태워야 한다.

나는 복권을 태우고 싶다

나는 복권을 태울 수 있다.

나는 복권을 태우지 않을 것이다.

아직은 태울 수 없다.

스마트폰을 꺼내 브랜에게 문자 메시지를 보냈다.

> 복권 태워 버릴 거야. 이게 홀든과의 일을 해결할 방법이기도 한 것 같아. 어떻게 생각해? 말릴 거야? 아니면 이게 최선의 길이라고 말해 줘.

제인

나는 살짝 그슬린 복권 사진도 보냈다. 곧바로 브랜의
답장이 날아왔다.

브랜 태우지 마!

제인 하지만 그래야 여러 문제가 해결될 것 같아. 누군가가 있는 그대로의 나를 좋아하는지 돈 때문에 나를 좋아하는지를 놓고 걱정하지 않아도 될 것 같고.

브랜 말도 안 되는 소리 하지 마. 물론 사람들은 있는 그대로의 너를 좋아해.

제인 나 결심했어. 처음엔 겁도 나고 했지만.

브랜 태우지 말라니까. 진심이야. 나와 얘기 좀 해. 내일 아침 너를 태우러 갈게. 하루만 시간을 줘. 부자가 되는 게 끔찍하기만 한 건 아닌 이유를 말해 줄 테니까.

제인 이유가 뭔데?

브랜 곧 알게 될 거야. 일단 복권을 태우지 않겠다고 약속해.

좋아, 약속할게. **제인**

브랜 내일 아침 9시에 보자.

내일 우리 일 안 해도 돼? **제인**

브랜 우리 대신 일할 사람 구하라고 엄마한테 말할 거야.

좋아. 그런데 넌 무슨 자신감으로 내 생각을 바꿀 수 있다는 듯 말하는 거야? **제인**

브랜 난 너를 알아. 그리고 내 절친이 자신의 미래를 불태우는 걸 막을 방법도 알지.

후유……. 좋아, 내일 아침에 만나자. **제인**

브랜과의 메시지 대화를 끝낸 뒤 내 방의 열린 창문으로 다가갔다. 그러고는 음악 소리에 묻히지 않도록 크게 소리 질렀다.

"엄마! 나 내일 브랜과 하루 종일 같이 있을 거야. 트리 장식은 나중에 할게."

"알았어. 네게 필요한 일을 해, 포르튜나 제인!"

엄마가 손을 흔들며 말했다. 술 취한 탓에 목소리도 손동작도 어색했다. 엄마는 초록색 화환을 목에 걸고 있다. 그리고 엄마와 도리스 아주머니가 앉은 의자 사이에는 은색 크리스마스트리가 세워져 있다. 이윽고 엄마와 도리스 아주머니는 새 상자를 열고 크리스마스 아침의 아이들처럼 "꺄악!" 즐거운 비명을 질렀다. 그러고는 반짝이 더미를 꺼냈다. 물론 집 안에 들어오는 순간 그것들은 새로운 쓰레기 더미일 뿐이다.

23

일요일 아침, 브랜은 정각 9시에 우리 집 앞에 차를 세웠다. 청바지에 스크리칭 위즐*의 로고가 그려진 티셔츠를 입고 그 위에 자주색 벨벳 재킷을 걸친 데다 스니커즈를 신고 있다. 나도 옷차림에 신경 썼다. 검은색 타이츠, 작은 유니콘들이 그려진 드레스(중고품 할인점에서 구매했다.), 그리고 재킷 안에 카디건을 입고 있다. 복권이 끼워져 있는 《변화하는 바다》는 커다란 지갑 속에 들어 있다. 완다스 침입 사건 후 더 안전하게 보관하지 않으면 안 된다는 생각이 들었기 때문이다.

★ 미국의 펑크록 밴드

"멋지게 빼입었는데."

내가 조수석에 타자 브랜이 말했다.

"너, 단단히 준비하고 나왔겠지? 오늘 아주 신나게 놀 거야."

"어떻게? 싱가포르로 날아가 마리나베이샌즈 호텔에 묵을 거야? 제발 그러겠다고 말해 줄래?"

나는 건물 옥상의 수영장부터 멋진 식당들, 전망이 황홀한 그 초호화 호텔의 모든 것을 떠올렸다. 몇 년 전 마리나베이샌즈를 소개하는 여행 방송을 보고 언젠가는 이 호텔에 묵어야겠다고 생각했다. 이를테면 마리나베이샌즈는 내게 유토피아 같은 곳이다.

내 말에 브랜이 코웃음 쳤다.

"네가 복권을 돈으로 바꾸면 함께 그 호텔에 가자. 오늘은 밀워키에 갈 거야. 은행에 들른 뒤에 말이야."

"밀워키?"

나는 조금 실망했다. 누가 밀워키를 '신나게 노는' 도시로 생각하겠는가?

"재미있을 거야. 나를 믿어."

브랜이 자신 있게 말했다. 브랜은 차를 몰아 마을 한가운데에 있는 은행의 드라이브 스루 창구 쪽으로 향했다.

"뭐야? 5,000달러나 인출할 거야?"

브랜이 적은 출금 전표를 보고 나는 놀라서 물었다.

"그 많은 돈을 어디서 났어?"

"대학 학자금 펀드야."

브랜이 출금 전표를 창구 직원에게 건네며 말했다.

"오늘 우리 신나게 놀 거라고 했잖아. 그리고 이 5,000달러는 네가 복권을 돈으로 바꾸면 갚아라. 알았지?"

"내가 복권을 돈으로 바꾸지 못하면 어떡할 건데?"

브랜이 빙긋 웃었다.

"그럼 기다렸다가 네가 직업을 가졌을 때 갚으라고 할 거야."

나는 곁눈질로 브랜을 째려봤다.

"이 5,000달러는 복권을 돈으로 바꾸도록 나를 유혹하려는 미끼 같은데. 안 그래?"

"그렇지 않아. 의심하지 말고 나를 믿어. 우리는 오늘 아주 멋진 하루를 보내게 될 거야."

은행 직원이 현금으로 가득한 봉투를 창구 너머로 내밀었다.

"받아."

브랜이 봉투를 내게 건넸다.

"오늘 오후 시간에 스파를 예약해 놨어. 그리고 갈 곳 몇 군데를 생각해 놨지. 그 돈, 네가 원하는 대로 써."

나는 봉투를 열고 20달러와 5달러 지폐 뭉치를 내려다봤다. 입이 저절로 벌어졌다. 물론 5,000달러는 내가 여태껏 가져 본 적 없는 액수다. 아무 일 아니라는 듯 태연하게 받아서 가지고 있기에도 너무 큰 돈이다. 내가 억만장자라면 돈이 가득 든 봉투를 친구들에게 나누어 주는 일 따위야 얼마든지 할 수 있을 것이다. 하지만 지금으로서는 꿈같은 일이다.

"우리 어디부터 갈까?"

마을을 빠져나와 94번 고속도로로 들어가서 핸들을 동쪽으로 꺾으며 브랜이 물었다.

"어이, 부자 아가씨! 아가씨를 위해 멋진 계획을 생각해 놨어."

나는 차창 밖으로 달리는 차들을 바라보며 잠시 생각에 잠겼다. 나 대신에 복권을 돈으로 바꾸어 줄 사람만 있으면 나도 내 차를 갖게 되겠지? 여태껏 남의 차를 얻어 탔지만 나도 근사한 차를 구입해 당당하게 몰고 다닐 거야. 내 차를 갖는 것은 그 자체가 자유와 독립을 뜻한다. 나도 주위의 십 대 아이들처럼 생활하게 될 것이다.

"미술관부터 가 보자."

나는 그렇게 말하고 돈 봉투를 지갑 속에 넣었다. 차가운 10월의 공기가 들어오도록 창문을 내렸다. 햇빛이 눈부

시게 밝다. 선글라스 가져오는 걸 깜빡했다.

"미술관은 나중에. 선글라스 먼저 사러 가야겠어."

"알았습니다, 대장님."

브랜이 싱긋 웃으며 말했다. 한 시간 뒤, 우리는 야외 쇼핑몰에 차를 세우고 값비싼 선글라스를 파는 가게에 들어갔다.

"브랜, 이것들 모두 200달러가 넘어."

선글라스에 붙어 있는 가격표를 들여다보며 브랜 귓가에 속삭였다. 선글라스를 집어 들었다가 내려놓기를 반복하자 점원이 나를 노려봤다. 우리보다 몇 살 더 많아 보이는 남자 점원은 양복을 말쑥하게 차려입었다. 점원은 우리가 가게에 들어올 때부터 도둑을 대하듯 감시의 눈초리로 바라보았다.

브랜은 점원이 노려보든 말든 상관하지 않고 황금 테의 베르사체 선글라스를 집어 내게 건넸다.

"아무래도 선글라스는 200달러는 넘어야 쓸 만해 보여. 오늘은 라이프 스타일을 바꾸는 연습을 하는 날이야. 어느 걸 사고 싶어? 마음에 드는 걸 골라. 가격이 얼마인지는 따지지 말고."

브랜이 자신 있게 말했다. 도시의 부잣집 도련님이 시골에서 갓 올라온 아이에게 말하는 것 같은 말투다.

"포에버21에 가면 싼 선글라스가 많을 거야."

브랜은 내 말을 듣는 둥 마는 둥 하고 베르사체 선글라스를 구찌 선글라스로 바꾸어 건넸다. 구찌 선글라스는 내 얼굴에 잘 어울렸다. 마치 나를 위해 만든 선글라스 같다.

"안 돼! 너는 이 가게 걸 사야 해."

"돈 많은 부자들이 이런 식으로 쓰다가 가난뱅이로 전락하잖아. 안 그래?"

난 거울 앞에 선 채 얼굴을 찌푸리며 말했다.

"멍청한 부자들은 쓸데도 없는 명품을 마구 사다가 돈이 다 떨어져서야 충격을 받아. 하지만 빌 게이츠의 오랜 친구이자 재산이 700억 달러쯤 되는 워렌 버핏 같은 사람은 다르지. 그는 세계적인 부자이면서도 수십 년 전에 구입한 집에서 살아. 그의 유일한 사치는 10년에 한 번 캐딜락을 사는 것뿐이야."

내 말에 브랜이 구찌 선글라스를 가리켰다.

"네 돈을 전부 이런 걸 사는 데 쓰라는 얘기가 아니야. 다만 지금은 경험 삼아 이런 비싼 걸 사 볼 필요가 있어. 여러 말 하지 말고 그 선글라스 당장 사. 나는 빨리 커피 마시고 싶어. 미술관에도 가고 싶고. 내 말 무슨 뜻인지 알아?"

"그래, 알아. 안다고."

나는 퉁명스레 말했지만 속으로는 기분이 좋았다. 아무

런 거리낌 없이 사고 싶은 물건을 고르는 일은 즐겁고 재미있었다. 나는 고양이 눈처럼 생긴 검은색 구찌 선글라스를 계산했다. 가격은 500달러다. 2,000달러짜리 크리스털 선글라스는 멋져 보였지만 건너뛰었다. 나는 아직 억만장자가 아니니까. 브랜에게도 선글라스가 있어야 할 것 같다. 나는 이것저것 살피다 브랜에게 레이밴 에비에이터 선글라스를 사 줬다. 레이밴을 쓰니 마치 영화배우 같아 보인다.

"816달러입니다."

점원의 말에 놀라서 신음 비슷한 소리를 내자 브랜이 내 등을 쿡 찔렀다.

"아, 그래요? 현금 받나요?"

"물론이죠."

점원이 행운이라도 만난 듯 싱글싱글 웃었다. 나와 브랜은 선글라스를 쓴 채로 가게 문을 나섰다. 좋다. 인정하겠다. 부자 행세하는 것은 기분 좋은 일이다. 부자로 사는 데 큰 어려움 없이 적응할 것 같다.

우리는 미시간호 연안의 한 카페에서 정성을 들여 내린 가장 비싼 커피를 마신 뒤 미술관으로 향했다. 미술관 로비에 들어선 순간 숨이 턱 막혔다.

"우아!"

나는 호흡을 가다듬으며 탄성을 질렀다. 로비는 꼭 대성당의 내부처럼 지붕이 위로 높게 솟아 있다. 건물이 바람에 날아가지 않도록 지붕 전체가 감싸고 있는 것 같다. 고래 배 속에 들어와 있는 기분이 이럴까? 아무튼 묘한 기분이다. 곡선형 창문으로 이루어진 벽이 미시간호를 향하고 있어 우주선이나 거대한 함선에 타고 있는 것 같기도 했다.

"정말 아름답다."

나는 벽 쪽으로 다가가서 기울어진 유리에 몸을 기댔다.

"하루 종일 여기 이렇게 서서 호수를 바라봤으면 좋겠어."

"나도 그래. 너는 당첨금으로 호숫가에 집을 지을 수도 있어. 네가 원하면 뭐든 할 수 있다고."

그럴 수 있을 것이다. 나는 미술관을 돌아다니면서 브랜의 말을 되새겼다. 전시실마다 희한한 예술품이 가득했다. 금도금한 이집트 석관들이 전시된 곳이 있는가 하면, 고대 그리스의 대리석 조각상 같은 아주 오래된 예술품들로 가득한 전시실도 있다. 유럽 전시실에는 가발을 쓴 묘한 표정의 사람을 그린 그림이 가득했다.

"여기 이렇게 쓰여 있어. '매우 부유한 사람들만 초상화를 의뢰할 수 있었다.'라고 말이야."

나는 매혹적인 드레스를 차려입은, 어딘지 불행해 보이는 여자 그림 옆의 설명을 읽었다.

"나 정도면 초상화를 의뢰할 수 있겠는데. 안 그래?"

나는 그림 앞에 서서 초상화 속 여인의 자세와 표정을 흉내 냈다. 브랜이 웃으며 사진을 찍었다.

"의뢰할 수 있을 뿐 아니라 이런 값비싼 그림을 살 수도 있어. 한 점에 몇백만 달러는 되겠지만 말이야."

"내가 몇백만 달러를 들여 미술품을 살 일은 없을 거야."

"어쨌든 너는 충분히 살 수 있어. 그게 중요해. 자, 내가 가장 좋아하는 그림을 보여 줄게. 3,000만 달러는 될 거야."

나는 못 믿겠다는 표정을 지었다. 대가들의 작품이 훌륭하다는 것은 알지만, 캔버스에 물감을 칠한 그림 한 점이 3,000만 달러라니? 어처구니없다는 생각이 들었다.

"제인, 왜 그런 표정을 짓는 거야? 더 비싼 것도 많아."

우리는 워털루 다리를 그린 모네의 작품 앞에 멈췄다. 파스텔로 흐릿하게 그려져 있는 게 꼭 요정들이 사는 성처럼 보였다. 아무리 보아도 비현실적인 작품이다.

나는 조용히 숨을 내쉬었다.

"당첨금이 많긴 한데, 그건 단순한 돈이 아니야. 책임이 따르는 돈이지. 그래서 현명하게 쓰는 법을 알아내려고 해."

"그런 일에 도움을 주는 사람들이 있어. 재계의 여러 분야 사람들이 네게 조언해 줄 수 있을 거야."

"그래, 홀든이 망치지 않는다면 말이야."

"당첨금으로 살인 청부업자를 고용할 수도 있어."

브랜이 악당처럼 웃으며 말했다.

"아무리 홀든이 밉다고 해도 그건 오버야. 그나저나 다음엔 뭐 할 거야? 개인 요트를 빌려 타고 미시간호를 탐사하면 어떨까?"

나는 백팩에서 관광 안내 책자를 꺼내며 물었다.

"10월 말에 요트 타는 건 무리인 듯해. 점심 먹으면서 더 생각해 보자. 그리 멀지 않은 곳에 최고급 식당이 있댔어."

"내가 지금 최고급 음식을 먹어도 되는지 잘 모르겠어. 타코나 먹으러 가자."

"좋아."

우리는 미술관을 나와 나무가 늘어선 곳에 자리한 멕시코 식당으로 들어갔다. 거기서 타코를 먹고는 쇼핑을 하기로 했다. 나는 서점에서 책을 몇 권 샀다. 브랜의 말이 맞다. 요트를 타기에는 늦은 계절인 데다 바람이 너무 세게 불었다. 요트 타기는 앞으로 해치울 일 목록에 넣기로 한다.

"이곳이 우리의 다음 코스야."

브랜이 말하며 고풍스러운 호텔 앞에서 차를 세웠다.

"피스터 호텔."

나는 빨간색 차양에 적힌 이름을 읽었다.

"지금 우리에게 가장 필요한 곳일걸. 30분 동안 마사지를 받을 거야. 들어가자."

브랜은 차 열쇠를 주차원에게 건넸다. 우리는 곧장 로비로 들어갔다.

"와!"

감탄사가 절로 나왔다. 브랜은 프런트로 성큼성큼 걸어갔다.

호텔 로비 천장은 바티칸의 시스티나 성당 같은 분위기를 풍겼다. 푸른 하늘을 배경으로 회색 구름이 그려진 둥근 천장이다. 로비의 양쪽으로 대리석 발코니가 있고, 천장에는 샹들리에가 걸려 있다. 부티 나는 노인들이 라운지의 화려한 벽난로 앞에 앉아 칵테일을 마시고 있다. 검은 원목으로 된 프런트 뒤로 반투명 유리벽이 있다. 우리 발밑에는 크림색과 검은색이 조화를 이룬 호화로운 카펫이 깔려 있다. 조용한 가운데 풍요로운 분위기가 감돌았다. 오래된 이 호텔은 부자들이 이용하는 곳으로 유명하다.

"우리한테 이곳을 드나들 경제적 여유가 있다고 생각해?"

내 물음에 브랜이 씨익 웃어 보였다.

"우리는 몰라도 너한테는 그만한 여유가 있지."

고급 호텔에 드나드는 일에 익숙해질 수 있을지는 잘 모르겠지만 적어도 도전해 볼 기회를 놓치지 말아야지. 우리는 마사지를 받은 뒤 쇼핑을 좀 더 하기로 했다. 나는 신발 세 켤레와 노스페이스 겨울용 점퍼를 샀다. 해 질 무렵, 내게는 몇백 달러만이 남아 있다.

주차장에서 젊은 백인 여자가 유모차를 밀고 우리에게 다가왔다. 여자는 몹시 여윈 데다 더러운 스웨트 셔츠를 입고 있다. 유모차에 탄 아기가 울기 시작했다. 아기는 양털처럼 생긴 지저분한 플리스 담요를 움켜쥐고 있다.

"저, 실례 좀 할게요."

여자가 우리의 쇼핑백을 흘끔거리며 말했다.

"1달러만 빌려줄 수 있어요? 버스를 타야 하는데 돈이 다 떨어졌거든요. 어떻게 할 방법이 없네요. 부탁하면 모두 경멸하는 표정으로 나를 바라보기만 하고 그냥 지나갔어요. 내가 마약 같은 것에 돈을 쓰려는 사람처럼 보였나 봐요."

여자는 말을 마치고 한숨을 길게 내쉬었다. 춥고 지쳐서 절망한 사람처럼 보였다. 브랜의 눈과 내 눈이 마주쳤다. 나는 고개를 끄덕였다. 나는 남은 돈을 꺼냈다. 새로 입은 겨울용 점퍼도 벗었다.

"이거 받으세요."

나는 여자에게 돈과 점퍼를 건넸다.

"이 돈이면 목적지가 어디든 택시를 타고 갈 수 있을 거예요. 점퍼로는 추위를 피할 수 있고요."

여자 눈이 휘둥그레졌다. 여자는 잠시 머뭇거리다 돈과 점퍼를 받았다.

"어떻게…… 이걸 다…… 아무래도……."

여자가 고개를 저으며 돈과 점퍼를 도로 내밀었다.

"못 받겠어요."

"괜찮아요. 받으세요. 아기를 위해서라도 따뜻한 곳을 찾아 보세요."

나는 여자에게 돈과 점퍼를 다시 건넸다. 그러고는 여자가 고맙다는 말을 하거나 거절하기 전에 서둘러 그 자리를 떴다.

"제인."

브랜이 나를 따라오며 소리쳤다.

"여자한테 돈을 다 줄 필요는 없었잖아."

눈물이 볼을 타고 흘러내렸다. 미시간호에서 얼음같이 찬 바람이 불어왔기 때문만은 아니다.

"돈이 우리보다 여자한테 더 필요한 것 같았어. 옳은 일을 했다고 생각해."

브랜이 한쪽 팔을 내 어깨에 얹었다.

"그래, 넌 옳은 일을 한 거야. 생각해 봐. 부자가 되면 좋은 것이 뭔가를 말이야. 사고 싶은 걸 전부 살 수 있는 것만이 다는 아니잖아. 안 그래?"

브랜의 말이 맞다. 생각해 보니 내가 할 수 있는 옳은 일이 많을 것 같다. 부자가 되는 건 놀라운 일이지만 부자가 되는 순간 골치 아픈 문제가 생긴다. 그런 문제가 생기지 않게 하려면 어떻게 해야 할까? 브랜은 주차원으로부터 차를 받고 시동을 걸었다. 우리는 차를 몰고 집으로 향했다.

"이제 어떻게 할 거야?"

밀워키를 떠나며 브랜이 물었다.

"어떻게 할 거냐니, 뭘?"

"복권 말이야. 복권을 돈으로 바꿀 좋은 생각 있어? 네가 생각해 놓은 방법이 있냐고."

내가 대답하기도 전에 브랜의 스마트폰이 울렸다.

"소피야."

"내가 대신 받을까?"

"그렇게 해. 그리고 기왕이면 네가 소피한테 복권 당첨 사실을 말하면 좋겠어. 소피는 생각이 깊어서 이 문제를 해결하는 데 도움을 줄 수 있을 거야."

소피가 도움을 줄지 잘 모르겠다. 하지만 소피의 의견을 들어 볼 필요는 있을 것이다. 또 한 사람이 내 비밀을 알게 되더라도 말이다. 내가 영상 통화 버튼을 누르자 소피가 빙긋 웃는다.

"제인이구나! 위스콘신주에서 내가 두 번째로 좋아하는 사람, 잘 지내고 있어?"

소피의 열정은 전염성이 있다. 나는 미소로 화답했다.

"잘 지내. 우리는 지금 밀워키에서 집으로 가는 중이야. 브랜과 인사해."

나는 스마트폰을 들어 올려 소피와 브랜이 서로를 보며 손을 흔들 수 있게 했다. 브랜은 눈을 길에서 떼지 않은 채 손만 살짝 흔들어 보였다.

"그런데 너희 둘, 오늘 뭘 한 거야?"

소피가 물었다. 나는 숨을 깊이 들이쉬었다. 지금 아니면 앞으로는 기회가 없다. 소피를 믿는 게 옳을 거라는 생각이 들었다.

"비밀 지킬 수 있어?"

소피가 눈을 동그랗게 뜨고는 고개를 끄덕였다.

"물론이지. 무슨 비밀인데? 혹시 브랜이 우리의 봄 방학 계획을 너한테 털어놨어?"

내가 브랜을 흘깃 보자 브랜은 입 모양으로 "나중에 말할게."라고 말했다.

"아니."

내가 짧게 말했다.

"너희의 은밀한 계획이 뭔지 모르겠지만, 오늘 하루 종일 나랑 브랜은 부잣집 아이들처럼 살았어."

나는 소피에게 5,800만 달러의 비밀에 대해 말했다. 오늘 엄청나게 많은 돈을 썼으며, 어느 젊고 가난한 엄마에게 돈을 뭉치째 주고 나서 기분이 어땠는지도 말했다. 내 말에 소피의 입이 크게 벌어졌다. 그리고 이내 미소로 바뀌었다.

"잠깐 정리해 볼까. 너는 억만장자가 될 기회를 잡았어. 그런데 홀든에게 돈을 주고 싶지 않기 때문에 갈등하고 있어. 완벽하게 이해했어. 그래, 홀든은 제쳐 둬."

"홀든은 엑스야! 티셔츠에 이렇게 써 놓고 싶어!"

브랜이 소리쳤다. 브랜의 말에 나는 크게 웃었다.

"맞아. 홀든은 엑스야. 그렇다고 복권을 우리 엄마한테 줄 수도 없어. 그래서 어떻게 해야 할지 모르겠다고."

"복권을 왜 엄마한테 줄 수 없는데?"

"엄마가 돈을 다 써 버릴 게 뻔하거든. 너도 우리 집 봤잖아."

소피가 잠시 생각에 잠긴 표정을 지었다.

"그래도 시도해 볼 만하다고 생각해, 제인. 엄마한테 기회를 줘 봐. 어쩌면 엄마의 문제에도 도움이 될지 몰라."

"엄마가 돈을 다 날려 버리면 어떡해?"

"그렇게 되더라도 너한테는 전보다 더 나쁠 건 없어. 그리고 그렇게 하면 홀든은 돈 한 푼 받지 못할걸. 엄마는 당첨금의 일부라도 너한테 줄 거야. 그럼 너와 브랜은 봄 방학 때 나를 보러 시드니로 올 수 있어."

브랜이 소피의 말에 환호성을 질렀다.

"사실은 그것도 우리의 비밀 계획이야."

브랜의 말에 나는 웃었다. 하지만 마음은 어지러웠다. 엄마를 믿어도 될까? 위험을 무릅쓰고 엄마에게 맡겨?

조금 전 만난 젊은 엄마가 떠올랐다. 그 여자는 불안한 가운데 절망스러운 표정이었다. 그리고 혼자였다. 아빠가 돌아가시고, 나를 돌볼 책임을 온전히 홀로 짊어진 엄마도 그랬을 것이다.

엄마는 결코 완벽한 엄마가 아니었다. 하지만 웬만큼 노력했다고 생각한다. 엄마 나름의 방식으로 말이다. 엄마는 모든 면에서 힘겨웠을 것이다. 그렇다. 엄마는 딸의 이야기를 들을 자격이 있다. 막연하게 세웠던 계획이 점점 분명해졌다.

"소피, 네 말이 맞아. 조언해 줘서 고마워. 이 일이 잘 해결되면 우리는 정말 너를 만나러 갈 거야."

브랜과 나 그리고 스마트폰 속 소피, 우리 셋은 집으로 가는 시간 내내 이야기를 나눴다. 저녁 식사를 하려고 컬버스* 드라이브 스루에 차를 댈 때만 잠시 전화를 끊었을 뿐이다. 주문한 햄버거가 나오기를 기다리는 동안 나는 브랜에게 로또 당첨금을 받기 위한 3단계 계획에 대해 설명했다. 대충 세운 계획이지만 잘될 것 같은 예감이 들었다.

"잘될 거라고 확신해? 걱정하지 마. 너 대신 복권 당첨금을 수령해 올 사람을 우리가 반드시 찾을 테니까."

마을을 지날 때 브랜이 말했다. 나는 숨을 깊이 들이쉬었다.

"우리 엄마가 좋을 것 같아. 그게 최선의 선택이 아닐까 싶어."

"나도 그렇게 생각해."

브랜이 차를 우리 집 진입로에 세웠다.

"오늘 고마웠어. 내겐 마법 같은 하루야."

"내겐 네가 마법이야, 제인. 이 말 잊지 마."

나는 이마 위에 값비싼 선글라스를 올린 뒤 양손에 쇼핑백을 챙겨 들고 차에서 내렸다. 그리고 운전석에 앉은 브랜을 향해 환하게 웃어 보이고는 집 안으로 들어갔다.

＊ 위스콘신주에서 유명한 햄버거 가게

24

엄마는 거실에서 커피 머그잔을 이 선반 저 선반으로 옮기고 있었다. 웨딩드레스 두 벌과 졸업 댄스파티용 드레스 세 벌(황금색, 초록색, 자주색)이 소파에 널려 있다.

나는 문간에 선 채 엄마를 바라보며 길게 한숨을 내쉬었다. 이런저런 두려움이 생각의 표면으로 떠올라 코코아 속의 마시멜로처럼 까닥거렸다. 솔직히 최선의 선택도, 방법도 아니지만 나는 엄마에게 기회를 주기로 한다. 내 계획의 1단계를 시작할 시간이다. 엄마에게 복권을 주고 나 대신 돈으로 바꾸게 하는 것이다. 나는 한 차례 심호흡을 한 뒤 엄마에게 다가가서 엄마 어깨에 한 손을 얹었다.

엄마는 '위킨스 가족 2017년 친목회'라고 적힌 머그잔을 양손으로 든 채 돌아서더니 깜짝 놀랐다.

"어머나, 제인! 놀랐잖아. 들어오는 소리 못 들었는데 언제 온 거야?"

"엄마, 뭐 좀 먹었어?"

나는 햄버거와 감자튀김이 가득 든 봉지를 들어 올렸다. 엄마가 고개를 가로저었다.

"배고팠지만 물건을 다 정리하고 나서 먹어야……."

"우리 이거 먹으면서 얘기 좀 해, 엄마."

나는 엄마 손에서 머그잔을 빼내 선반에 올려놓았다. 엄마는 거실을 나오면서 슬그머니 나를 바라봤다. 나는 식탁에 햄버거와 감자튀김을 늘어놓았다.

"오늘 하루 어땠니?"

엄마가 의자에 앉으며 물었다. 뜻밖이다. 엄마가 내게 '오늘 어땠니?' 하고 마지막으로 물은 때가 언제인지 기억나지 않는다.

"정말 멋진 하루였어."

나는 감자튀김 하나를 입에 넣고 계속 말했다.

"브랜과 함께 밀워키에 갔다 왔어. 거기서 선글라스도 사고 마사지도 받고 그 밖에 여러 가지 재미있는 일을 하느라 돈을 엄청 썼어."

엄마는 햄버거를 크게 한 입 베어 물고 흥미롭다는 표정을 지었다. 그런 엄마의 표정에 나는 이야기를 계속할 힘을 얻었다.

"부자가 되면 어떤 기분일지 경험해 보고 싶었어. 왜냐하면……."

심장이 콩닥콩닥 뛰었다. 목구멍으로 기어오르는 두려움을 꿀꺽 삼켰다. 비밀을 죄다 털어놓자. 자, 시작! 셋! 둘! 하나…….

"왜냐하면 음…… 내가 로또에 당첨됐기 때문이야. 엄마도 알겠지만 당첨금이 5,800만 달러나 돼."

엄마는 햄버거가 목에 걸려 캑캑거렸다.

"뭐, 뭐라고?"

엄마가 두어 차례 기침을 하고는 가까스로 물었다.

"다시 말해 봐, 포르튜나 제인."

"모든 사람이 말하는 슈퍼 로또 복권에 내가 당첨됐어, 엄마."

나는 백팩에서 《변화하는 바다》를 꺼내 살짝 그슬린 조그만 주황색 로또 복권을 집어 들었다.

"원한다면 인터넷으로 당첨 번호를 확인해 봐. 하지만 확인할 것도 없어. 여기 이 번호와 똑같으니까. 내가 며칠 동안 수없이 확인해 봤거든. 하지만 아직 복권에 서명하지 않았어."

나는 복권을 뒤집어 텅 빈 서명란을 엄마에게 보여 줬다. 엄마는 물을 한 모금 마셨다. 엄마의 눈과 내 눈이 마주쳤다.

"대체 뭐가 뭔지 모르겠구나. 어떻게 네가 복권에 당첨될 수 있지?"

나머지 이야기가 내 입에서 줄줄 흘러나왔다.

"아빠 생일에 이 복권을 샀어. 그리고 당첨됐지. 왜 당첨됐는지는 모르겠지만 말이야. 그런데 문제가 있어. 나는 아직 열일곱 살 미성년자잖아. 미성년자가 복권을 사는 건 위법 행위야. 말하자면 로또 위원회에서 내가 복권을 돈으로 바꾸는 걸 허용하지 않을 테고, 나는 자칫 범죄 혐의자로 기소되어……."

엄마가 손을 내 팔에 얹었다.

"제인, 진정해. 왜 좀 더 일찍 나한테 말하지 않았니?"

나는 터져 나오려는 웃음을 간신히 참았다.

"왜 엄마한테 말하지 않았느냐고? 엄마, 주위를 한번 둘러봐."

나는 쓰레기로 가득한 주방, 며칠 전보다 쓰레기 더미가 높이 쌓인 거실, 뒤쪽의 미닫이문 위의 커튼 막대에 걸려 있는 웨딩드레스 등을 차례로 가리켰다.

"엄마한테 말하면 당첨금을 쓰레기를 사는 데 다 써 버릴까 봐 두려웠어."

엄마는 이해한다는 눈빛을 보였다.

"물건이 그렇게 많지는 않아."

"엄마."

엄마가 고개를 가로저었다.

"정말 많지 않아, 제인. 그리고 이 물건은 다 중요해."

"엄마, 그렇지 않아. 이것들은 그냥 다른 사람이 버린 쓰레기일 뿐이야."

"하지만 한 사람 한 사람에게 의미가 있던 물건들……."

배 속이 울렁거렸다. 나는 두 손으로 머리를 감쌌다.

"엄마가 이렇게 나올 줄 알았어. 엄마, 모으는 데 집착하는 건 건강에 좋지 않아. 우리 둘 모두에게 안 좋다고."

"알아, 제인. 나도 안다고. 하지만 어쩔 수 없어. 이게 네 아빠를 붙잡아 두는 방법이야."

엄마의 목소리가 너무 작아 귀에 거의 들리지 않았다.

"이래서 아빠를 어떻게 붙잡아 둔다는 거야? 엄마는 아빠를 붙잡기는커녕 나까지 잃어 가고 있어. 무슨 말인지 알아?"

새들이 새장에서 풀려나오듯 내 입에서 말이 마구 새어나왔다.

"이곳은 더 이상 사람 사는 집이 아니야. 이젠 내가 들어설 자리도 없어. 엄마가 나를 이 물건 더미들 속에 파묻어 버린 것 같은 느낌이야. 나는 우리 집을 지키기 위해 싸워야 해. 엄마는 나한테 무슨 일이 벌어지고 있는지, 요즘 내가 어떤 일을 겪었는지 하나도 몰라. 안 그래?"

엄마는 내 말의 홍수에 떠내려가는 듯 가만히 있다가 조용히 입을 열었다.

"나는 너를 잃어 간다고 생각지 않아, 제인."

"아니, 엄마는 나를 잃어 가고 있어. 나는 여기에 있지만, 엄마는 나를 보지 않아. 엄마는 내가 숙제를 할 때도, 친구들과 놀고 싶을 때도 쓰레기 버리는 날이라면서 나를 끌고 나가 일을 시켜. 모든 게 엄마 위주야. 엄마가 원하거나 필요한 것이 먼저라고. 더는 참을 수 없어! 나도 아빠가 보고 싶지만, 이건 아빠를 붙잡아 두는 방법이 아니야."

엄마는 한참 동안 눈을 감고 있었다. 엄마가 다시 눈을 뜨자 눈물이 엄마의 뺨을 타고 흘러내렸다.

"제인, 정말 미안해. 난 네가 사람들에게 환영받지 못하거나 엄마한테서 버림받는다고 느끼도록 할 생각 조금도 없었어. 네 아빠가 돌아가신 뒤……. 우리가 미처 나누지 못한 이야기가 너무나 많은 것 같구나. 아빠와 나는 힘든 일을 많이 겪었어. 그렇더라도 엄마로서 일찍부터 네게 마음을 더 열었어야 했는데……. 변명하자면 넌 너무 어렸고,

엄마와 아빠는 원만한 사이가 아니……."

"무슨 말을 하는 거야? 내가 볼 때 엄마와 아빠는 완벽한 커플이었어. 내가 기억하는 건 늘 사랑을 나누고 있는 엄마 아빠야."

엄마가 큰 소리로 웃었다. 지겹도록 들었고 앞으로도 듣게 될 허탈한 웃음소리다.

"아빠와 나는 서로 무척 사랑했어. 하지만 우리는 완벽하지 않았지. 정말이야. 특히 막 어른이 되었을 때 시작된 우리 관계는 완벽하지 않았어. 우리는 스무 살 때 만나 함께 어른이 되었지만, 부부로서나 한 인간으로서는 제대로 성장하고 발전하지는 못했던 것 같아. 우리는 서로 더 나은 동반자가 될 수 있었는데, 그러지 못했어."

엄마는 계속 말하며 손가락에 낀 결혼반지를 돌렸다.

"네 아빠가 돌아가시기 전, 우리는 별로 중요하지도 않은 문제를 놓고 심하게 다투었어. 그 후로는 대화가 거의 없었지. 한동안 그랬어. 그러다가 갑자기 그 싸움이 벌어진 거야. 네 아빠가 한 말에 나는 너무 큰 상처를 받았어. 그래서 추하고 끔찍한 말로 쏴붙였지. 네 아빠는 화가 나서 방문을 쾅 닫고는 일하러 갔어. 그때 식탁에 앉아 흐느껴 울었던 기억이 나. 내 세계, 내 결혼 생활, 내 인생의 하나뿐인 사랑이 눈앞에서 산산조각이 되어 버리는 것 같았지. 내가 할 수 있는 일이라곤 깨진 조각을 붙잡으려고 허공을 향해 손을 내미는 것뿐이었어."

당시 나는 엄마와 아빠가 싸우는 소리를 들었다. 못 들은 체하고는 방에서 책을 읽으려 애썼다. 식탁에서 울던 엄마와 마주친 기억도 난다. 내가 무슨 일이냐고 물었지만, 엄마는 그저 눈물을 닦아 내며 괜찮다고 말할 뿐이었다.

"그러고서 아빠와 화해했어?"

나는 부드럽게 물었다.

"못 했어."

엄마가 갈라진 목소리로 대답했다.

"네 아빠한테 문자를 보내려 했지만 너무 화가 나서 쉽지 않았어. 그런데 네 아빠는 화재가 난 집으로 출동하기 직전 문자 메시지를 보내왔어. '사랑해. 우리는 다 해결할 수 있을 거야.'라고 쓰여 있었지. 하지만 네 아빠는 그 화재 현장에서 빠져나오지 못했어. 결국 나는 네 아빠에게 미안하다는 말을 못 하게 됐지. 네 아빠는 사나이 중의 사나이였어. 네 아빠의 미소를 한 번이라도 볼 수만 있다면 나는 어디든 달려갔을 거야. 아무튼 네 아빠는 미안하다는 말을 남긴 채 떠났고, 내가 내뱉은 끔찍한 말은 네 아빠가 내게서 들은 마지막 말이 되어 버렸지. 내가 이처럼 온갖 물건을 모으는 건 이 일이 네 아빠한테 사과하는 방법이라고 생각하기 때문이야."

엄마는 거실의 쓰레기 더미들을 가리켰다. 한 줄기 눈물이 내 뺨을 타고 흘러내렸다.

"엄마, 아빠는 엄마가 아빠를 사랑한다는 걸 알고 있었어. 그러니까 이런 식으로 사과할 필요 없어. 아빠는 엄마가 이렇게 살아가는 걸 원치 않을 거야. 틀림없어. 아빠는 원치 않을 거라고."

엄마는 눈물을 닦으며 코를 훌쩍였다.

"제인, 엄마가 어떻게 해야 하지? 저것들을 없애야 해? 하지만 어떻게 그럴 수 있겠어? 내가 모은 물건을 다 버리는 건 내 하나뿐인 사랑을 버리는 것과 같아."

나는 엄마의 손을 잡았다. 그러고는 의자를 움직여 엄마에게 가까이 다가갔다.

"아빠와 물건은 아무런 관련이 없어. 물건이 아빠는 아니라고. 엄마는 스스로를 용서할 수 있어. 엄마는 여전히 아빠를 사랑하고 그리워하고 있잖아. 그러면 되는 거야, 엄마."

엄마는 한참 동안 내 손을 꼭 쥐고 있다가 길게 숨을 내쉬었다.

"그래, 네 말이 맞아."

엄마가 울음을 삼키며 말했다.

"노력해 볼게. 아빠를 놓아주어도 괜찮다고 네가 약속하면 말이야. 그리고 물건도 치울게. 천천히. 그때는 너도 도와줘."

"그럴게. 기꺼이 도와줄게, 엄마."

엄마는 여전히 코를 훌쩍이며 웃었다. 그러면서 내 팔을 잡고 끌어당겼다. 나는 엄마 품에 안겼다. 우리는 잠시 그대로 앉아 있었다. 엄마가 가야 할 길이 멀다는 걸 나는 안다. 수집광들은 모든 걸 한꺼번에 포기하지 못한다는 글을 어느 책에선가 읽은 적 있다. 아무튼 엄마 곁에 있는 지금, 나는 그 어떤 때보다도 편안하다. 전에는 느껴 보지 못한 느낌이다.

"그래서 이 복권은 어떻게 할 건데? 그 돈이면 남부러울 것 없는 삶을 누릴 수 있을 텐데 말이야."

엄마가 식탁 위의 종잇조각을 가리키며 말했다. 나는 가만히 복권을 집어 들었다.

"그럴 수 있겠지만 문제가 있어. 이 복권을 돈으로 바꾸기 위해 내가 선택할 수 있는 사람 중 하나가 홀든인데, 녀석은 두 달 전 나를 걷어찼어."

"그건 나도 알아, 제인."

엄마가 부드럽게 말했다.

"나한테 말했잖아. 기억 안 나? 그 일이 있고 난 다음 날,

복도에서 울고 있는 너를 발견했을 때······."

나는 까맣게 잊고 있었다. 그날 엄마는 무슨 일이 있냐고 물었고, 나는 모든 것을 털어놓았다.

"그때보다 이번이 훨씬 나빠. 나는 우리가 재결합할 줄 알았어. 하지만 그건 나만의 생각이었지. 지금 홀든은 나를 협박하고 있어. 복권을 자기한테 달래. 자기가 돈으로 바꾸게 말이야."

"그런 녀석에게 복권을 주면 안 돼."

엄마가 재빨리 말했다.

"물론 안 줄 거야. 이 일이 잘 해결되려면 엄마의 도움이 필요해."

"내 도움? 내가 어떻게 해야 하는데?"

나는 엄마와 함께 햄버거와 감자튀김으로 저녁을 때우고는 내 계획의 2단계를 설명했다.

25

　엄마와 나는 몇 시간에 걸쳐 내 방을 청소했다. 처음으로 엄마를 내 공간에 들어오게 했다. 이는 우리 두 사람에게 중대한 사건이었다. 하지만 막상 실행해 보니 별것도 아니었다. 엄마는 홀든이 엉망으로 만들어 놓은 방을 보고 화를 냈다.

　9시에 홀든에게서 문자 메시지가 올 때까지 내 소중한 책들을 책장에 다시 꽂았다. 엄마와 나는 몇 년 동안 해 온 대화보다 더 많은 대화를 나누었다. 기분이 참 묘했다. 하지만 좋았다.

　"나나 브랜이 함께 가기를 바라지 않는다고? 진심이야? 나는 홀든이란 놈을 못 믿겠어."

엄마가 걱정스러운 표정으로 현관까지 따라 나오며 말했다. 나는 신발을 신으며 고개를 가로저었다.

"나도 홀든을 못 믿지만 괜찮을 거야. 엄마와 브랜은 계획의 2단계에서 필요해."

"좋아. 필요하면 나한테 전화해."

엄마가 트럭 열쇠를 건네고는 나를 꼭 껴안았다. 나도 엄마를 껴안으면서 말할 수 없는 모든 것을 엄마 품에 담으려고 애썼다. 나는 트럭 운전석에 앉아 홀든의 문자 메시지를 다시 읽었다.

홀든   시간 다 됐어. 호숫가로 와. 복권 가져오고.

나는 만반의 준비가 되어 있다. 두려움과 걱정과 슬픔은 이제 없다. 홀든을 생각하면 여전히 화가 나지만, 이제 많은 사람이 복권에 대해 알고 있고 내게는 '계획'이 있기 때문에 녀석과 맞서는 것이 두렵지 않았다.

트럭의 시동을 걸고 창문을 내린 채 주차장 진입로에서 빠져나왔다. 한 해의 이맘때쯤은 늘 그렇듯 어둠이 일찍 주위를 감쌌다. 어느새 하늘에서는 별들이 반짝였다. 트럭의 열린 창문으로 시원한 바람이 불어왔다. 텅 빈 거리를 가로등이 비추고 있다. 마치 장난감 기차 세트 속의 거리 또는 그림책에서 튀어나온 마을 같다.

호숫가 주차장에 트럭을 세우려는데 브랜에게서 문자 메시지가 왔다.

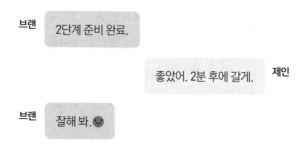

2단계는 홀든을 꼼짝 못 하게 만들 계획이다. 나는 스마트폰을 챙긴 뒤 홀든이 기다리는 테이블 쪽으로 걸어갔다. 홀든은 몸을 웅크린 채 호수를 바라보고 있었다. 홀든은 바람에 날리는 머리칼을 귀 뒤로 쓸어 올렸다. 내 엉덩이에 얹은 홀든의 손과 내 입술에 닿은 홀든의 입술이 떠올라 심장이 콩닥거렸다. 하지만 그것은 결코 어떤 기대나 설렘 때문이 아니다.

우리가 마지막으로 이야기를 나눈 지 이틀밖에 안 되었나? 홀든이 내 방에 침입해 방을 엉망으로 만들어 놓은 게 사실인가? 지금의 이 상황을 벗어날 방법이 있을까?

안 돼! 그런 생각은 아예 하지도 마, 제인!

나는 양손을 재킷 소매 속에 넣고 테이블로 다가갔다. 홀든이 고개를 들었다. 홀든의 눈 밑에 다크서클이 있다. 나는 홀든이 잠을 자지 못했기를 기대한다.

"안녕."

홀든이 몸을 휙 돌리며 말했다. 테이블과 의자는 사람들이 호수에서 잡은 물고기를 손질하고 버린 내장과 새똥이 묻어 지저분했다. 나는 이런저런 지저분한 것들 사이에 앉았다. 홀든은 그런 것들이 신경 쓰이지 않는 듯 가만히 앉아 있다. 아마 홀든은 다른 데 신경 쓸 겨를이 없을 것이다.

"안녕."

내 말투는 딱딱했다. 나는 호수에 넓게 펼쳐진 어둠을 응시했다. 두 개의 가로등이 호숫가의 산책로를 노랗게 비추고 있었다. 가로등이 없으면 나무와 물은 바람에 움직이는 새까만 물체로 보였을 것이다.

"어떻게 할지 결정했어?"

홀든이 물었다. 가로등 불빛이 홀든의 얼굴도 비추고 있다. 언뜻 홀든이 조각상처럼 보였다.

나는 홀든을, 비열하게 반짝이는 그의 푸른 눈을 빤히 바라봤다. 이미 홀든과의 관계를 끝냈지만, 가슴속에서 분노가 끓어올랐다.

"결정했어. 그런데 결정한 것에 대해 말하기 전에 알고

싶어. 너 왜 이러는 거야? 일주일 전 우리는 호수에 와서 키
스까지 했잖아."

홀든이 조금 당황한 표정으로 눈동자를 이리저리 굴
렸다.

"그랬지……."

"그때 너는 다정했어."

나는 홀든을 구석으로 밀어붙였다.

"내게 스웨트 셔츠를 선물하고 커피도 사 줬어. 그랬던
남자에게 대체 무슨 일이 있었던 거야?"

"나는 여전히 그런 남자야, 제인."

"그런 남자라면 로또 복권을 놓고 나를 협박하지 않을 텐
데. 안 그래?"

"그건 결코 적은 돈이 아니야."

홀든이 갑자기 목소리를 높였다.

"어마어마한 돈이라고! 그 돈이면 내 인생이 바뀐다고.
나는 바꾸고 싶어."

"네 인생? 내 인생 아니고?"

나는 나지막이 물었다. 그러고는 이어서 말했다.

"우리 사이에 아무 일 없어도, 설령 네가 한 짓이 모두 속
임수일지라도 나는……."

"속임수 아니었어."

"입 다물어. 이제 더는 네 말 듣고 싶지 않아. 내가 가장 실망했던 게 뭔지 알아? 나는 네게 복권을 주려고 했어. 정말이야. 넌 열여덟 살이니까 복권을 돈으로 바꿀 수 있잖아. 너는 당첨금으로 올바른 일, 네가 하고 싶은 일을 할 수 있었어. 그런데 그런 기회를 스스로 날려 버렸지. 내 방에 몰래 들어와 난리를 쳤잖아. 그건 누가 봐도 저급하고 비겁한 짓일 거야."

홀든은 길게 숨을 내쉬었다. 잘못된 길을 선택한 줄 알면서도 다른 길이 없어 쩔쩔매는 사람 같았다.

"어쩔 수 없었어, 제인. 나한테는 그 복권이 필요했다고. 나는 이 마을을 떠나고 싶었어. 그런데 네가 복권을 내게 주리라는 보장도 없잖아. 그래서 직접 내 손으로 해결하려고 했던 거야."

"나도 이 마을을 떠나고 싶은 마음 굴뚝같아!"

나는 큰 소리로 말했다.

"그렇다고 해서 친구들이나 내가 한때 사랑한 누군가를 협박하지는 않는단 말이야."

"협박하지는 않았지. 그 대신 너는 모든 사람에게 거짓말을 했어. 그 엄청나게 많은 돈을 너 혼자 깔고 앉아서 말이야."

홀든은 경멸하는 듯한 표정으로 나를 바라보며 계속 말

했다.

"너는 애초에 복권에 당첨될 자격이 없는 애야. 그 돈을 어떻게 할 건데? 몽땅 해양학 발전을 위해 기부할 거야?"

나는 당첨금의 일부를 그렇게 쓸 생각이지만, 그 계획에 대해 홀든의 의견을 들을 필요는 전혀 없다.

"얼마든지 기부할 수 있어. 그리고 내가 복권에 당첨될 자격이 있는지 없는지 따위는 중요하지 않아. 행운은 자격이 있는지 없는지를 따져서 찾아오는 게 아니니까."

홀든이 주먹으로 테이블을 쾅 내리쳤다.

"행운은 필요한 사람에게 찾아와야지. 나는 돈이 필요해!"

"너는 그 돈을 욕심내지 않아도 돼. 네 가족은 잘 살고 있잖아. 네겐 자동차와 멋진 옷이 있어. 앞으로 대학에 들어가고, 좋은 직장도 잡을 수 있고, 그래서 부자가 될 수 있고 말이야."

"내게 복권을 줘."

홀든이 이를 악물고 단호하게 말했다.

"싫어. 안 줄 거야."

"지금 그 복권 갖고 있어?"

홀든의 목소리는 위협적이다. 무언가 일을 저지를 것 같다.

홀든이 내 쪽으로 다가왔다. 이 늦은 밤에 홀든을 만나러 여기까지 온 것은 실수였다. 홀든이 나를 해칠까? 그럴 것 같지는 않다. 아니, 어쩌면 해칠지도 모른다. 나는 내가 홀든을 잘 안다고 생각했다. 하지만 홀든은 나를 협박하고 화를 냈다. 솔직히 홀든이 어떤 사람인지 모르겠다. 전혀 모르겠다. 홀든은 나를 해칠 것이다. 틀림없다.

"복권은 안전한 장소에 있어."

나는 자리에서 벌떡 일어나 몸을 돌렸다.

"여차하면 너에 대한 정보를 공개할 수 있어! 당장 그럴 수 있다고!"

홀든이 내 팔을 붙잡고 경고하듯 말했다. 홀든의 손가락이 팔 근육을 파고들었다. 나는 홀든의 손가락을 비틀어서 겨우 떼어 냈다.

"어디 그래 보시지. 잠깐! 네게 줄 깜짝 선물이 있는데, 한번 볼래?"

이제 2단계로 접어들었다. 나는 스마트폰을 꺼내 브랜이 내게 보낸 링크를 열었다. 브랜의 인스타그램에 막 올라온 동영상이 나타났다. 재생 버튼을 누르자 브랜이 초조하고 흥분한 표정의 우리 엄마와 함께 완다스 앞에 서 있는 모습이 보였다. 엄마는 왼손에 로또 복권을 든 채 오른손으로 셔츠의 단추를 만지작거리고 있다.

"여러분, 안녕하세요!"

브랜이 말했다.

"믿어지지 않겠지만, 저는 지금 레이크스보로 주민이자 5,800만 달러 복권의 당첨자인 조이 린 벨웨더 부인과 함께 있습니다!"

엄마가 카메라를 향해 손을 흔들었다. 브랜이 말을 이었다.

"벨웨더 부인, 말씀 좀 해 주시겠어요? 복권에 당첨된 기분이 어떤가요?"

엄마는 잠시 카메라를 바라보며 눈을 깜박이다가 밝게 미소 지었다.

"말로 표현할 수가 없죠. 오랫동안 꿈꿨던 것이 실현된 듯한 기분이에요."

인터뷰는 계속 이어졌지만 나는 스마트폰을 닫았다. 내 옆에 있는 홀든의 얼굴이 자줏빛으로 물들어 있다. 금방이라도 토할 것 같은 표정이다. 얼마나 고소한지 모르겠다.

"너…… 네 엄마에게 복권을 줬어?"

홀든이 양쪽 주먹을 쥐고 부르르 떨었다. 그러다 더러운 테이블을 한쪽 주먹으로 쾅 소리 나게 내리쳤다.

"응, 줬어. 너한테 주느니 엄마가 쓰레기에 돈을 다 써 버리도록 하는 게 나을 것 같아서. 너는 내 마음을 발기발기 찢고 잔인하게 짓밟았어. 알아?"

홀든이 날카롭고 차가운 웃음을 내뱉었다. 삼류 영화의 악당 같다.

"알게 뭐야? 너는 형편없는 여친이었어. 앞으로 너를 사랑하는 사람은 죽었다 깨나도 못 찾을 거야."

홀든의 말에 가슴이 아팠지만, 며칠 전만큼의 상처는 받지 않았다. 그사이 마음이 좀 단단해진 것 같다. 어쩌면 내게 더 좋은 갑옷이 생겼는지도 모른다. 마침내 홀든, 이 자식을 제대로 보는 것이리라.

"그렇지 않아, 홀든. 앞으로 나를 사랑할 사람은 차고 넘칠걸. 내겐 너한테 보여 주지 않은 매력이 많아."

나는 그 말을 끝으로 자리를 떴다.

"아무튼 나는 네가 복권을 사는 사진을 공개할 거야!"

홀든이 소리쳤다. 나는 돌아서서 어깨를 으쓱했다.

"마음대로 하시지. 하지만 넌 아무것도 증명할 수 없어. 그건 단지 내가 복권을 들고 있는 사진일 뿐이야. 내가 실제로 복권을 샀는지, 그저 주변에 널려 있는 종잇조각을 들고 있는 것뿐인지 어떻게 알겠어? 그 사진을 공개하면 네가 완다스에 침입했다는 걸 인정하는 셈이야."

홀든이 좌절한 듯 한숨을 지었다. 홀든은 내 말이 옳다는 걸 안다. 홀든은 패배했다. 우리는 더는 서로에게 할 말이 없다. 나는 엄마의 트럭에 시동을 걸고 그곳을 떠났다. 한 번도 뒤돌아보지 않고. 이렇게 행동하는 건 홀든이 나를 차 버린 이후 처음이다.

행운의 로또 당첨자, 마침내 브랜든 킴이 찾아 내다!

작은 도시 레이크스보로 시민들은 거액의 로또 당첨 자가 같은 마을 사람임을 알고 무척 기뻐했다. 조이 린 벨웨더(42세) 부인은 자신이 행운의 당첨자라고 밝혔 다. 벨웨더 부인과 독점 인터뷰를 했다. 왜 그토록 오 랫동안 당첨자임을 밝히지 않았느냐고 묻자 벨웨더 부인은 이렇게 말했다.

"당첨금으로 무엇을 할지 계속 생각했어요. 큰돈이기 에 이것저것 할 수 있는 일에 대해 곰곰이 생각할 시간 이 필요했던 거죠. 덕분에 이제는 확실한 계획이 생겼 어요."

벨웨더 부인은 월요일 아침에 복권을 돈으로 바꿀 계 획이다. 흥분되는 인생의 새로운 페이지를 여는 벨웨 더 부인에게 계속 행운이 따르기를 바란다.

26

월요일 수업이 끝나자마자 나는 곧장 집으로 달려왔다. 엄마는 오늘 복권을 돈으로 바꾸고 매디슨의 복권 사무소 사진을 보내왔다. 엄마는 할머니와 함께 복권 사무소의 문이 열리자마자 들어갔다고 했다. 우리는 할머니에게 모든 걸 말했다. 할머니는 한동안 말을 못 하다가 우리 계획에 찬성했다. 엄마는 커다란 수표를 들고 있는 사진도 보내왔다. 오늘 오후 매디슨의 뉴스에 엄마가 나왔다.

솔직히 내가 직접 어마어마한 금액이 적힌 수표를 들고 인터뷰하지 못한 것이 조금 아쉽긴 하다. 하지만 엄마가 이 모든 일을 처리해 줘서 고마웠다. 나는 우리 집 현관문을 열고 잠시 서서 복도의 어둠에 눈을 적응시켰다.

"엄마, 나 왔어!"

"왔니?"

엄마가 주방에서 뛰어오며 나를 반겼다. 엄마는 양손에 김이 모락모락 나는 찻잔 두 개를 들고 있었다. 엄마의 발걸음이 가벼웠다. 엄마 얼굴에 미소가 번져 있다.

"엄마, 모든 게 계획대로 잘돼 가? 법적으로 문제 될 건 없었어?"

내 계획의 3단계는 이렇다. 합법적으로 엄마한테서 돈을 받는다. 그런 다음 하나하나 올바르게 돈을 쓰는 법을 익힌다.

나는 백팩을 바닥에 내려놓았다. 쿵 소리가 나자 해야 할 숙제가 무엇인지 생각났다. 순간, 나는 복도와 계단이 평소와 다르게 물건들로 덮여 있지 않다는 사실을 알아차렸다. 복도와 계단이 휑하니 트여 있었다. 몇 년 동안 볼 수 없었던 원목 바닥이 보였다. 나는 주위를 둘러보았다. 보이는 곳마다 대부분 깨끗이 치워져 있다. 계단 옆 벽에 붙었던 사진들도 보이지 않았다.

"엄마, 이게 어떻게 된 거야?"

나는 천천히 몸을 돌리며 소리쳤다. 내 발이 저절로 거실로 향했다. 머그잔, 마우스 패드, 모르는 사람의 얼굴이 박힌 물건들이 선반에 줄지어 있기는 하지만, 웨딩드레스와 졸업 댄스파티용 드레스들은 모두 사라져 버렸다. 텅 빈 난로 덮개 위에는 엄마와 아빠와 내가 함께 찍은 사진이 놓여 있다.

"물건을 좀 치웠어."

엄마가 나지막이 말했다. 그러고는 모든 것이 깨끗이 치워지고 두 개의 쿠션만 달랑 놓인 소파에 앉았다. 엄마는 옆의 쿠션을 톡톡 두드려 내게 옆에 앉으라고 신호했다.

"물건을 다 치우진 못했어. 아직은 완벽하지 않아. 그냥 물건을 옮기기만 했어. 그래도 대단하지 않니?"

"대단하지. 그런데 물건을 옮기기만 했다니, 그게 무슨 말이야? 물건들이 위층에 있어? 아니면 차고에 있나?"

엄마가 숨을 한 번 길게 내쉬었다.

"물건들은 네 할머니가 쓰던 방에 있어. 전부 완전히 치울 거야. 그러려고 애쓰고 있어. 일단 그 방으로 옮긴 것만으로도 첫발을 크게 내디딘 느낌이야. 큰 짐을 덜어 낸 것 같은 기분이고."

나는 그 말에 깜짝 놀랐다. 엄마 말이 맞다. 엄마는 첫발을 크게 내디딘 것이다. 나는 엄마 옆에 털썩 앉았다.

"왜 그렇게 한 거야? 왜 지금이지?"

"음, 어젯밤 네 아빠와 이야기했는데……."

"엄마, 안 돼. 유령이라도 봤다는 거야?"

"그런 게 아니야."

엄마는 다정하게 미소를 지으며 계속 말했다.

"알아. 네가 오랫동안 힘들었던 거 안다고. 정말 미안해. 앞으론 달라질 거라고 약속할게. 이따금 네 아빠가 보고 싶을 때면 페이스북을 통해 이야기하곤 해. 그러는 것뿐이야."

엄마가 스마트폰을 꺼내 앱을 열었다. 아빠의 프로필, 엄마가 아빠에게 보낸 메시지들이 보였다. 지난 몇 년 동안 엄마가 아빠에게 보낸 메시지는 수백 개도 더 됐다.

"나도 페이스북을 통해 아빠와 대화했어."

나도 고백했다. 엄마 말이 믿기지 않아서인지 내 목소리가 작게 나오는 듯했다.

아빠에게 보낸 우리의 메시지는 디지털 세계에 머물고 있었다. 앞으로도 오랫동안 그럴 것이다. 메시지들은 모두 아빠를 그리워하는 내용이었다. 엄마와 나 그리고 아빠는 저마다의 레인에서 나란히 헤엄치는 수영 선수나 마찬가지다. 각자 자기 레인에서 수영에 집중하는 탓에 서로 얼마나 가까이 있는지 알지 못했을 뿐이다.

엄마가 한 손을 내 등에 갖다 댔다.

"메시지를 보내다 보면 네 아빠와 실제로 연결되는 것처럼 느껴져. 나와 아빠의 유일한 연결 고리랄 수 있지. 나는 이 포스트와 동영상과 사진들이 좋아. 내가 네 아빠에게 마지막으로 보낸 메시지 몇 개 읽어 볼래?"

"엄마, 메시지 굳이 안 읽어도 돼."

"읽어 봐."

엄마가 스마트폰을 내게 건넸다.

"읽어 보렴. 네가 안 읽으면 내가 읽어 줄게."

나는 얼굴을 찌푸렸다.

"꼭 그렇게까지……."

"그렇게 할 필요가 있어서야."

"좋아, 정 그렇다면……."

내 목소리에서 묻어나는 웃음을 감출 수 없었다. 엄마와 내가 이렇게 농담을 나누는 게 얼마 만인가? 정말 오랜만이다.

나는 메시지들을 넘기며 재빨리 훑어봤다. 외로움과 슬픔으로 가득한 가슴 아픈 고백과 함께 내 이름이 여러 번 등장했다. 나는 가장 최근의 메시지에서 멈췄다. 어제 이후에 올린 긴 글이다.

> 대니얼, 당신이 여기에 함께 있으면 얼마나 좋을까. 당신과의 추억이 계속 살아 있게 하려고 애썼지만 나는 그만 길을 잃고 말았어. 당신은 우리 딸 제인을 자랑스러워할 거야. 당

> 신이 얼마나 기뻐할까. 제인은 우리 둘의 상상을 훨씬 뛰
> 어 넘는 어른으로 자랐어. 제인은 사랑스럽고 강하고 다정
> 하고…….

울음이 터져 나오려고 했다. 나는 스마트폰에서 눈을
뗐다.

"엄마, 왜 이걸 내게 보여 주는 거야? 아빠에게 보내는 엄
마 편지는 읽고 싶지 않아. 내 편지는 엄마에게 안 보여 줄
거야."

"마음대로 해."

엄마가 스마트폰을 건네받으며 말했다.

"엄마와 아빠는 늘 네 이야기를 한다는 걸 네가 알았으면
해서 보라고 한 거야. 네 아빠는 디지털 유령이지만 말이
야. 그렇더라도 네 아빠는 너를 아주 자랑스러워할 거라고
생각해. 내가 그러는 것처럼 말이야."

나는 엄마를 끌어안았다. 앞으로 사이좋게 잘 살고 싶
다. 엄마는 더 나아질 수 있고, 우리의 삶은 크게 바뀔 것
이다.

"이거 받아."

엄마가 주머니에서 종이쪽지를 꺼냈다. 은행 로고가 찍
힌 종이에는 내 이름과 함께 익숙한 금액 58,642,129.00달

러가 적혀 있었다. 이름도 금액도 모두 엄마가 파란색 펜으로 적은 것이다.

"엄마, 이게 뭐야?"

엄마가 '포르튜나 제인 벨웨더'라는 이름을 가리켰다.

"네 새 은행 계좌야. 로또 당첨금 전부 네 계좌에 넣어 두었어. 물론 처리하는 데 시간이 좀 걸리고, 세금으로 얼마쯤 빠져나갈 거야. 이건 아직은 상징적인 종이일 뿐이지. 하지만 돈은 전부 네 거야."

나는 종이쪽지를 쥐고 안도감을 느꼈다. 물론 엄마한테 돈을 받는 것이 원래 계획이었지만, 순순히 그렇게 되리라고는 확신하지 못했다.

"나, 차 사도 될까? 엄마는 새 트럭 사고?"

엄마가 웃었다.

"넌 앞으로 원하는 모든 걸 살 수 있어. 큰돈이니만큼 큰 책임이 따른다는 건 너도 알겠지만, 네가 올바른 일에 쓸 거라고 믿어. 내가 바라는 건 네가 고등학교를 무사히 마쳤으면 하는 거야. 그런 다음 네가 바라는 인생을 살기를 바란다. 나는 여기에서 너를 응원할게."

종이쪽지를 든 내 손이 떨렸다.

"엄마는 정말 내게 돈을 다 주고 싶어?"

그 많은 돈이 전부 내 것이라는 사실이 실감 나지 않았다. 엄마가 고개를 끄덕였다.

"그럼. 네 복권인걸. 나한텐 해결해야 할 문제가 많아."

엄마가 집과 마당을 가리켰다.

"네가 모를까 봐 말하는데, 먼저 침실 문을 잠그지 않고 너와 이야기를 나누는 것부터 시작해야 하지 않을까 싶어."

"좋은 생각이야."

엄마가 다시 나를 끌어안았다.

"이제 각자 할 일을 하러 가자. 나는 네 할머니와 도리스를 만나러 나갈 거야. 도리스는 온종일 내게 전화했어. 조금 전 도리스한테 저녁 식사를 멋지게 대접하고 이번 일을 자세히 설명해 주겠다고 약속했단다."

나는 엄마를 힘껏 껴안은 뒤 내 방으로 올라갔다. 엄청나게 많은 돈이 내 것이라는 사실에 여전히 어안이 벙벙했지만, 그 돈이 나를 어디로 데려가든 나는 만반의 준비가 되어 있다.

사랑하는 아빠에게

이것이 아빠에게 보내는 마지막 메시지가 될 것 같아. 아빠를 더는 그리워하고 싶지 않아서가 아니야. 현재를 알차게 살고 미래를 밝히기 위해 열심히 공부하고 있기 때문이야. 아빠가 너무너무 보고 싶어. 앞으로도 매일 보고 싶겠지. 아빠와 더 많은 시간을 함께했더라면 하는 아쉬움도 잦아들지 않을 테고 말이야. 하지만 나는 아빠 없는 삶을 살아가야 하는데, 나름 후회 없이 사는 길을 찾고 있어. 아직은 뭐가 뭔지 모르지만 말이야.

그동안 일어난 일에 대해 엄마가 아빠한테 다 말했겠지.

내가 복권에 당첨되고, 엄마가 복권을 돈으로 바꾸어 내게 준 지 어느새 일곱 달이나 지났어. 이제 나는 큰 부자고, 그런 만큼 현명해지려고 노력하는 중이야. 몇 주 전 고등학교를 졸업했는데, 흥분되면서도 조금은 허탈했어. 특히 지난해 겪은 일을 돌이켜 보면 아직도 얼떨떨한 기분이야. 내겐 학교생활이 쉽지 않았는데, 내가 당첨금의 일부를 어떻게 썼는지 알고서 주위 사람들 모두 나를 전보다 훨씬 다정하게 대했어.

그 돈으로 무엇을 했는지 아빠에게 말해야 할 것 같아.

당첨금을 받고는 꽤 많은 금액을 브랜에게 주었어. 브랜은 늘 나와 함께했고, 더는 바랄 게 없는 절친 중의 절친이야. 남은 금액의 절반은 투자와 저축용으로 떼어 놓았어. 평생을 그 돈으로 살아갈 수 있게 말이야. 엄마와 할머니 두 분에게도 몇백만 달러씩 드렸어. 나머지 돈은 여기저기에 기부했고 말이야. 실비아 얼의 해양학 발전 기금에도 상당한 금액을 기부했어. 나중에 자선 기부를 하기 위해 예금도 해 놨고. 또 레이크스보로의 불우이웃 돕기 캠페인에도 기부금을 보냈고, 가난한 사람들의 병원비를 대신 내 주기도 했어. 장학 재단 설립도 도왔지. 추수 감사절 축제에서 만난 마녀 커플 베아와 셰릴에게도 멋진 휴가를 즐기기에 충분한 돈을 보내 줬어. 심지어 우리 학교 졸업반 아이들을 위해 성대한 파티를 열어 주기도 했지. 정말 재미있었어. 그런다고 사람들이 나를 구세주로 떠받들거나 하지는 않았지만 말이야. 아무튼 당첨금으로 좋은 일을 할 수 있다는 게 기뻤어.

엄마는 잘 지내고 있어. 적어도 내가 보기엔 그래. 할머니가 눈 크게 뜨고 엄마를 지켜보고 있어. 엄마는 몇 달 동안 치료를 받았지. 새미스 스토리지 솔루션스는 그만뒀고. 도리스 아주머니는 엄마가 일을 그만두자 무척 슬퍼했지. 아주머니는 엄마가 복권 당첨 사실을 이야기하지 않은 것에 대해서도 서운하게 생각했지만 두 사람은 여전히 친하게 지내. 참, 엄마는 그 길고 길었던 머리를 잘랐어. 정말 잘됐지 뭐야. 집도 깨끗이 청소했어. 아직 다 청소한 건 아니지만 집 안이 말끔해졌지. 정말이야. 며칠 전 엄마와 영상 통화할 때, 엄마가 집을 보여 줬는데 전과 똑같은 집이라는 게 믿기지 않을 정도였다니까. 아빠도 보면 깜짝 놀랄 거야. 복도는 깔끔하게 변했고 마당의 망가진 장난감도 몽땅 사라졌어. 또 엄마는 내가 준 돈으로 문을 닫아 폐허가된 대형 식품점을 구입했어. 지금 그곳을 대대적으로 손보고 있는데, 올해 말쯤 아이들을 위한 놀이방, 시민들을 위한 복지관, 트램펄린이 있는 작은 공원 등을 갖춘 시설로 새롭게 문을 열 거야. 나는 엄마가 자랑스러워. 엄마는 더 이상 사람들의 추억을 수집하지 않고, 이제는 사람들이 새로운 추억을 만들어 가도록 돕고 있어.

아빠도 그곳을 좋아할 거야. 엄마는 아빠의 이름을 따서 그 시설을 '대니얼 센터'라고 부르겠지. 생각만 해도 눈물 나.

나는 지금 마우이섬에서 생활하고 있어. 졸업한 다음 날 첫 비행기를 타고 이곳에 왔지. 사실은 12월 크리스마스에 엄마와 할머니도 이곳에 왔다가 돌아갔어. 나는 해안가에 있는 멋진 아파트를 구했어. 현찰로 샀는데 기분이 묘하더라고. 여기서 매일 저녁 일몰을 바라보는데, 경치가 정말 끝내줘. 서핑도 배우고 있어. 그리고 혹등고래 보호 구역에서 자원봉사도 하고 있지. 이번 가을에는 하와이 대학에서 해양 생물학 학사 과정을 시작하려고 해. 그러려면 호놀룰루로 이사해야 하지만 기회가 있을 때마다 이곳 마우이로 돌아올 거야. 특히 혹등고래의 이동을 볼 수 있는 12월과 1월에는 무슨 일이 있어도 이곳에 머물 생각이야.

엄마는 내 걱정을 많이 해. 내가 아는 사람 하나 없는 바다 한가운데의 외딴섬에서 외롭게 산다면서 말이야. 하지만 이곳은 섬들로 이루어진 제도인 데다 나는 벌써 친구들을 사귀었어. 특히 여자 서퍼들과는 친구 이상으로 친해. 작년 홀든과의 일 이후로 연애하는 걸 꺼리지만, 그렇다고 움츠리지는 않아. 오히려 무슨 일을 겪든 꿋꿋하게 버티고 나쁜 관계에서 벗어날 만큼 난 강하다는 걸 알았어. 나 자신을 응원하는 의미로 팔에 'I am enough(난 충분해)'라는 문신을 새겼어.

홀든에 대해 말하자면, 그는 위스콘신주에 있는 대학에 들어갔어. 잘됐다 싶어. 홀든은 결국 월 스트리트로 가는 길을 찾아낼 거야. 홀든한테는 당첨금을 나눠 주지 않았어. 한 푼도 안 줬지. 그 대신에 1년 동안 반짝이 모래가 가득 든 상자를 홀든에게 보내는 배달 서비스를 신청해 놨어. 상자를 열 때마다 모래가 쏟아져서 홀든이 화를 내며 고통스러워했으면 좋겠어. 나는 성자가 아니니까 복수하고 싶단 말이야.

아빠가 궁금해할 것 같아 말하는데, 브랜은 내가 준 돈을 투자해 부모님의 빚을 갚았어. 브랜은 소피를 보러 올해 벌써 두 번이나 오스트레일리아에 갔다 왔지. 아니, 세 번이었나? 나와 함께 3월 봄 방학 때도 시드니에 다녀왔으니까 세 번일 거야. 시드니는 아주 멋진 도시던데. 우리 셋은 그레이트 배리어 리프에서 스노클링도 했어. 스노클링은 인생관을 바꿀 정도로 멋진 경험이었지. 그 경험으로 나는 해양 생태계 보존을 돕고 싶은 마음이 훨씬 강해졌어.

아빠한테 할 이야기가 또 뭐가 있을까? 아, 참! 브랜이 CNN 인턴사원에 합격했어. 그런데 놀랍게도 브랜은 인턴사원을 하지 않겠대. 이제는 돈이 생겨서 기자가 아니라 여행 작가가 되겠다는 거야. 브랜은 지금 휴학 중이야. 하지만 브랜은 내년에 나와 함께 하와이 대학에 입학할 거야. 아빠, 우리 정말 멋지지 않아? 브랜은 오늘 이곳에 도착해서 한 달쯤 머물기로 했어. 그런 다음 소피와 함께 세계 여행을 떠날 거래. 나는 둘의 여행에 잠깐이라도 동참하려고 해.

아빠, 벌써 해가 지려고 하는데 이만 쓸게. 몇 시간 뒤면 브랜이 탄 비행기가 착륙할 거야. 바다가 나를 부르는 소리가 들리고 별이 하나둘씩 뜰 때쯤 해변으로 가서 산책하려고 해. 그러고는 브랜을 데리러 갈 생각이야. 여름이 내게 무엇을 가져다줄지 기대가 돼. 새로운 삶이 나를 어디로 이끌지 생각하면 흥분도 되고 말이야. 나는 포르튜나란 이름에 걸맞게 된 것 같아. 이름대로 행운을 만났으니까. 내가 지금 보고 싶은 유일한 사람이 누군지 알아? 바로 아빠야.

사랑해, 아빠. 아빠가 정말 보고 싶다. 아빠가 어디에 있든 바다 소리도 듣고 별도 볼 수 있으면 좋겠어. 어쩌면 바다와 별은 아빠와 나를 이어 주는 매개체일지도 몰라. 그 이상의 어떤 것일 수도 있고. 그게 무엇인지 알아볼게. 아무튼 잘 있어, 아빠.

언제나 아빠를 사랑하는 딸, 제인

　당첨금 700억 원이 넘는 거액의 로또 복권에 당첨된
다면?

　사람마다 다르겠지만 대부분 꿈인지 생시인지 분간하지
못할 정도로 당황할 것이다. 당첨되는 상상을 수없이 해 본
사람이라도 막상 현실이 되면 무엇을 어떻게 해야 할지 모
르리라.

　사람들은 흔히 이렇게 말한다. 복권에 당첨되기란 벼락
맞기보다 어렵다고. 미국의 경우 로또 복권에 1등으로 당
첨될 확률은 3억 분의 1이고, 이는 길을 걷다가 우주에서
떨어지는 소행성에 맞아 죽거나 바다에서 수영하다가 상
어에 잡아먹힐 확률보다 더 낮다. 그만큼 힘들다는 것인데,

이 책《럭키 걸》의 주인공 제인은 그처럼 확률적으로 불가능해 보이는 복권 당첨으로 5,800만 달러, 우리 돈 약 735억 원이라는 어마어마한 행운을 거머쥐게 된다. 우연히 마을 편의점에 들렀다가 별생각 없이 산 복권이 그야말로 대박을 터뜨린 것이다.

대부분의 복권 당첨자들이 그렇듯 제인 역시 평범한 사람이다. 강아지와 로맨틱 영화를 좋아하고, 아이 돌보기와 큰 소리로 웃는 걸 좋아하는 소녀일 뿐. 문제는, 제인은 아직 열일곱 살이라서 당첨금을 받을 수 없다는 것! 제인이 사는 미국 위스콘신주에서는 열여덟 살 미만의 미성년자가 구입한 복권이 1등에 당첨될 경우 로또 위원회에서 당첨금을 몰수한다. 게다가 복권을 구입한 미성년자와 판매자 모두 위법 행위로 처벌받는다. 바로 이 지점에서 제인은 고민의 수렁에 빠지게 된다. 어떻게 해야 안전하게 복권 당첨금을 수령할 수 있을까? 결론은, 자기 대신 복권을 돈으로 바꿀 수 있는 사람을 물색하는 것!

이 과정에서 사랑, 우정, 탐욕, 대중 심리, 정신 질환 등 다양한 관계와 감정을 둘러싼 이야깃거리가 펼쳐진다. 성소수자 이야기도 편견 없이 등장한다. 그러나 무엇보다 마음을 끄는 건 엄마와 딸 제인 사이를 가로막은 몰이해의 벽이 허물어지는 장면이다.

엄마는 왜 자꾸만 남이 쓰다 버린 온갖 잡동사니를 집 안에 들여놓는 것일까? 아빠를 떠나보낸 슬픔과 그리움이 사무쳐 이상 행동을 하는 것이라 짐작하며, 엄마를 더는 신뢰할 수 없는 사람이라 여겼던 제인은 뒤늦게야 알게 된다. 아빠가 세상을 떠나기 직전 사소한 문제로 심하게 다툰 데 대해 사과 한마디 건네지 못한 죄책감 때문에 엄마가 온갖 물건을 모으게 되었다는 사실을 말이다. 진심을 알게 된 후 비로소 엄마와 딸은 서로에 대한 신뢰를 되찾을 수 있게 된다.

소설이든 영화든 가족애만큼 감동적인 이야기는 없을 듯하다. 엄마가 버리지 않고 보관해 온 아빠 스웨터를 꺼내 입으니 아빠의 품에 안긴 것만 같다는 제인의 말에 코끝이 찡하지 않을 사람은 없으리라. 탄탄한 신뢰를 바탕으로 맺어진 제인과 브랜의 끈끈한 우정도 독자 여러분에게 훈훈한 감동을 건넬 것이다.

정회성

럭키 걸

초판 발행 2023년 5월 15일

지은이 제이미 팩턴
옮긴이 정회성

책임편집 이슬
디자인 이정화
마케팅 강백산, 강지연

펴낸이 이재일
펴낸곳 토토북
주소 04034 서울시 마포구 양화로11길 18, 3층 (서교동, 원오빌딩)
전화 02-332-6255
팩스 02-6919-2854
홈페이지 www.totobook.com
전자우편 totobooks@hanmail.net
출판등록 2002년 5월 30일 제10-2394호
ISBN 978-89-6496-500-9 43840